スペル&ライフズ
2
恋人が切り札の
少年はケモ耳暗殺者に
襲撃されるそうです
十利ハレ
Hare Tori
ill. たらこMAX

ルルナ
「ルルナは……ルルナはやはり
使えない子なのでしょうか」

折町千世
[おりまち　ちせ]
「忘れてしまったのですか？
セレクタークラスで一緒に
過ごした仲ではありませんか」

「二度とデカい口叩けねえように、
ブチ抜いて沈めて奪い尽くして
やるってンですよ！」
黒川戌子
［くろかわ　いぬこ］

「ぷりてぃーできゅあきゅあな
まほうしょーじょー。さんじょー」
リリリ

ミラティア
「ご主人さま、なんなりと
お申し付けくださいっ？」

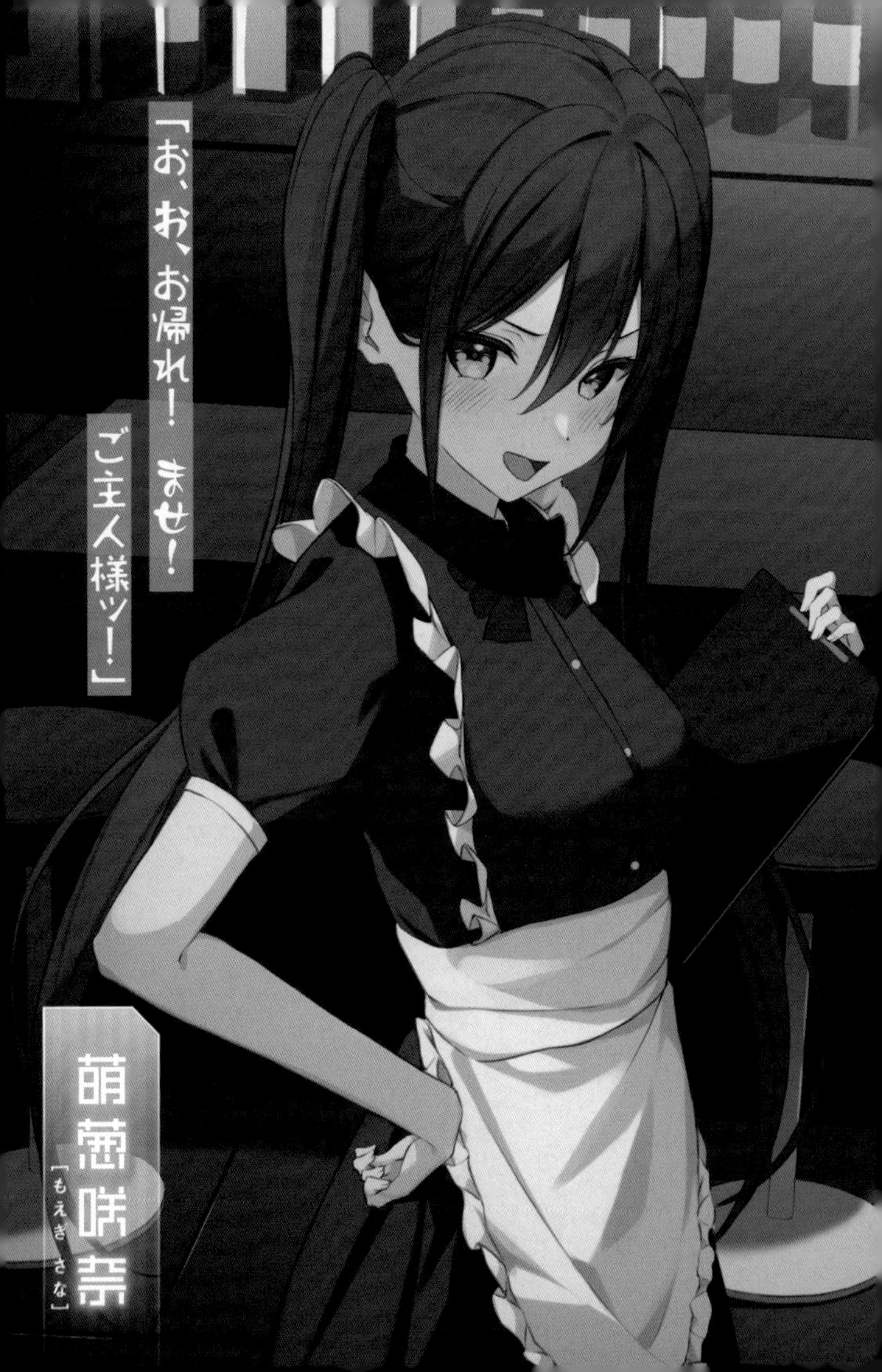
「お、お、お帰れ！　ませ！
ご主人様ッ！」
萌葱咲奈
「もえぎさな」

「悪いな、千世。ルルナは弱くねえ。
弱いカードなんてない。
あるのは、強いプレイヤーと
弱いプレイヤーだけだ」
駿が目配せをすると、
ルルナは再び短刀を鞘に納め、
深く頷いた。

「重ねて十五夜——
もう世界と触れることも
ままならない」

Key words
［キーワード］

『スペル&ライフズ』

僕となるクリーチャーを召喚する『**ライフ**』と、様々な異能を発揮する『**スペル**』という二種類のカードの総称。これらを操る力に覚醒した存在を『**プレイヤー**』と呼ぶ。

カードにはN、R、SR、SSR、Lという5種類のレアリティがあり、Lは幻級のレア度を誇る。

だがカードの強さはレア度だけでは決まらない。組み合わせや相性——つまりプレイヤーの使い方次第である。

色藤島［しきとうじま］

『スペル&ライフズ』の研究のために生み出された**人工島**。**異能特例区域**に指定されており、プレイヤーとして目覚めた人々はみなこの島に集められる。

カードの研究は軍事転用から日常生活に活用するモノまで多岐に亘り、合法的な実験のみならず、**危険を伴う違法な研究**も行われているが、その成果から黙認されている。

しかしこれらの研究が行われていることを除けば、この島の人々の生活は至って普通のものである。

運命シリーズ

タロットカードの大アルカナに準えた全二十二枚からなるシリーズもののライフである。運命シリーズの全てが精霊種、**レアリティは「スペル&ライフズ」最高のL**。

0番〜21番までの全ての運命シリーズを集めることで、**何でも願いを叶える**と噂される最後の一枚［世界］の名を冠したライフが顕現すると言われている。

桐谷駿は妹の凜音の手がかりを探すために、運命シリーズを集めることを決意した。

スペル＆ライフズ 2

恋人が切り札の少年はケモ耳暗殺者に襲撃されるそうです

十利ハレ

OVERLAP

Index

［目次］

［イラスト／たらこMAX］

Prologue

プロローグ

過去の幸せを引きずるだけでは擦り減ってしまうことを、理屈ではわかっていたのだ。

「はあ……」

少女は頭《こうべ》を垂れ、お友達の言葉を待つ。

ため息が聞こえると体が震えた。また前みたいに褒めてくれるのでないか、慰めてくれるのではないかという甘い考えは即座に霧散する。

「次こそはと機会を与えてあげたつもりなのですが、期待した私が間違っていたのでしょうか」

「そ、そのようなことは……っ」

「黙って。私が話している途中でしょう？」

思わず口を開いてしまったことを酷《ひど》く後悔した。重苦しい空気。このまま一生体を起こすことができない、そんな錯覚さえ抱くほどだ。

「また殺せなかった。決して難しい任務ではなかったと思うのですが……私のことを舐《な》めているのですか？　それとも、本当にこの程度のことができないのですか？」

4

きっと顔に笑みを張り付けている。顔を見なくてもわかる。その程度には長い付き合いだから。

自分が決して他のライフと比べて有用な力を持っているわけではないと自覚していた。

与えられた任務が、自分の力を活《い》かせるものであるということも理解していた。

少女の能力はどちらかと言えば暗殺者向きだ。

他のことに使いづらいと言い換えてしまってもいいかもしれない。

自分は召喚されることで発生するデメリットを打ち消せるほどの働きをできているだろうか？　などと問いかけるまでもなく、不良品なのは目に見えていて。

「もう一度、もう一度だけチャンスをくださいませ」

本当は人など殺したくはない。誰が嬉々《きき》として他人を傷つけようと思うだろうか。

それでも、主《あるじ》に必要とされない方がもっと辛《つら》いから。自分の存在意義がなくなってしまうことの方が辛いから、そのために刃を振るおうと思う。

そう思って戦っているはずなのに……。

「はあ、その言葉も聞き飽きましたが、いいでしょう。深く感謝するように」

「はい。次こそは、必ず役に立ってみせますから。そしたら、また昔のように褒めてくださいますか？　必要としてくださいますか？」

「ええ、もちろんです。私としても、こうして辛く当たるのは苦しいのです。期待してい

「次が最後のチャンスです——桐谷駿《きりやしゅん》から、［恋人］と［女帝］を奪ってきてください」

「は、はい！」

「……………桐谷駿」

「資料は後ほどお渡しします。手段を選ぶ必要はありませんが、所有権を解除する前に殺してしまうと、カードがアセンブリデッキに戻ってしまうので気を付けてくださいね」

ますよ」

もう、少女には後がない。

今度こそ失敗できない。

刃を突き立てろ。

それが幸せになれる唯一の方法だと信じて。

「なあ、ミラ。退《ど》いてくれないか？」

自称駿の恋人であり、相棒であるライフの少女、ミラティアは、そこが自分の定位置であると主張するように、堂々と駿の膝の上に座っていた。

ブルートパーズの髪が鼻先を掠《かす》め、くすぐったい。振り返ったミラティアは、ルビーの瞳を揺らし上目遣いで首を傾《かし》げた。どうしてそんなことを言うの？　とでも言いたげだ。

負担にならない範囲で彼とくっついていたいのが、ミラティアの恋人心。駿が本気で嫌がっているのなら、ミラティアもすぐに退いた。しかし、現在は特にそういったことはないはずだ、というのがミラティアの判断だったのだろう。

その考えは半分当たっていて、半分外れていると言える。

ミラティアを不快に感じているということはなく、心情的には可愛《かわい》いやつめ、くらいに思ってはいるのだが、状況がよくなかった。

「黒板が見えないんだが」

「ん。問題ない。シュンはどうせ授業なんて聞いてない」

「まあ、そうだけども」

そう、今は授業中だった。

色藤第一高校《しきとうだいいちこうこう》。二年B組の教室。四限目。異能特別学の時間。

色藤島《しきとうじま》特有のスペル&ライフズに関する基礎知識を補う授業の最中である。

普段はほとんど学校に来ない駿が久しぶり登校してきた。それだけでも注目を浴びているというのに、膝に美少女を乗せてイチャついているではないか。

呆《あき》れ半分妬ましさ半分の視線をクラス中から受け、居たたまれない。

担任の教師でもある鷗台《かもめだい》ミナモに関しては、怒髪天を衝《つ》く勢いで震えていた。白のチョークを軋《きし》ませ、頬をひくつかせて駿を見る。

「おい、愚か者。ここがどこだかわかっているか？」

「学校ですね………」

「私は鶺鴒《せきれい》ほど甘くはないぞ？　退学にしてやろうか？　お？」

「あー、まあ、それはちょっと困るかなあ。あはは」

ミナモは鶺鴒の古い友人であり、駿の無理な転入が許され、少ない出席日数でも単位を確保できているのは、彼女の力添えも大きい。

本来ならばミナモに深く感謝し、登校日だけでも真面目に授業を受けるべきなのだが、セレクタークラスで高等教育まで一通り終えた駿にとって、高校の授業は酷く退屈であった。

そして何よりミラティアが自由すぎたのだ。

「今、私が説明したことの要点を説明してみろ」

「えっと、東京湾大顕現災害についてですよね。百数十年前に起きた色藤島ができるきっかけとなった事件。その余波で、東京、千葉、神奈川の一部が消滅。東京湾の拡張と共に、色藤島が現れた。後に、この島にはプレイヤーが集められ、特例区として機能するようになった……ってところでどうでしょう」

駿は板書を横目で見て、記憶の中の情報と照らし合わせながら口を開く。

「正解だ。だが、腹立たしいので、私は貴様を許さない」

「え、えー………教師にあるまじき行為だ」

「苦言を呈したいのなら、生徒として模範的な行動をとってからにするのだな。テストで点が取れればいいというものではないぞ。そもそも、貴様は協調性に欠けすぎている。全くないと言ってもいい。高校とは――」

つらつらと語りだすミナモ。

これは話が長くなるな、と苦い顔をする駿。

すると、ミラティアがちょこんと彼の袖を引っ張った。それだけで彼女の意図を理解した駿は、立ち上がり教室の窓を開け放つ。

しかし、クラスメイトどころか、ミナモすらも駿に対して反応を見せない。

皆、ミラティアを膝に乗せて座る駿の姿を見ていた。

人間離れした容姿を持つミラティアは、その外見通り人とは異なる力を持った生命体だ。スペル&ライフズのライフカード。伝説のLレアであり、運命シリーズの六番。［恋人］の名を冠する精霊種である。

そんな彼女のスキル《幻惑》は、指定した空間に実体のない像を映し出すというもの。その力を応用して駿とミラティアの姿を隠し、また、二人が座っている幻を現実に反映させた。

「よし、跳ぶぞ。ミラ」

駿はミラティアを抱えると、窓枠に足を掛け、跳び出した。二階の窓。ここぞとばかりにギュッと駿に抱き着くミラティア。心地のいい浮遊感。

駿が地面に着地すると同時に、ミラティアの視界から外れたことで《幻惑》の効果が切れる。教室には彼の机と椅子だけが残っていた。

「あんのクソ愚か者があああああ!!」

背後にミナモの怒号が響く。

駿は「わりぃな」などと思ってもない謝罪を口にしながら、走り去っていく。そんな彼の姿を教室から見下ろすミナモは鬼の形相。手の中のチョークは既に砕け散っていた。

「じゃあ、授業を続けようか」

「ひっ…………」

教室の誰かから、短い怯《おび》えが漏れる。

それから授業が終わるまでの数十分、ミナモはずっと機嫌が悪かったという。

◇

そして、昼休み。

「友達のいない先輩のために私が遊びに来てあげたわよ!!」

つい最近本土から引っ越し、色藤第一高校に転入した一年生、萌葱《もえぎ》咲奈《さな》が教室にやってきた。上級生の教室にも物怖《ものお》じせず、意気揚々とドアを開け放つ。

「……って、あれ？　いない？」

のだが、そこに駿の姿は見えない。

代わりに、鬼の形相を浮かべる女教師がやってきた。

「ほう？　貴様、駿の知り合いか」

「へ？　そうだけど……なんか目が怖いわよ？　なんで私は睨《にら》まれてるのかしら!?」

「そうか、そうか。少し聞きたいことがある。職員室まで来てもらおうか」

「え？　待って！　私なにもしてない！　ちょ、ぎゃーっ、あんのバカぶっ飛ばしてやる

ううう っ!!」

◇

授業を抜け出した駿は、屋上に座り込み、ぼうっと空を見上げていた。

ミラティアは駿の膝を枕にして、すーすーと心地よさそうに寝息を立てている。

キーンコーンカーンコーン。四時限目終了のチャイムが鳴った。

腹は減ったが財布は教室に置いてきてしまった。まだミナモがいるかもしれないし、そもそもここから起き上がるのが億劫《おっくう》だし、ミラティアを起こすのも忍びないし、などと益《やく》体《たい》もないことを考えていると、ぎぃと錆《さ》びたドアが鳴いた。

「あー！　桐谷くんやっと見つけた。ダメだよ、こんなところでサボってたら」

高い位置で一つ結びにされたオレンジベージュの髪。くりりとした翠色《みどりいろ》の瞳。豊満なバストの上で、二年生を表す青のリボンが揺れる。

駿の前に仁王立ちした少女は、腰に手を当ててぷくぅと頰を膨らませた。

「あー、まあ、そうだな。えっと……」

ミラティアの頭に手を置く駿は、彼女を見て首を傾げる。

「あれ!?　もしかして私名前覚えられてない!?　恵菜《えな》だよ、夕霧《ゆうぎり》恵菜！　桐谷くんと同じクラスで学級委員長の！」

「あー、うん。思い出した、思い出した」

「絶対思い出してない顔だよ！　それ！」

恵菜は、棒読みの駿を見て「もー、酷《ひど》いよー！」と先ほどよりも大きく頬を膨らませる。

ハリセンボンのようであった。

「で、ミナモさんに言われて連れ戻しに来たのか？」

「それもあるけど、はい、これ。休んでた分のノート取っておいたから」

「わざわざ？　委員長って問題児の対処押し付けられた上に、こんなことまでしなきゃいけないのかよ」

「もう、問題児って自覚があるならもう少しちゃんとしてよー！　でも、これは私がやりたくてやったことだから」

「物好きなやつもいたもんだな」

「高校生でいられる期間は三年しかないんだよ？　せっかくなら楽しく過ごしたいじゃん。ね、だから、もう少し真面目に過ごすように」

今の自分を見たら、妹の凜音《りんね》も同じことを言いそうだな、なんて思ってふと笑う。

だが、その凜音をオラクルから助け出すためにも、本来は学校に行っている暇などないのだ。

先日の件でやっと凜音の手がかりを摑《つか》めた。

セレクタークラスを運営し、駿《しゅん》や凜音にプレイヤースキルを植え付けた組織、オラクル。

どうやら彼らの目的は、二十枚の運命シリーズを揃《そろ》えることで顕現する最後の一枚、［世界］を手にすることらしい。

そして現在、駿の手元には運命シリーズのうち、［恋人］ミラティアと、［女帝］ヘレミアがある。

確実に状況は動き始めている。

「あ、そうだ。ねえねえ、桐谷《きりや》くん。チャンスアッパーって知ってる？」

「チャンスアッパー？　聞いたことないな」

「最近うちの学校ではやっててね。それを使うと高レアリティのカードがドローできる確率が上がるんだって！」

「そんなことできるのか？」

「ね、びっくりだよね！　でもでも、周りの子も結構レアカード当ててたね！」

「お、恵菜。いたいた〜！　もう、捜したよっ！」

興奮気味の恵菜の言葉を遮って、友人であろう女子生徒がやってきた。軽い身のこなしで屋上に飛び込み、恵菜にダイブ。抱き着いた。

「わっ、ごめんね！　教室で待っててくれればよかったのに」

「まあ、暇だったし？　で、何話してたの？」

彼女とも同じクラスなのだが、クラスメイトの顔など覚えていない駿は、気まずそうにミラティアに視線を落とす。

「チャンスアッパーについてだよ！」

「あーね！　あれマジだよ！　あたしも最近使ってるんだけどさ、じゃーん！　なんと、昨日SSRのカード当てちゃいました！」

「すごい、すごい！　しかもライフだ！　金枠のライフいいな～！」

「加えて、黄道十二宮のシリーズものだぜ！　あたしも最初は半信半疑だったんだけどさ、これ引いたらさすがに嘘《うそ》だとは言えなくなったよね」

確率の問題だから、もちろんその効果を感じられない者もいるだろう。

だが、SSRのネームドライフなど、一生かかっても引けないプレイヤーの方が多いほどだ。この少女の話を聞くと、チャンスアッパーとやらの効能も眉唾物ではないのかもしれないと思わされる。

「なあ、そのチャンスアッパーって結局なんなんだ？」

「お、桐谷くんも興味ある感じ？　薬の一種だよ。小瓶に入ったものを渡されるんだ」

「渡される？」

「祈るように両手を握ってね、『印《しる》せよ、運命をこの手に』って唱えると謎の男が現れるんだ。そんで、そいつがチャンスアッパーをくれるってわけ」

「謎の男？　そんなんで本当に現れるのか？」

「いやさ、あたしもただの噂《うわさ》だと思ってたからびっくりだよねー。しかも、ちゃんと効果があって二度びっくり」

「えー！　いいな、いいな！　私も使ってみたい！　さっきの呪文を唱えればいいんだよね！」

瞳をキラキラと輝かせて、SSRのライフカードを見つめる恵菜。

恵菜はチャンスアッパーに興味津々のようだが、駿は懐疑的にならざるを得なかった。

「なるほど。なかなか怪しい話ではあるな」

「でもでも、実際にレアカード引けてるのはすごいよね！」

「効果が嘘だとは言ってねえよ。確率ならなんとも言えるとは思うが」

ドローとは、プレイヤーがアセンブリデッキと呼ばれる異空間からカードを引き出すことを指し、一日一回のみ行使できる力である。手に入るカードの確率はレア度によって異なるが、それは人為的には干渉できない部分のはずだ。

高レアリティの出現確率を引き上げるなど聞いたことがない話だった。

「問題なのはその薬だ。正式に認可されたものじゃないだろ」

「で、でも、みんな平気そうにしてるし。レアカードほしくない？　それにほら、何かあったら公安がどうにかしてくれるはずだし！」

「そう思うなら止めねえよ」

セレクタークラスのこと、先日のキリングバイトでの事件。

元より、駿は公安に対して懐疑的だ。有事の際に頼ろうなどと思えるわけがない。彼らが役に立っているところなど、見たことがないのだから。

「忠告はしたからな」

また裏で何者かが動いている。

きな臭い。咽《む》せ返るような血の匂いが鼻を掠《かす》めるのだ。

駿は心地よさそうに身を捩《よじ》るミラティアに視線を落とし、短く息を吐いた。

◇

放課後。

バイトをしているはずの咲奈でも揶揄《からか》ってやろうとシュヴァルベの扉を開けると。

「お帰りなさいませ、ご主人様………………!?」

メイドに出迎えられた。

そして、そのメイドは駿を見てピシッと表情を固めた。

駿は一度扉を閉めて看板を確認する。間違いない、ここはシュヴァルベだ。知り合いのオカマが経営するバーで合っているはずなのだが。

「お、お、お帰れ！　ませ！　ご主人様ッ！」

メイド服に身を包んだ少女、咲奈は、顔を真っ赤にして、ツインテールを逆立てた。両手で押し、駿を店から追い出そうとする。

「なあ、ここはいつからメイド喫茶になったんだ？」

「似合ってるでしょ？　せっかくだから着てもらおうと思って」

半眼の駿。咲奈の後ろから、にっこにこの笑みを浮かべた鶺鴒《せきれい》が顔を出した。

「何がせっかくなんだよ。鶺鴒はそれでいいのか」

「可愛《かわい》ければオールオッケー！　流行《はや》りは取り入れていかないとね～」

「メイド服が流行っているとは知らなかったよ」

鶺鴒と、鶺鴒の言葉に乗せられたであろう咲奈を見て呆《あき》れる駿。

「どう？　にあってる？」

隣のミラティアも、いつの間にかメイド服を身に着けていた。スキル《幻惑》を使ったのであろうから、身に着けるという表現が正しいかはわからないが、メイド服を着た少女が一人増えた。

ミラティアは駿を見上げて小首を傾《かし》げる。

「ご主人さま、なんなりとお申し付けください？」

「なぜ、ミラまで…………」

「気に入ったなら家でもきてあげようか？」

「気に入ったなんて言ってないけどな」

「これも悪くねえな、って顔してる、よ？」

「別にしてねえ。可愛いとは思うけど。普段使いするような服じゃないだろ」

「いいの？　シュンがいうならきる」

「いいよ」

「ほんとはちょっと期待してるでしょ」

「してない…………ぞ」

「わかった。じゃあ、たまにきてあげる」

ミラティアは駿を見て、むふん、と満足げに口角を上げた。

とってて、と一回転してみたりして、上機嫌な様子だ。

「それ何がわかったんだ!?」

「ふふ、ちょっときてほしい気持ちがあるってこと」

◇

シュヴァルベの一番奥にある四人掛けのテーブルは、すっかり駿たちの定位置となっていた。駿とミラティアはそれぞれ、コーヒーとイチゴミルクを鶺鴒から貰《もら》い、喉を潤す。

少しすると、鶺鴒から休憩を貰ったのか咲奈《さな》がやってきた。

「ふはー、立ちっぱなしも疲れるわね」

駿の正面に座ると、両手両足を投げ出して息を吐く。

咲奈は色藤島《しきとうじま》に越してきてから、シュヴァルベでアルバイトをしていた。以前、鶺鴒の家に泊めてもらっていたので、その恩返しのつもりで、バイト代はほとんど受け取っていないらしい。鶺鴒は気にしなくていいと言ったのだが、咲奈は断固として譲らなかったのだ。

「おつかれさん。ていうか、いつまでバイトしてるんだ？　恩返しは十分できたんじゃないか？」

「んー、でも、バイトって初めてだから楽しいのよね。もう少し続けてもいいかなあ、なんて」

「そか」

姉の那奈《なな》を巡って駿と咲奈はオラクルと対峙《たいじ》した。咲奈にとっては慣れないことの連続で、心労も凄《すさ》まじかったろうが、元気そうで安心した。

案外図太いのか、適応能力が高いのか、色藤島にもすぐに慣れたようである。何か珍しいものを見つけるたびにぎゃーぎゃー騒いでいるのは相変わらずだが。

「ねね、駿！　これ知ってる？」

咲奈はポケットから小さな緑色の小瓶を取り出した。中に透明の液体が入った、中指くらいの大きさの瓶である。

「もしかして、チャンスアッパーってやつか？」

「なんだ、知ってたのね。うちのクラスで流行ってて一個もらっちゃった。一回飲むと五回分効果があるみたいなの。これで私もレアカードゲットできるかしら」

「はあ……どいつもこいつも。捨てちまえそんなもん」

「ええ、でももったいないような」

「もったいなくない。捨てろ」

「あー！　わかった！　羨ましいんでしょ！　友達いないから！　貰えないから！　でも、安心して。特別にチャンスアッパーを手に入れる方法を教えてあげるわ！」

「絶対に飲むな。これは預かっておくな」

駿は咲奈の頭に容赦なく手刀を入れると、チャンスアッパーを分捕った。

「ぎゃーっ!?　ちょっとあんた容赦ないわね！　図星!?　さっきの図星だったからでしょ!?」

駿《しゅん》は無言で咲奈に追い打ちをかける。

「ぎゃんっ！　かーえーしーてーよー！　駿はいっぱいいいカード持ってるからいいじゃない！」

「うるさい。黙れ」

「だ・ま・れ!?　あんた後輩にこの仕打ちヤバいわよ!?」

「ヤバいのはお前の思慮の浅さだろ」

「誰がよ！　深いわよ！　私の思慮はマリアナ海溝！」

「はいはい。とにかく、絶対飲むなよ。忠告したからな」

「ぶー、ぶー！　もう駿の教室に遊びに行ってあげないんだから！」

「頼んだことねえわ」

駿は緑の小瓶を光にかざし、振ってみる。

一見ただの水だが、振ると少し粘性があるのがわかる。ドローするカードの内容をコントロールするなど、プレイヤーとしてのルールを組み替えるに等しい行為だ。それこそ、駿の持つプレイヤースキルに近い。

駿はかつてオラクルという組織が運営する、セレクタークラスと呼ばれる施設で暮らしていた。セレクタークラスでは、ＰＳＡ（Player Skill Addition）計画——カードが有するスキルを抽出、変容させ、人体に付与することにより、プレイヤースキルとしてプレイヤーに固有の特殊能力を植え付ける実験が行われていた。

その実験の非検体である駿はスペル&ライフズにおける時間的制約を受けないという効果のプレイヤースキル——《限定解除《リミテッドアンロック》》を有している。

このチャンスアッパーの背後にいる何者かについても疑いたくなるというものだ。

効果については未《いま》だ半信半疑だが、これがただの水であるならば、配る理由がない。金が目的ならわかりやすいのだが、そういうわけでもないらしい。

問題が起こっていないのは、まだ薬が広まり始めている段階だからか、何か対策を打っているのか。少なくとも善意でこれを配っているなんてことはありえないだろう。

怪しい。見るからに怪しい薬だ。

全くこの島のプレイヤーはバカしかいねえのか、と駿は大きくため息を吐《つ》くのだった。

◇

夜。閑静な住宅街に、ミラティアの心地よい鼻歌だけが響く。

今にも踊りだしそうなほど軽い足取りで、駿に先行して歩いていた。

「楽しそうで何よりだよ」

「非情に悩ましい問題だった。おそらく、どんな数学者でも答えを出すのに数年はかかる。

でも、わたしの選択にまちがいはなかった」

普段は寡黙なミラティアが珍しく熱弁する。

量か質か。昔から幾度となく議論が重ねられてきた至上の命題の一つである。

量より質だ。まず量があることが大切だ。そもそも質よく量をこなすべきだ、などとはよく聞く話。そもそも、答えは議論の対象となるもので変わるものである。嗜好品《しこうひん》、例えばプリンならばどうだろう。

高級なプリンを一つ買うか。安価なものを大量に買うか。

非常に悩ましいところである。

幸せとは……そんな宇宙が脳内に形成され、ミラティアの出した答えは。

「たくさんあるとうれしい……！」

スーパーの袋に三つで百円のプリンが大量に詰め込まれていた。

ミラティアはそれを両手で抱きかかえるようにして持ち、ふわりふわと袖のリボンを揺らしていた。ご機嫌である。

「そりゃ、よかったよ」

「シュンも一緒に食べよ？　ぷるぷるぷりん～♪　ぷりぷりん～♪　甘くておいしいぷぷぷりん～♪」

自作の歌を口ずさみステップを刻む。

しかし、唐突に鳴り響く脳内警報に、ミラティアは雰囲気を一変させ、はたとその動きを止めた。警戒するように、ジッと一つ先の街灯の下を見る。

「シュン、誰かいる」

人一人分の影が落ちた。そいつの意識は完全に駿とミラティアの方を向いている。

ミラティアはプリンを抱え込み、駿の前に立ってその人影を注視する。

しかし、敵意はないのか、そいつはすぐに姿を現した。

二つ結びにされた絹のような亜麻色の髪。赤い花の髪飾り。菫色《すみれいろ》の瞳。腰上のベルトに、グレーを基調とした荘厳なデザインの制服は鴎台女学院《かもめだいじょがくいん》のものだ。

「お久しぶりですね、お兄さん」

少女は、再会を懐かしむように優しく表情を崩した。

どこかで見たことがある気がするが、よく思い出せない。

そう思い訝《いぶか》しげに彼女を見ると、お兄さんらしい、と破顔した。

「お前は……」

「忘れてしまったのですか？　セレクタークラスで一緒に過ごした仲ではありませんか」

「折町千世《おりまちちせ》……生きてたのか!?」

「もう、勝手に殺さないでいただけますか？　この通り、ぴんぴんしていますよ」

折町千世。歳《とし》は駿の一つ下。凛音《りんね》と仲が良く、駿の中では妹の友達というイメージが強かった。仲が悪かったわけではないが、特別思い出らしきものもない。

彼女はセレクタークラスに連れてこられたのが駿や凜音よりも後だったが、出ていったのは先だった。

ほとんどの者はなんの前触れもなく姿を消す。実験に耐えられずに命を落としたのではないか、などと駿は思っていたわけだが、どうやらそういうわけでもないらしい。

「無理もありませんよね。私もいなくなった方は死んだものと思っていましたし」

「今は普通に暮らしてるのか？」

「いいえ。オラクルの一員として活動していますよ。セレクタークラスを卒業する直前、私にもプレイヤースキルが発現しました。幸い制御も上手《うま》くできていたので、そのまま即戦力として上へ引き抜かれたのです」

それが、セレクタークラスを卒業していったプレイヤーの行先の一つ。

もちろん駿が思っていたように命を落とした者もいただろうが、想像していたより多くはないのかもしれない。現に駿も夜帳《とばり》も生きている。凜音も同じく。千世もこうして目の前に現れた。

「オラクルに……それはお前の意志なのか？」

「いいえ。でも、どうすることもできませんから。常に監視はついていますが、学校に通えているだけ私は恵まれていると思います」

「監視、な」

駿は警戒レベルを引き上げ、周りの気配を探る。

千世を監視しているということは、必然的に今の駿の場所もバレていることになる。オラクルは自分になど興味がないと思っていたが、先日の件もあり、よく思われていないであろうことくらいはわかる。

旧友だからと普通に話をしていたが、彼女の意思も、立場もわからない。所属はオラクル。それだけで、警戒するには十分すぎた。

「安心してください。今はその監視を一時的に誤魔化《ごまか》すことができています。だから、お兄さんに会いに来た」

「それで信じろと？」

「疑ってくれて構いませんよ。でも、話は聞いていただきたいです」

千世は懐から緑色の小瓶を取り出した。

今日、それを目にするのは二度目だった。

「これが何か知っていますか？」

「…………チャンスアッパー」

「さすがです。それなら話が早い。お兄さんにはこの薬を配っている人物を潰していただきたいのです。薬を広めているのはオラクルの意志ですが、その役割を担っているのは個人のはずです」

「いきなりだな」

「時間がないもので」

「不明点が多すぎる。千世、お前についても。オラクルについても。もちろん、チャンスアッパーについてもだが……」

「すみません。本当に詳しく説明している余裕はないんです。監視の目を誤魔化すのにも限界がありますから。今は私の話を聞いていただけないでしょうか？」

駿はミラティアに視線をやる。彼女は千世に興味などないようで、プリンを眺めて悶々《もんもん》としていた。少なくとも、千世に駿に対する悪意はないということだろう。

「わかったよ」

「助かります。まずは、チャンスアッパーについて。チャンスアッパーは、飲むと高レアリティのカードをドローできる確率が上がる薬で、その効果については本当です。ただ、強い副作用があります」

出回っている噂《うわさ》の中に、副作用に関するものはない。

つまり、意図的にその情報は隠されている。

「そして、チャンスアッパーを使ったオラクルの目的は、Lレア、運命シリーズの顕現」

「誰でもいいからアセンブリデッキから引き出してくれるのを期待してる、と」

「ええ。基本的に薬を配ったプレイヤーは監視されていて、運命シリーズが顕現すればすぐに回収できるようになっています。だから、チャンスアッパーの流通範囲もあまり広くありません。現在は、想定より噂が広まってしまっているようですが」

「千世は流通ルートを知らないのか？　内部からの方が調べやすいだろ」

「そこまでの自由はありませんよ。できたら、とっくにやっています。今、こうしてお兄さんに会っている。それが私なりの精一杯の抵抗なのです」

「なるほどな。でもそれ、俺にメリットないだろ」

「お兄さんは運命シリーズを集めたいのでしょう？　凛音さんを助けるために」

「………………」

「どうして知っているのか疑問ですか？　申し訳ないですが、それを説明している余裕もありません」

「それはこの際どうでもいい。千世は凛音の居場所を知ってるのか？　そうだ、それを聞かせてくれ」

妹のことが絡むと冷静でいるのは難しい。焦り、前のめりになる駿。千世はそんな彼を見て首をゆっくり横に振った。

「無理です。オラクルに関する一定の情報は口にできないようにされています。チャンスアッパーのことだってギリギリなんです」

「おいおい、それで俺だけ都合よく協力なんてすると思うか？」

「オラクルが運命シリーズを手にするのを阻止できる。オラクルと繋《つな》がっているチャンスアッパーを追えば新たな情報が手に入る。それで、納得してはいただけませんか？」

「……………」

口元に手を当てて考え込む。

リスクはあるが、千世の言う通り追う価値はある。以前のヘレミアの件でオラクルの情報が摑《つか》めたとはいえ、次にどのようなアクションを起こせばいいか手をこまねいていたところ。何かしら得るものはあるはずだ。

「お願いします。チャンスアッパーは未完成で強い副作用があります。このまま広まるのは危険です。これ以上、広まってほしくないんです」

「なぜ、そこまでするんだ。オラクルの野望に、というより、特にチャンスアッパーについて執着してるみたいだが」

「チャンスアッパーは私のせいで作られたものだから」

「千世のせいで？」

「チャンスアッパーはプレイヤースキルをもとに生み出された薬。私のプレイヤースキル《確率引上《チャンスアップ》》が元凶なんです」

駿《しゅん》と同じようにセレクタークラスで埋め込まれた、第一世代のプレイヤースキル。

ヤースキルだ。

《確率引上《チャンスアップ》》。ドローする際、高レアリティが排出される割合を引き上げる強力なプレイヤースキルだ。

オラクルが求めていたスキルとは違えど、可能性に満ちたプレイヤースキルだった。もし、量産ができれば組織力の大幅な上昇に繋がる。

現在はその前段階。一般プレイヤーを使った実験と、運命シリーズ権限を早めることが目的のようだ。

「…………わかった。俺の方でも調べてみる」

「本当ですか!?」

「別にお前の安いお涙頂戴話に乗せられたわけじゃねえぞ。メリットがあると思ったから、引き受けた」

「ええ。それで構いませんよ」

「変に期待するなよ。上手くいくとは限らねえし」

「それもわかっています。情報提供は適宜こちらからいたします。自由に連絡はできないものですから、こうして直接足を運ぶことになりますが」

「わかった。それでいい」

「本当にありがとうございます。それと、久しぶりに元気な姿が見られてよかったです」

「感傷に浸れるほどの関わりがあったわけでもないけどな」

「それでも、同郷の方と会えたら嬉《うれ》しいものですよ。あんな場所でしたから、余計に」

「まあ、それはそうかもな」

既に死んだものと思っていた旧友との再会。多少の物懐かしさを感じてしまうのも無理からぬこと。互いの立場がどうであれ、無事でよかったと心から思う。

何より、凛音に繋がる可能性があるのだから、喜ばしい出会いであることに違いなかった。

◇

「よし、これで全部終わり！」

やっとクラス全員分の資料をホッチキスでまとめ終わった。机に積み上がった紙の束を見て、夕霧恵菜《ゆうぎりえな》は大きく伸びをする。

放課後。ブラスバンドの音と、運動部の気合の入った掛け声だけが流れてくる。橙色《だいだいいろ》の光に照らされて、どこかノスタルジックな教室に一人。恵菜は教師からの頼まれごとをこなしていた。

「そういえば、あの噂って結局デマだったのかな」

レアカードをドローできる確率が上がる薬。チャンスアッパー。

友人に聞いた通りに、両手を組んで祈りを捧《ささ》げた。『印《しる》せよ、運命をこの手に』と唱えながら。数日前の話だ。しかし、謎の男とやらが現れる気配はなかった。

本当にその男が現れるのも怖いが、期待もある。半分半分といったところだろうか。

「その噂って～、もしかして、オレのことだったり？」

気配はなかった。気づけば、そいつはそこにいた。

ゆったりとした不思議と耳に馴染《なじ》む声音だった。黒いローブを身にまとった少年は、教卓に腰掛けてニヤリと口角を上げる。

「えっと、どこの誰かはわからないけど、机に座ったらダメだよ！」

「あれ？　突っ込まれるのそこ？　もっと他にない？　ほら、この恰好《かっこう》とか」

少年は素直に教卓から降りると、ローブを広げてアピールする。

「うーん、この季節だとちょっと大変そうだよね」

「うん。正直暑苦しい。でも、そういうことでもないかな～。ま、変に驚かれるよりやりやすくていいけど」

少年はゆったりとした足取りで恵菜に近づくと、ローブの中から緑の小瓶を取り出した。お姫様にするように恵菜の手を取り、その小瓶を握らせる。

「真面目にお仕事がんばるお嬢ちゃんにプレゼント♪」

「あ、もしかして、謎の男」

「今更？ ていうか、そんなあやふやな呼ばれ方してたんだ～」

今更驚き始める恵菜を見て、少年は面白い子だな～、と楽しげだった。

「てことは、これって、もしかして」

「そそ。噂のチャンスアッパー。誰にでも渡してるわけじゃないんだよ？ お嬢ちゃんは特別だ」

「あ、ありがとう。でも、いいのかな。特に渡せるものとか、できることはないけど」

「気にしないでいいよ～。慈善活動みたいなものだから。君が喜んでくれたら、それで十分」

「そっか、そうなんだ。ありがと！ 大事に使うね！」

「はいよ～。一つで五回分だから」

手をひらひらと振って距離を取る。

少年は机に飛び乗ると、タッタッとそれらを足場にして窓の外へと身を投げ出した。

「運命を引き出せることを祈っているよ、恵菜ちゃん」

ひらりと黒のローブが揺れ、彼の姿はすぐに視界から消える。

「は、へ!?」

恵菜は慌てて教室の窓に駆け寄り、身を乗り出す。真下の通路、校庭を一通り見渡すが、ローブの少年の姿はどこにもなかったのだった。

◇

色藤第一高校《しきとうだいいちこうこう》の屋上には、三つの人影があった。

ウルフカットの少年——冷水兎々璃《ひやみずとり》は鬱陶しそうにローブを脱ぎ捨てる。パープルアッシュの毛先が揺れる。黒のローブは風に煽《あお》られ、橙色の夕焼けに呑《の》み込まれていった。

「ふう、全く暑苦しくて困っちゃうなあ。これ」

「じゃあ、やめればいいじゃねえですか。どうせカッコつけ以外の理由なんてねえでしょ」

黒髪ボブの少女——黒川戌子《くろかわいぬこ》は兎々璃にしらっとした視線をやる。

黒を基調とした厳かなデザインの制服は、九十九里高等学校《つくもりこうとうがっこう》のものだ。九十九里高等学校は、色藤島《しきとうじま》で一番偏差値の高い高校なのだが、彼女の風貌はとても相応《ふさわ》しいとは言えなかった。髪のインナーは赤く染められ、耳には銀のピアスが光っている。目つきの悪さは元来のものだろうか、それを差し引いても有り余るほどの鋭さが彼女にはあった。

「でも、雰囲気って大事だと思うよ〜？　ま、オレがカッコいいのは否定しないけどさ」

「言ってねえってンですよ！　勝手に都合のいい聞き間違いしないでくれますかねえ？」

「それにしても、変に噂が広まっているせいでやりづらくなりましたよね。鴎台《かもめだい》でも話題に上がっていましたよ？」

屋上に座り込んだ折町千世《おりまちちせ》は、兎々璃と戌子を見上げて言った。湯呑みでも使うように左手を添えて缶を傾ける。熱々のお汁粉を口に含んでほうと息を吐く。

「へえ。そっちの方では配ってないんだけどな～」

「ていうか、いつも思うンですけど、それ熱くないんですか？　なんで、夏にお汁粉……」

「熱いからいいんじゃないですか～。おかしな戌子さん」

「え、うちが変ですか？　え？」

運命シリーズの回収を目的としている組織——オラクル。

オラクルは主に四つの部隊に分かれていた。

プレイヤースキルや、それに付随した技術等の実験を行っている、いわゆる研究者——『ワンド』。

プレイヤースキルを埋め込んだプレイヤーを管理する施設等を運営している部隊——『カップ』。かつてはセレクタークラスを運営していたが、現在は規模が縮小していた。

資金集めのために、表向きの企業を運営している部隊——『コイン』。実態は普通の会社とあまり変わらず、中にはオラクルのことを知らずに働いている社員も存在する。

そして、兎々璃、戌子、千世が所属するのが、運命シリーズ回収のための実働部隊——『ソード』。この部隊には強力なプレイヤーが多く在籍しており、プレイヤースキル持ちも多い。

現在の彼らの任務は、運命シリーズの顕現を早めるために、チャンスアッパーを管理可能な範囲で配布することだった。

「本部の演算結果を見るに、そろそろ一体くらいは顕現してもいい頃なんだけど。もう少し様子見かなあ」

「［人馬宮］のスキルに引っかかってないンですか？」

「そうだね～。もうちょいで来る気はしてる」

「まさか監視サボってンじゃねえですよね？　うちらが代われる役目じゃねえンですから、ちゃんとやってくださいよ」

「釘《くぎ》刺されなくてもわかってるって。先輩に任せて～」

「前科があるから言ってるンですけどねえ！」

ネームドライフ・SSR獣種【［人馬宮］サジタリウス】

サジタリウスのスキル《火ノ印》は、特定の言葉を唱えた人物を観測するというものである。

兎々璃が設定した言葉は、『印せよ、運命をこの手に』だ。

密《ひそ》かに噂《うわさ》を流して、チャンスアッパーを求めているプレイヤーを特定し、配布。薬を飲んだ後も、そのプレイヤーの動向を観察し続け、運命シリーズの顕現を待つ。

「うちが［人馬宮］を使えればよかったンですけど」

「いぬぴーのライフもユニティ持ちだからね～。獣種のライフは使えない」
「ていうか、黄道十二宮のシリーズって明らか使いづらくないですか？　なんで種族が違うのに、全員ユニティ持ちなんですか」

ライフには召喚されている時に恒常的に発動する能力――パッシブを持つ種類がいる。ユニティはパッシブの一つであり、その効果は、このライフが召喚されている時、そのライフと同種族以外のライフを召喚できないというものである。

例えば、精霊種であるミラティアを召喚している駿《しゅん》は、精霊種以外のライフを召喚できない。

基本的にレア度SSR以上のネームドライフは、共通でこのユニティを持っており、デッキの組み方を制限するものである。

SSR、Lのネームドライフは、この程度のデメリットを補って余りあるほどの強力な力を持っているが、やりづらいことには変わりなかった。

「あーあ、うちも兎々璃みたいにプレイヤースキル持ってたらいいンですけど」
「そんなに羨むようなものでもないよ。オレは運がよかったけど、山みたいな失敗作の上に成り立ってるんだ。リスクの軽減を図った第二世代だって、一定の副作用があるみたいだしね」

「言ってみただけですよ。そんなの、うちらが一番わかってンですし」

大きな力には代償が伴う。その代償とは、自分の身にのみ降りかかるものではない。他者の命を踏みにじることで達成されるものであったりする。兎々璃は幾千もの屍《しかばね》の上に立っているのだ。

「千世？　どうしたんですか。ぼーっとして」

「は、へ？」

急に話を振られた千世は、びくりと肩を跳ねさせ顔を上げる。

「へ？　じゃねえですよ。らしくない。気がかりでもあるンですか？」

「い、いえ。なんでもありませんよ」

「ほんとですか？」

「ええ。少し寝不足で。鷗台、無駄に課題が多いんですよ」

「ま、いいですけど。何かあったら言ってくださいよ。一応うちらチームですし」

「はい。ありがとうございます、戌子さん」

少し照れくさいのか、そっぽを向きながら頬を掻《か》く戌子。

そんな彼女を見て、千世は口元に手を当ててくすりと笑みをこぼす。

「いぬぴーまるで先輩みたいだね～」

「みたいじゃねえンですよ！　いや、オラクルに入ったのはうちの方が後ですけど、歳《とし》は上ですし」

「なるほど、なるほど。その理屈で言うと、高校三年生のオレが一番先輩ってことになるね。二人とも、どーんと先輩を頼っていいからね～！」

「…………」

「…………」

「あれ!?　二人ともその白けた視線は何!?」

「いや、先輩だと思ったことあんまないですし。なんならうちらが手を焼かされてるまであると思うンですが」

「兎々璃先輩は、うーん、基本的には頼りないですね♪」

「あ、あれえ!?　オレ二人にそんな風に思われてたんだ!?」

がーん、と肩を落とす兎々璃。

おちゃらけた態度の彼を見て、千世と戌子はどちらともなく笑い出す。

オラクルの目的。千世の思惑。その渦中へと足を踏み込んだ駿。

目的は違えど、求めるものは同じ。

よって、必然の結果として拳は交わる。闘争。奪い合い。

運命を懸けた歯車は回り始める。

時刻は零時を回ろうとしていた。

駿も数十分前には部屋の電気を消し、タオルケットを被《かぶ》っていたのだが、まだ意識はこちらの世界にあった。なかなか寝付けない。その原因は明白で。

「なあ、ミラ。さすがに暑い」

ミラティアが、駿の胸に顔を埋《うず》めるようにしてギュッと抱き着いていた。足も絡ませ、一ミリの隙間も惜しいとでもいうように、ピタリとくっついている。

「わかった。クーラーをつけてくる」

「そういう問題じゃねえだろ」

「なんと設定温度は二度」

「違う。そうじゃない。あと二度はやめろ。離れるって選択肢はないのか」

「ない」

「即答……ミラも暑いだろ」

「？」

「なんで首傾《かし》げてんだ」

「服をぬぐと涼しい？」

「いや、あんま変わんねえだろ。むしろ直接肌が触れ合う方が暑くないか？」

「シュンのえっち」

「今の俺が悪いのもがぁ――っ」

と。

ミラティアは目を細め、駿の口を塞ぐ。

悪戯《いたずら》や悪ふざけではない。ミラティアの表情は一転して真剣そのもので、駿も途中で彼女の意図に気が付いたから息を潜める。

背中に僅かだが生き物の気配を感じる。動いている。

この部屋に誰かがいる。

いつからだ？ 誰だ？ などと意味のない疑問は捨て置け。ただ、目的だけはわかる。

背中に感じるのは、ぴりぴりと痺《しび》れるような殺意。狙いは駿かミラティアか。

どちらにせよ、駿たちの対応は変わらない。

襲撃者は懐から短刀を取り出した。宵闇に抜き身の刃が煌《きら》めく。両手で短刀を握りこみ、駿の腹部へ刀を這《は》わせ、差し込む。

その一連の動作を駿は後ろから見ていた。

「な……ッ!? 偽物!?」

空を切る短刀。実体がないのだから感触もない。

襲撃者は不測の事態に思わず声を上げる。

そして、駿の姿を捜そうと振り返ると、彼のハイキックが眼前に迫っていた。

咄嗟《とっさ》に腕をクロスさせ、顔面を守る。その上から叩《たた》き込まれる。

「うぐ…………っ!?」

襲撃者は勢いに逆らわず蹴り飛ばされ、しかし、床を蹴って、忍者のように天井に降りる。ふわりと軽い動き。片手両足で天井に張り付き、短刀を構える。駿を捕捉すると、天井を蹴って一直線に急行した。

すれ違いざまに短刀を一閃《いっせん》。

「く――――ッ」

これも幻だ。襲撃者の流麗な一閃は空を切る。

「おいおい、人様の家に入る時はお邪魔します、だろ。あと靴を脱ぐ。ていうか、こんな真夜中に訪ねてくんな」

駿は襲撃者の背後で、指折り数えながら言った。

目が慣れ、襲撃者の姿がはっきりと見えてきた。

駿の胸元くらいの背丈。幼くも整った顔立ち。もし、彼女が人間だったなら歳は十くらいだろうか。赤と黒を基調とした着物を模した戦闘服。翠色《みどりいろ》の瞳。最も特徴的なのは、狐《きつね》色《いろ》の耳と柔らかそうな尻尾。

「殺さないと……………ッ」

片手を地面につき、警戒態勢の少女の尻尾はピンと立っていた。

視線を低く、脚に力を込めて――駆ける。

「――――――」

駿はミラティアに指示を飛ばそうとして、声が出なくなっていることに気づく。いや、違う。耳が聞こえていないのだ。

狐娘のスキルだろうか。駿の声はミラティアに届かない。

だが、そんなのは些細《ささい》なことだ。

たった一瞬のアイコンタクトでミラティアは全てを汲《く》み取ってくれる。

駿は咄嗟に横に跳んで、狐娘の突進を回避。

ミラティアは《幻惑》を使って、無数の駿の幻を映し出した。幻はそれぞれ異なる立ち姿で狐娘を囲んでいる。そのほとんどが幻覚だとしても、相当な圧があった。狐娘は苦い表情を浮かべる。

「くっ、小賢《こざか》しいでございますねッッ」

狐娘は足を止め、上下左右に瞳を動かして幻を観察する。いつでも回避、攻勢に出られるように姿勢を低く保ち、狐耳をピコピコと動かす。

本物の駿《しゅん》と目が合った。

だが、もう遅い。一瞬でも狐娘の足を止められればいい。

枕元のデッキホルダーを摑《つか》み、カードを引き抜くには十分な時間があった。

「見る感じ、お前の耳は正常だよな」

Rアームドスペル【金の鐘のマネマネ】

駿の手にランタンくらいの大きさの、黄金の鐘が収まった。

突進する狐娘。彼女に鐘を突きだし、鳴らす。

それは甲高い金属音。哄笑《こうしょう》にも思える騒々しい音が響く。

聞いた者の脳を揺らし、三半規管をぶん殴るふざけた音だ。

「うぐぅ……………ぁ、く」

狐娘は足を止め、苦悶《くもん》の表情を浮かべた。短刀を強く握り、もう片方の手で頭を押さえ、よたよたと駿へ迫る。翠色の瞳だけは爛々《らんらん》と輝かせて、短刀の切っ先を駿へ向けて――つ
いに電源が切れたように崩れ落ちたのだった。

◇

駿は、Nアームドスペル【丈夫な縄】を使って狐娘を縛り上げる。

部屋の隅に座らせ、ミラティアと共に見張っていた。

時折苦しそうに表情を歪《ゆが》め、「ごめん、なさい」とうわ言を漏らす。

「ライフだよな。ミラが目的か？」

「かも。近くにプレイヤーがいる可能性がある」

「と思って調べてみたが、その気配はないんだよな。このロリ狐に話を聞くのが一番手っ取り早いか」

駿は狐娘を起こそうと手を伸ばし、すると、狐娘の輪郭がぼやけ始めた。袖の端から粒子となって空気中へ溶け出す。やがて全身がその形を失って、残った縄が床に落ちた。

「な、これは……っ」

そこには、一枚の虹枠のカードが残っていた。

L精霊種【〔月〕ルルナ】

運命シリーズの十八番。月の称号を持つライフ、それが彼女の正体だった。

だが、このタイミングでカードに戻った意味がわからない。駿は何もしていないのだ。

「召喚を解除したら、所有権を持ってるプレイヤーの下へカードは還《かえ》るはずだ」

以前、地下闘技場で駿がヘレミアと戦った際にも取った手段だ。

一度召喚を解除して、囚《とら》われたミラティアを手元に戻した。

もし、破棄された場合はこの世からカードが消えて、アセンブリデッキに戻る。

「ここにカードが残るパターンは……」

「プレイヤーが所有権を放棄した」

それ以外、考えられなかった。

敵の目の前で所有権を放棄し、カードを晒《さら》す。メリットなど何一つないように思える。敵の狙いがわからない。

しかし、このまま放置するわけにもいかない。後手後手になるのは避けたい。

幸い駿には、スペル＆ライフズにおける時間的制約を受けないという効果のプレイヤースキル《限定解除《リミテッドアンロック》》がある。

駿は通常二十四時間を要する所有権の獲得を一瞬で済ませ、ルルナをデッキに加える。

「ミラ。今から、ルルナを召喚する。スキルは把握したから、問題ないと思うが、何かあったら頼むな」

「ん。がってんしょうち」

スペル＆ライフズ最高レアリティ、Lのネームドライフの召喚。

眩《まばゆ》い光彩が弾《はじ》ける。それは人型を作り、狐耳が、尻尾がぴょこりとはねて、先ほどまで相対していた狐娘が再び現れた。

駿はすぐに彼女を拘束できるように、スペルを構えていたが、どうやらその必要はなさそうであった。

ルルナは召喚されるや否や、その場に崩れ落ちた。

膝をつき、拳を握りこんで、震えた声を漏らす。

「失敗、した……。ルルナは、また……っ」

嗚咽《おえつ》に交じり、涙が零《こぼ》れ、握った小さな拳の上に落ちる。落ちる。また一つ落ちる。

狐耳と尻尾はしゅんと垂れ、全身から悲壮感が溢《あふ》れていた。

「もう、いらないんだ。だから、捨てられたんだ」

「よう、ルルナ。話を聞きたいんだけどいいか？」

「桐谷《きりや》駿……っ」

ルルナは顔を上げると、懐の短刀を引き抜いて、ゆっくりと立ち上がる。右手で短刀を構え、刃を駿へ向ける。涙でぼやけ、焦点の定まらない瞳で駿の首元を見る。

「こ、殺せば……っ、今からでも。そうしたら、そうすれば、きっと、きっと認めてくれる……っ」

喘鳴《ぜんめい》を響かせるルルナ。正常な判断ができているとはとても思えなかった。

「殺す？　誰にいってる？」

「…………ッ!?」

ミラティアはルビーの瞳を輝かせ、圧倒的なプレッシャーを放つ。

同種のライフですら畏怖するほどの迷いのない殺意。

「無理、だよ。あなたていどの力じゃ。月じゃ恋人には敵《かな》わない」

ルルナは思わず肩を震わせ、一歩後退《あとずさ》る。

「シュンには触れさせない、よ？」

「な、んで、どうしてルルナは…………っ」

ルルナは短刀を取り落とし、膝をつく。

わからされてしまった。自分ではミラティアには敵わない、と。

スキルや身体能力の問題ではない。覚悟や心の在り方を比べて、到底敵わないと悟ってしまったのだろう。

「[月]　ルルナ。話をしようか」

拘束する必要もない。駿はルルナと視線を合わせ、問いかける。

ルルナはイエスともノーとも言わず、ただ俯《うつむ》いていた。

「どこから来た？　お前の主《あるじ》は？」

「…………言いたくありませぬ」

「オラクルか？」

「…………っ」

一番考えられる可能性を挙げると、ルルナの耳がピクリと反応を示す。

「なるほど。オラクルね。狙いは俺、というかミラで間違いないな」

するとと、またルルナの耳がピクリと反応する。

「ま、あんだけ殺意あったらそうだよな」

「勝手に決めつけないでください！　ルルナはそんなこと言ってないでございます！」

「いや、言ってるようなもんなんだよな」

駿はピコピコと動く狐耳にしらっとした視線を向ける。

ルルナは本気で気づいていないのか、「何故《なにゆえ》でございますか、心を読むスペルを使っている……？」と焦燥感を滲《にじ》ませていた。もちろん、スペルなど使っていない。

「ルルナ、お前のご主人様の名前は？」

「黙秘。圧倒的黙秘でございます」

「ああ、元ご主人様か」

「…………っ!?」

ルルナは今にも跳びかかりそうなほどの、鬼の形相で駿を睨《にら》む。

それを見て、駿は挑発するように言葉を続けた。

「自分で言ったんだろ？　捨てられたんだって」

「捨てられてなんて…………っ」

「元主に義理立てする必要があるのか？」

「違う！　これは、ルルナが上手《うま》くできなかったから……それで、仕方なくて」

「結果だけ見ろ。お前の所有権は解除された。いいじゃねえか、オラクルなんてまともな組織じゃねえぞ」

「それは……でも……。それでも……っ」

「その反応、自覚はあるんだろ？　お前はあの組織で何を見てきた？　何をしてきた？　どんな扱いを受けてきた？　なあ、ルルナ」

駿はオラクルの実態など知らない。だから、ルルナの反応を見て鎌をかけているだけだ。ただ、駿が知っているだけでも、ＰＳＡ（Player Skill Addition）計画等の人体実験をしたり、チャンスアッパーのような得体の知れない薬をばら撒《ま》いたりしているのは明らかだ。ルルナがそれらを知っていれば、罪悪感を覚える性格であろうことくらいはすぐに理解できた。

「く、ぐぅ…………っ」

実際、効果はてき面のようで、ルルナは唇を噛《か》んで押し黙る。

「なあ、ルルナ。お前のオラクルでの役割はなんだ」

「どうして、そんなこと」

「お前は俺を殺したかったかもしれないが、俺はルルナをなんとも思ってない。敵意もない。いいだろ、今のお前はただのルルナだ」

「…………」

駿《しゅん》はふうと息を吐いて力を抜く。ルルナと争いたいわけではないことを表明する。ルルナはどうしたものか、と瞳を泳がせる。駿の言葉を聞き入れる余地があるのは、ルルナ自身が駿に対して恨みがあるわけではないからか。

「深く考えるなよ、ただの雑談だ。オラクルで何をしてたんだ？」

「ルルナは、ルルナにできることなんて限られてたから……殺さないといけなくて、でも、できなくて……今日もせっかくチャンスをいただいたのに」

「俺を殺したかった」

「桐谷駿を殺せば、また褒めていただけると……思って」

「ご主人様がそう言ったのか？」

「ご主人様ではありませぬ。大切なお友達でございます」

「その友達がそう言ったのか？」

「こんなルルナにもチャンスを与えてくださったんです」

「そいつはお前にとっていい友達だったのか？　苦しんできたんじゃないのか？」

「お友達……です。ルルナにいろんなことを教えてくれて、ずっと優しかった……最近はちょっと厳しいこともありますけど、それはルルナが悪くて」

「辛《つら》かったんじゃないのか？」

「そんなことありません！」

「何をされてきた？」

「役立たずだって、ハズレLだって言われて、相手にされなくなって、ルルナも失敗ばかりで、言われた通り殺せなくて、ぶたれて、突き放されて……」

ルルナは途中でハッと口を噤《つぐ》む。自分は暗殺対象に何を言っているんだ、と頭を振る。

袖で涙を拭って、顔を上げた。

「でも、全部ルルナを想《おも》ってのことなんです！　必要としてくれてた、はず……なんです」

勢い込んで口を開いたものの、その声は尻すぼみになって、言い終わる頃には、ルルナがすごく小さくなったように思えた。

ルルナの事情はだいたいわかった。

所属はオラクル。ルルナは自分を使役していたプレイヤーに執着があるようだが、関係は良好とは言い難《がた》い。

狙いは駿。［恋人］ミラティアの奪取が最終目標かもしれないが、そこは大した違いではないだろう。ルルナのオラクルでの立場は弱い。任務でも失敗が多かった。そして、最後のチャンスだと言われた今回の任務も上手くいかなかった。それが原因で所有権を解除された。

本当にそれがルルナに関する一連の流れで間違いないのだろうか。

オラクルの目的は運命シリーズを集めることにあるはずだ。いくらルルナが役立たずであろうと、運命シリーズの一枚であるルルナを手放そうなどと考えるだろうか。

「やっぱり、罠《わな》の可能性は高いよな」

「シュンに［月］の所有権を刻ませることが目的？」

「どう、だろうな」

疑っているのはルルナではない。その背後にいるプレイヤーだ。

ルルナのこれまでの行動が全て演技だと言うなら、拍手喝采してやりたいほどだが、どうもそういうタイプには見えない。少なくともスキルでの偽装はない。

オラクルならば、駿がプレイヤースキルを持っており、一瞬で所有権を刻めることも知っているはずだ。ルルナを駿の手元へ送る理由など、真っ先にスパイ行為が思いつくが。

「そんなまどろっこしいことするか？」

本気で駿を潰したいというなら、あまりにも手ぬるい。

そもそも、駿のことなど歯牙にもかけていないから、これまで放置していたはずだ。

［女帝］のことで、煩わしく思う層が現れたのだろうか。

運命シリーズの一体であるルルナが、こうして目の前に現れた。チャンスアッパーなど霞《かす》むほどのチャンスだ。罠であろうがなかろうが、駿の取るべき行動など迷うまでもないのだが――。

なんて考え込んでいると、ミラティアが駿の袖をちょこんと摘《つ》まんだ。

「問題ない。思うように行動して？　わたしがいるから」

「ああ、助かる」

駿はもう少しルルナのことを深掘りしようと口を開く。

「なあ、ルルナ。話を聞く限り、お前のお友達はまともじゃないぞ」

「そんなことないでございます！」

「そこ頑《かたく》なになる必要あるか？」

「だって、だって……っ！」

「いいじゃねえか。クソみてえな組織と、クソみてえなお友達から解放されたんだ」

「クソじゃない、ちーちゃんはクソじゃない！」

ちーちゃん、それがルルナを使役しているプレイヤーの名前か。駿は考え込む素振りを見せるが、それも一瞬のこと。目の前のルルナに集中する。

「俺はこれでもお前のことを心配してるつもりなんだけどな」

「何故暗殺対象の貴方《あなた》なんかに心配されないとならないのでございますか！」

「ルルナは俺に恨みがあるのか？」

「それは、ない、です」

「俺は大罪を犯した極悪人なのか？」

「特にそういう話も知らないですが」

「所有権を解除されたんだから、もうオラクルの所属じゃないはずだ。俺と争う理由があるか？　こんな不利な状況でさ」

「そ、れは……でも、桐谷《きりや》駿を殺せば、もしかしたら……！」

「意味のないたらればの話はやめろ。お前もわかってるだろ？」

「………………っ」

「だから、建設的な話をしよう」

「建設的な話でございますか？」

駿を警戒しながらも興味はあるようで、ルルナはピコンと耳を傾ける。

「結論から言うぞ、俺とルルナで協力関係を結ぼう」

「協力？　そんなの——ッ」

「まあ、最後まで話を聞け。ルルナの最終的な目的は、そのお友達の下に戻って認められることで間違いないな？」

「…………はい、そうでございますね」

「で、俺はオラクルに囚《とら》われてるであろう妹を捜してるんだ。そのためにオラクルの情報が欲しい。互いの望みを叶《かな》えるための協力関係だ。もちろん、ルルナが友達だっていう、そのプレイヤーは傷つけないと誓う」

「協力関係……」

ルルナはわかりやすく揺れていた。俯《うつむ》き、何度も瞬きをして考え込む。

もう一押しだ、と駿は更に条件を提示する。

「ルルナは俺を殺せば、また認めてもらえるかもしれないと言ったな？　そう思うなら、俺を襲撃してもいい。その結果、過程に関することでお前を問い詰めたり、不利益を被《こうむ》ったりするようなことをしないと約束する。ま、死にたくないから抵抗はするけどな」

「な……、は？」

ルルナは目を丸くして、訝《いぶか》しむようにジッと駿を見る。

嘘《うそ》のような好条件。額面通り受け取るなら魅力的すぎる条件だと思ったのだろう。オラクルに関する情報だって偽ることができるものだし、一見ルルナに不利益はない。

「どうする？　これ以上の道はないと思うが」

駿はルルナに向けて手を伸ばし、握手を求める。

「承知いたしました。本当にその条件でいいのならお受けいたしましょう」

ルルナは戸惑いながらも駿の手を握る。駿は強く握り返し、「これからよろしくな、ルルナ」とニヒルな笑みを浮かべるのだった。

ここに二人の契約は交わされた。

駿を狙った運命シリーズの暗殺者、［月］ルルナ。

不可解な点はあれど、駿は彼女を仮の仲間として引き入れた。

「悪い、ミラ。しばらくの間、負担をかけると思う」

「ん、恋人であるわたしにまかせて」

その裏で、物語は次のステージへ移ろうとしていた。

◇

ルルナの襲撃と同時刻。

一体の運命シリーズが顕現していた。

まさか本当に引き当てることができるとは思っていなかった。

チャンスアッパーを疑っていたわけではない。

だが、効果はあくまで確率を上げるというもの。高レアリティのカードが手に入る保証はどこにもなかった。期待する気持ちがなかったと言えば嘘になるが、友人との話のネタになればいいくらいに思っていた。

お風呂に入り、明日の予習も済ませて、後は寝るだけというところで、チャンスアッパーを飲んだ。学校で謎の黒いローブの男から貰《もら》った薬だ。

待ちきれない、と恵菜《えな》は日付変更と同時にドロー権を使用した。

すると、その効果は初回で現れたのだ。

圧倒された。それこそ何度も目を疑った。でも、この輝きは、高揚感は本物だ。

眩《まばゆ》い虹色の光が弾《はじ》ける。初めて目にする絢爛《けんらん》華麗な光彩。

噂《うわさ》には聞いていた伝説級のライフ。精霊種。人型のネームド。

圧倒的なその存在感に、恵菜は開いた口が塞がらなかった。

黒とピンクを基調としたガーリーな衣装。パステルピンクのツインテールは黒のリボンで纏《まと》められ、ルベライトの双眸《そうぼう》の片方はハートの眼帯で封をされている。耳にはピアスが光り、太腿《ふともも》には包帯が巻かれ、手首には数個の絆創膏《ばんそうこう》が貼られていた。

「ぷりてぃーできゅあきゅあなまほうしょーじょー。さんじょー」

運命シリーズの一番。【「魔術師」リリリリ】。

彼女はその言葉の煌《きら》びやかさとは裏腹に、ダルそうな無表情を崩さなかった。完全なる棒読みだった。彼女は何かを期待するようにジッと恵菜を見る。

「えっと……」

どう反応したものか、と恵菜が戸惑っていると、リリリリは目を伏せて陰鬱なオーラを放つ。早口でぶつぶつと捲《まく》し立てた。

「あ、やっぱ今のナシで。そんなガラじゃねーよな。てゆーか、やるならもっとちゃんとやれってな。ハハ、ウケる。死にてー」

「あ、えっと、その衣装かわいいね！　すごく似合ってると思うよ！」

「あー、えー、気ぃ遣われてる。初対面の子に気ぃ遣わせちゃってるわ。申し訳ねえ……………帰ろうかな。これなかったことにできない？」

「わ、わわ、ちょっと待ってよ！　ほんとにかわいいと思ったし、気を遣ってなんかないよ！　別に焦らなくても、ほら、これからお互いのことを知っていけばいいしね！」

ぱあと花が咲いたように笑う恵菜を見て、リリリリは、「眩《まぶ》しい、あたし消えそーだわ」とちょっと引いていた。引きながらも、恵菜が悪い人ではないとわかったのか、コミュニケーションを取ろうと口を開く。

「［魔術師］リリリリ。よろしく」

「私は夕霧《ゆうぎり》恵菜！　よろしくね！　えっと、リリリリさん？」

「いや、多いから。目覚ましみたいになってるから。元の名前も十分多いけどさ」

「ご、ごめんね！　リリリリだね。だから、リーさんで！」

「中国かどこかの拳法家みたいな名前だなー。そこで略すんだ」

「あれ!?　変だった!?」

「いや、別に変とかじゃないけど、順当にリリとか呼ばれると思ってたわ」

「あ、たしかに！　わかった！　じゃあよろしくね！　リーさん！」

「そのままなんだ。なんのわかっただったん？　今の」

ん？　と恵菜は頭上に疑問符を浮かべている。

なぜお前が首を傾《かし》げてるんだ、とリリリリも同じように疑問符を浮かべていた。

「ねね、リーさんは魔法少女なの？」

「あー、まあ、そういうコンセプトなんじゃね？　知らんけど」

「コンセプト……？」

「別にあたしがしたくてしてる恰好《かっこう》じゃないし。いや、この恰好が嫌だとかではないんだけどね。これがデフォだからね。あたしの意志ではないというかね」

「ほえー」

ふむふむ、と恵菜は相槌《あいづち》を打つ。全くわかっていなかった。

「じゃあ、その手首の絆創膏は？　最初から怪我《けが》してるってこと？　痛そうだけど……悩みがあるなら聞くよ？」

「え、深刻な顔されてる？　違うよ？　これリスカとかじゃないから。模様みたいな、ファッションみたいな……いや、心配そうな顔やめて。やってるわけじゃないから」

「無性に自分を傷つけたくなることってあるよね」

「うんうん、わかるよ。みたいな反応もやめて？　ほんと違うから」

「こういうのって隠したくなるよね。でも、私は味方だからね！　リーさん！」

「理解あります。みたいな反応もやめて？　リスカじゃないから。痛いの嫌だし。心の病気じゃないから。ちょっとコミュ障なのは自覚してるけど、それだけだから」

恵菜は終始優しい顔でリリリリを見ていた。

それで気まずいのはリリリリだ。やっぱい、この子苦手かもしれない、と恵菜の善意百パーセントの視線から顔を逸《そ》らす。

「もう一つ質問があります！」

「はいはい、なんでもどぞー」

元気よく手を挙げる恵菜に、リリリリは適当に応じる。

「運命シリーズってライフ側が主《あるじ》を選ぶ？　みたいな！　その子に認められないとプレイヤーになれない、みたいな噂を聞いたんだけど……？」

恵菜は不安そうにリリリリの顔を覗《のぞ》き込む。

「あー、そういうやつもいるね」

「じゃあ、リーさんは違うの？」

「めんどいし。よっぽどのことがなければ、言うこと聞くかなー。で、恵菜たそはなんであたしを呼んだのさ」

「なんで……？」

「え、質問してるのはあたしなんだけど」

「なんか引けちゃったから、やったー！って思って」

「あー、うん。そっか、そっか。そういう人もいるかあ」

お気楽な恵菜を見て、リリリリは諦めたように息を吐いた。

楽でいい。楽でいいのだけど、拍子抜けした。自分は伝説の運命シリーズの一角だというのに、この少女はどうにもその希少価値がわかっていないようだ。

「強いて言うなら友達になれたらなって思って！　だから、よろしくね、リーさん」

「はいはい。まー、何もないうちはそれで、ね」

リリリリは、ニッと白い歯を見せて笑う恵菜の手を取り、握手を交わす。

このどこかアホっぽい少女の笑顔が曇らなければいいなあ、とどこか他人事《ひとごと》のように思いながら。

◇

駿《しゅん》はルルナと契約を結び、互いの目的のために行動を共にすることになった。

所有権を解除されたルルナは、このままでは顕現することができず、元の主の下へ戻ることもできない。

駿は少しでもオラクルの情報が欲しい。

そんな二人の利害関係は一致し、ルルナを交えた日常は、意外にもつつがなく進んでいた。

特に強制したわけではないが、ルルナは基本的に駿の目の届く範囲にいた。

彼の首を虎視眈々《こしたんたん》と狙っている、というのもあるだろうが、それよりも、慣れない外の世界を警戒しているといった様子だ。駿のことは信用できないが、他に行く場所もなかった。ルルナはいわゆる世間知らずだったのだ。

登校中。駿はミラティア、ルルナと共に歩く。ミラティアは安定の駿の隣へ。無防備に背中を晒《さら》すなんてできないでございます！　と、ルルナは駿の後ろからついてきていた。

「桐谷《きりや》駿。あれはなんでございますか？」

ルルナが指差したのは、R機械種【バクバクバク】だった。

【バクバクバク】は、全身を鋼で覆われた貘《ばく》の形を模したライフだ。

道端に落ちた空き缶を見つけると、ズゾゾゾ、と低い機械音を響かせて吸い込んでしまう。

「お、おお。これは敵、人類の敵でございますね」

それを見て、ルルナはびくりと体を震わせ、短刀を構えた。

【バクバクバク】は、体内に独自の消化器官があるらしく、吸い込まれたものはガラス玉となって排出される。なぜガラス玉なのかはよくわかっていない。ちなみに、彼はそのガラス玉も関係なしに吸い込んでしまうらしい。

「敵じゃねえ。絶対倒すなよ」

「見た目が悪そうですが？」

「見た目で判断しちゃダメだろうが。あれは、まあ、お掃除ロボットみたいなもんだ。ゴミ拾いしてるだけで、人に危害は加えないから安心しろ」

「なるほど、さすがでございますね。色藤島《しきとうじま》」

「なんで外の人間みたいな反応してるんだ」

駿がやれやれ、とため息を吐《つ》く。

と。ルルナは短刀を鞘《さや》に収めるふりをして、構え、そのまま駿へ突進した。

「隙ありッッ！」

駿の胸部目掛けて一閃《いっせん》――繰り出した刃は空を切る。駿だと思っていたそれに手ごたえはなく、霞《かすみ》のように空気へ馴染《なじ》んで消える。ミラティアのスキル《幻惑》だ。

本物の駿は、ルルナのすぐ真後ろにいて、ニヤニヤと意地の悪い笑みを浮かべている。

「ほら、やっぱり無防備に背中を晒すなんてできないわ。なあ、ルルナ」

駿はピンと伸びた狐色《きつねいろ》の尻尾を摑《つか》む。

「ひゃぅん――っ!?」

すると、ルルナは体をびくりと震わせ、瞬時に駿と距離を取る。

ふすーっ！　しゃーっ！　と八重歯を見せて威嚇する姿は、猫のそれであった。

「すげえ、モフモフだな」

「くぅ、桐谷駿！　許さないでございます！　絶対に許さないでございます！」

「ちょっとした悪戯《いたずら》のつもりだったんだが、思ったよりお怒りだな」

「悪戯!?　悪戯でルルナの尻尾に触れたのですか!?　やっぱり許してはおけませんね。常識がないのですか！　常識が！」

「わりぃ、尻尾ないからさ。そのあたりの常識はわからねえなあ」

「やはり世の中のためにも、こやつは生かしておけませぬ」

「世の中ね、壮大な話になったなあ」

それから、ルルナは駿と更に距離を取って歩くのだった。

隣のミラティアは、何やら思い悩んでいるようで難しい顔をしている。表情自体は変わらないものの、駿にはその感情の機微が読み取れた。

「どうしたんだ？　ミラ」

「これはゆゆしき事態」

ミラティアは妙に勘の鋭いところがある。

これまでも、駿が気づかない危険を幾度となく察知してきた。

それを踏まえて、駿は真剣な面持ちで尋ねる。

「何かあったのか？」

「もふもふはできない」

のだが、ミラティアのその言葉で雲行きが怪しくなった。

ミラティアの思い付きには二パターンある。

これは、ダメな方のやつかもしれなかった。

「えっと…………？」

「《幻惑》はあくまでも幻。実体はともなわない」

ミラティアはスキル《幻惑》を発動し、ルルナのように狐耳と尻尾を映し出した。耳をピコピコと動かし、尻尾も揺らす。

「もふもふ……できない……ごめん、ね。シュン」

駿がモフモフを求めていると思ったのか、ミラティアは悔しそうにしている。

主の求めに応じることができない。これでは恋人失格なのではなかろうか、と。

「いや、別に気にしなくてもいいぞ」

「はっ…………エクストラスキル！」

ミラティアのエクストラスキル《無貌ノ理《ことわり》》は、幻に実体を伴わせる力を持っている。

これを使えば、尻尾もただの幻ではなく、手に取りモフモフできる本物へと昇華させることができるだろう。

「絶対にやめろ？　日に一度の切り札をこんなところに使うな」

ミラティアは頭上に豆電球を光らせ、いいことを思いついたと顔を上げるのだが、駿がそれを全力で止めた。

「［月］………………あなどれない力をもっている」

ミラティアはルルナの尻尾をジッと見つめて、対抗意識を燃やす。

「な、なんなんでございますか!?　意味がわからないでございます！　意味がわからないでございます!!」

対してルルナは、自分の尻尾を庇《かば》うように抱き、駿とミラティアから距離を取ったのだった。

それからも、ルルナは街の至るものを珍しそうに眺めていた。

「こ、これは………………ほわあ、いい匂いでございます」

ルルナはすんすん、と鼻をひくつかせ、鰻屋《うなぎや》さんの方へつられている。

尻尾はぶんぶん、とご機嫌に揺れており、犬のようだった。

「鰻、食べたことないのか？」

「ば、馬鹿にしないでください！　あるに決まってます！　この前、海で泳いでいるのを見ました！　蛇のような体軀《たいく》をしておりました！」

「鰻って海にいたかなあ………………」

鰻自体は知っているのだろうが、食べたことはないのだろう。

ちなみに、気になって後で調べたら、鰻は基本的に川や湖などの淡水域で見られるようだが、海に全くいないかと言われれば、そうでもないらしい。

「味は？」

「大変美味なのでしょう！」

なのでしょう。もはや推測であった。

「鰻な、食べさせてあげたいけど、ちょっと高いんだよな」

「なんですか、その憐《あわ》れむような視線は！　不快でございます！」

「シュン、わたしはうなぎパイがたべたい」

「見つけたら買っておくよ。あれは鰻ではないが……いや、待てよ」

これが鰻だと言って食べさせれば、ルルナは信じるのでは？　お財布にも優しく、ルルナも幸せでウィンウィンなのでは？　と悪い考えを巡らせていると、ルルナの興味は別のものに移っていた。

「な、バケモノの襲来……っ!?」

大きな影が差す。ルルナはふと上を見て、反射的に短刀を構える。

頭上を過ぎ去ったのは巨大なライフ。連なった直方体の箱。二本のマッスルアーム。無数の筋肉質な足。色藤島で電車と呼ばれるものであった。

SR機械種【爆肉筋速走車フライマッスル】

彼は四つの客車を率いて、色藤島内を駆ける交通手段の一つだ。

「いや、普通に電車だから」

「え、あれが電車でございますか？　ルルナが知っているのとは少々形状が異なっているような……」

「どこからどうみても電車、だよ？」

「あれが……電車……」

ルルナは空を見て、しばらく放心していた。

電車に並々ならぬ興味関心でもあったのだろうか。悲しいかな、色藤島で電車と言えば、あのマッスルお兄さんのことを指すのである。

「ていうか、お前どうして、色藤島について何も知らないんだ」

「貴方《あなた》には関係ないでございます」

「ほとんど、オラクルの施設の中で過ごしてたのか？」

「そうでございます」

「そこは素直に肯定するのかよ」

「ずっと施設の中で、外に出るのは任務の時くらいで……でも、不満なんて一つもありませんでした。お友達がおりました故」

ルルナはたった一人の友人を思い出して、顔を伏せる。

狐耳も尻尾も萎《しお》れていた。本当にわかりやすいやつだ。

「へえ。不満ねえやつの顔には見えねえけどな」

「というか、何故《なにゆえ》普通に話しかけてくるのでございますか！　暗殺対象のくせに！　このっ、暗殺対象！」

「色々聞いてきたのはお前だろ」

「全て独り言にございます」

「そりゃ、大きな独り言だな。そもそも俺を殺していいのか？　結局狙いはミラじゃねえの？　死んだらミラはアセンブリデッキに戻るけど？」

ルルナは主《あるじ》に言われた言葉を思い出して、はっと息を呑《の》む。

どうやら殺してはいけないと、念押しされていたようだ。

「……せめてもの慈悲です。命だけは助けて差し上げましょう」

取って付けたような物言いのルルナを見て、駿《しゅん》は息を吐く。

そして、今のやり取りで狙いがミラティアであったことは確定した。

「慈悲大きいなあ。寛大なお心遣い感謝しますよ、暗殺者様」

「……っ、貴方からは危機感というものが感じられません」

「危機感ねえ。必要あるか？」

「命を取らないとはいえ、狙われているのですよ？」

「どうせお前程度じゃ無理だよ」

「くぅ……っ」

駿の低く平坦《へいたん》な声に、ルルナは思わず半歩体を引いた。

引かされてしまった。それが悔しくて、恨めしそうに彼を見て唇を噛《か》む。

「ていうか、お前は元々……いや、これはいいか」

駿はジッとルルナを見つめる。

ルルナはすぐにでも首を掻《か》っ切ってやろう、と険しい表情を浮かべている。

でも、駿にはそれがどうしても恐ろしいとは思えなかった。駄々をこねる子供のように見えたのだ。

「なんか憎めねえんだよな。警戒する気にもなれないし」

「くっ、桐谷《きりや》駿め。不手際で殺してやるッ!!」

舐《な》められているのが気に食わないルルナは、短刀を抜いて流れるように斬《き》りかかる。

が、当然のようにその刃は空を切った。幻惑だ。駿はルルナの隣に現れる。

「何が不手際だ。確固たる意志だろ、それ」

「死ね!!」

「死ね言ってるし」

「お悔やみ申し上げます!!」

「死んでることになってるな」

それからも、しばらくルルナは駿に斬りかかるのだが、短刀が彼に掠《かす》ることはなかったのだった。

Phase.3 調査開始──廻るウサギは捕まらない

以前接触した時間とほぼ同じ時刻、同じ場所に彼女は現れた。

暗がりに紛れる漆黒のローブ。そのフードを取りながら、折町千世《おりまちちせ》は街灯の下から姿を見せる。二つ結びにした絹のような亜麻色の髪を撫《な》で、落ち着いた様子で駿を招いた。

「お久しぶりですね、お兄さん」

駿とミラティアは、千世から数歩分離れた場所で止まる。

警戒は解かず、視線で話の続きを促した。

「首尾はいかがでしょうか？　何か糸口はつかめましたか？」

「話を受けたのはついこの前だぞ？　首尾もクソもあるか。いろいろと立て込んでたんだよ。テメエらの暗殺者さんに襲われてな」

「あら、それは申し訳ありません」

「千世は何も知らないのか？」

「ええ、私は何も。でも戸締まりはしっかりとしませんと。お兄さんずぼらそうですからね」

「うっぜえ」

ちなみに、現在ルルナは家でお留守番だ。

とある配信サービスの中にある大河ドラマを見せたら、すっかりハマってしまったのだ。暗殺者を家に置いて出る、と聞けば不安になりそうなものだが、狐色《きつねいろ》の尻尾を振って画面に食らいつくルルナの姿を見たら、そんな気がかりも馬鹿らしく思えた。

「あら、相変わらず粗野な言葉遣いですね。今日はそんなお兄さんのために、役に立ちそうな情報を幾つかお持ちいたしました」

千世は、人差し指を口元に当てて言った。

「一つ目は、チャンスアッパーを配っている者の名前です。冷水兎々璃《ひやみずとり》。彼がその中心でしょう」

「冷水兎々璃………名前だけか？　写真とかは？　てか、性別は？」

「ありません。わかりません」

「手に入れてこいって言ってんだけど？」

「努力はいたします。でも、難しいと思いますよ。お兄さんが思っているよりも、オラクルは巨大な組織です。加えて、横の繋《つな》がりは希薄。顔を合わせたことのないメンバーがほとんどなのですから」

個人が情報を持ちすぎること、異なる部署同士で何か画策されることを防ぐ意味合いがあるのだろう。一部を除いて、よっぽどのことがない限り、他部署との関わりはないどころか、同じ部署でもチームが違えば顔を合わせることは少ないらしい。もちろん立場にもよるし、例外も複数あるのだろうが。

「代わりと言ってはなんですが、彼が使役するライフの情報をお教えしましょう」

チャンスアッパーを追うとなれば、兎々璃との激突は必至。兎々璃のデッキの中心となるカードを知っているというのは、駿にとって大きなアドバンテージになる。

「これでお兄さんのやる気も少しは出るかと思います。ああ、私個人としては、オラクルの目的などどうでもいいので、奪えるのであれば、どうぞお好きに」

「てことは、まさか……！」

「ええ、そのまさかです。一枚、彼の下にありますよ」

「……運命シリーズ」

「はい。その十番――【〔運命の輪〕メルメルルタン】。これが、冷水兎々璃の持つライフの名前です」

「〔運命の輪〕……」

駿が知らないカードだった。目にしたことはなく、噂《うわさ》を耳にしたこともない。だからこそ、千世のこの情報には値千金の価値がある。

「スキルは《廻天《かいてん》》。対象の心を読む能力です」

「心を読む、な。そりゃ、また厄介な効果だ」

「ええ。ですので、基本的に冷水兎々璃と読み合いをした時点で負けると思っていた方がいいと思います」

心を読む。つまり、戦略が、思考のプロセスが筒抜けになるということだ。

いくら敵の裏をかこうとしても、結局は後出しじゃんけんをされてしまう。

ただ、駿はそれを聞いて悲観的になるどころか、安堵《あんど》したようですらあった。

「オーケー、助かる情報だ。やっかいではあるが、その程度なら大したことねえな。俺との相性が悪かった」

「それは頼もしい限りです。ただ、急いでいただけると助かります。もう、そろそろ副作用が出始める頃ですので」

「具体的には？」

「主に二つあるのですが、一つ目は純粋に体調の悪化です。激しい嘔吐感《おうとかん》が基本。高熱が出る方もいらっしゃいましたね。ただ、これは人によって差が大きいです。運よく症状が出ない方もいれば、長い間苦しまれる方もいます」

「なるほど。ま、自業自得だな」

なんの対価も、リスクもなく力が手に入るなどありえない。対価やリスクを払ったところで、確実に力が手に入るとは限らないが、その逆はありえないのである。

それを自覚していない者は多い。そこまでの考えに至っていない。全てのことには誰かしらの意思が介在していることを、彼らはまだ知らない。

「二つ目は、スペル&ライフズのカードの使用可能枠が減ることです」

「は？　プレイヤーのルールにも影響するデメリットがあるのか？」

「ええ。ドローするカードの確率調整。アセンブリデッキに介入する効果に神様もさぞお怒りなのか、そのつけはルール上で支払わせる形となって降りかかるようです」

本来、プレイヤーが一日に発動できるカードは十枚である。その十枚は所有権を刻んだ三十枚のカード、通称デッキの中から選ばれる。

しかし、チャンスアッパーを使い続ければ、一日に使えるカードの枚数が十枚から更に少なくなる。

「千世、お前はどうなんだ？」

チャンスアッパーは、千世のプレイヤースキル《確率引上《チャンスアップ》》から作られた薬である。

アセンブリデッキへの介入という話であれば、千世も例外ではないはずだ。

「私のは一応オリジナルですから。そこまでわかりやすいデメリットはありませんよ。ただ、量産を目指すべきものではなかったのでしょう」

そこまでわかりやすいデメリットは、ということは、千世にも何かしらの副作用が働いているのだろうか。

「ならよかったよ」

「あら、心配してくださるのですか？」

「別に。社交辞令みたいなもんだよ」

駿《しゅん》としては、千世がどうなろうと知ったことではない。

オラクルをよく思ってはいないようだが、立場上は敵。

リスクを冒して会いに来ている点は評価するし、協力的であるとは思うが、やはり警戒心は残るのが本音だ。チャンスアッパーの件に関しても、調べてみることにはしたが、そこまで意欲的にはなれていない。

「そうだ。一つ聞きたいことがあったんだ」

「あら、なんでしょう」

「千世は運命シリーズを持ってないのか？」

「ええ、残念ながら」

「持っていたこともないのか？」

「それに関してもそうですね。ありませんよ」

確かめたいことがあっての駿の問い。

千世は表情を変えず、淡々と答えた。

「そか。ならいいや」

「持っていたら協力する代わりに差し出せ、とでも持ち掛けるつもりでした？　ご期待に沿えず申し訳ございません」

千世の《確率引上《チャンスアップ》》を用いても、運命シリーズをドローすることはできていないらしい。

あくまで確率の話ということもあり、また、運命はシリーズの中でも特別な立ち位置のカードたちである。ちょっとした小細工程度では手に入らないのも、当然かもしれない。

千世は腕時計で時間を確認すると、フードを被《かぶ》り直した。

「では、すみません。そろそろ監視を誤魔化すのも限界ですので、今日のところは」

「悪い、最後にもう一つだけ。チャンスアッパーの出所を潰せたとして、お前はその後どうするんだ？」

「………………どうしましょう」

千世は少し困ったような顔で笑った。

「どうしましょうて。そのままオラクルにいるのか？」

「バレなければ、そのつもりですよ。私、凜音《りんね》さんの友達ですから。誰もがいなくなっても、私くらいは、隣にいてあげたいのですよ」

「凜音はやっぱりオラクルにいるのか」

「ええ。あ、それ以上のことは言えませんよ？　そういう風にされていますから」

「わかってるよ」

「以前、オラクルには私の意思でいるわけではないと言いましたが、あれは半分嘘《うそ》です。

抜けられる機会があったとしても、私は残ります」

「凜音のためにか？」

「はい。私は凜音さんを裏切りません」

「そか。凜音をよろしくな」

「お兄さんに言われるまでもなく」

そう言うと、千世はふっと闇の中に姿を消した。

早く凜音を助け出さねば。今までそんな焦燥感だけが渦巻いていて、でも、千世の話を聞いて少しほっとした自分がいた。それがいいことか、悪いことかはわからないが。

凜音が生きていて、大事に思ってくれる友達がいる。

それだけで、想像していたよりは幾分かマシだと、そう思えたのだ。

◇

千世からチャンスアッパーに関する追加の情報を受け取った。

副作用のことも考えると、そろそろ本格的に調査を始めた方がいいだろう。ルルナという面倒事も抱えているが、チャンスアッパーもオラクル関連の事件であり、ルルナの件と全く無関係というわけではない。気になることもあるが、駿が動かなければ状況も変わらない。

そう思い、駿は咲奈《さな》が働いているであろうシュヴァルベを訪れた。

調査をするとなれば、人は多い方がいい。咲奈には一応貸しがあるし、協力を仰げば断りはしないだろう、という算段である。

清掃業者が来るとのことで、今日のシュヴァルベは、深夜営業を休止している。

駿とミラティア、ルルナは、閉店の時間を見計らって店内に入る。

と。店内はむしろ営業日よりも騒がしかった。

大きな原因の一つは、この度し難《がた》いシスコン姉貴の奇行にあるだろう。

「きゃあああ、咲奈ちゃんかあああいいいいねえええ!!　永久保存版！　もう無理尊い！　天使！　ねえねえ、私の下に永久就職しないぃぃいいい!?」

この少女の名は那奈《なな》。咲奈の姉であり、鷗台女学院《かもめだいじよがくいん》に通う高校三年生だ。

咲奈は元々、連絡がつかなくなった那奈を追って色藤島《しきとうじま》までやってきた。その後、駿と共に調査を進め、ヘレミアの《傀儡《かいらい》》にかけられた那奈を見事救い出すことに成功。

現在は姉妹共々元気に色藤島で暮らしているわけだが……その那奈はというと、メイド服姿の咲奈を見て歓喜、感涙、狂喜乱舞の勢いであった。

瞳をハートマークにして、スマートフォンを構え、あらゆる角度からメイド服に身を包んだ咲奈を激写していく。その可愛《かわい》さを一瞬たりとも逃すことはできない、と驚異の身体能力を見せ、シャッターを切り続ける。

「やめて……ふつうに恥ずかしいわ……やめ、もうやめて」

咲奈はというと、今にも泣きだしそうな様子であったが、那奈はそれすらもいい！　とシャッターを切る手を止めようとはしない。

「あ、そうだ！　これブロマイドにして学院で配ろう!!」

「絶対やめて!!」

「まだ、メイド服着てたのかよ。なにやってんだか」

呆《あき》れてため息を吐《つ》く駿。

咲奈と那奈にこれっぽっちも興味がないミラティアは、カウンター席に座り、鶺鴒《せきれい》にイチゴミルクを貰《もら》って飲んでいた。相変わらずのマイペースである。

「あ、駿！　いいところに来た！　この頭のおかしい姉を止めてほしいわ！」

「嫌だよ。俺まで頭がおかしくなりそうだから」

「なんてことを言うのさ、駿くん。咲奈ちゃんの可愛さを前にして正気を保てないのは、人類として仕方のないこと！」

「俺と違う人類の話してるんだろうなあ。てか、なんでここにいるんだ」

「咲奈ちゃんのいるところが、私の居場所です」

むふん、と豊満なバストを張った那奈は、なぜか得意げだ。

「わかった。もう那奈には何も聞かない」

駿が那奈を引き付けているうちに、なんとか魔の手から逃れた咲奈。

咲奈は駿の後ろに隠れ、肩で息をしていた。顎を拭い、視線で那奈を牽制《けんせい》する。

「はあはあ。助かったわ、駿。ほんと危ないところだった」

「別に助けたつもりはねえんだけどな」

「甘いね、咲奈ちゃん！　目つきの悪い男子高校生Aの後ろに隠れる咲奈ちゃんもそれはそれでアリッッ！」

那奈に懲りた様子はなく、追撃のフラッシュを浴びせる。

「我が姉ながらなにを言ってるのか全くわからない!?　もうやーめーてーよー!!」

咲奈は本当に泣き出す一歩手前だった。

いつの間にかいなくなっていたルルナはというと、鶺鴒に呼ばれてカウンター席に腰を下ろしていた。鶺鴒がミラティアと同じようにイチゴミルクを差し出すと、「お気遣い感謝いたします」と丁寧に礼をしてグラスを受け取った。

初めて目にしたのだろうか、ピンク色の液体をジッと見つめ、隣で美味《お》しそうに飲むミラティアをジッと見つめ、意を決したように口の中に含む。

「大変美味にございますね！」

顔を上げると、ぱあと表情を輝かせるのだった。

それから、思い出したように、こほんと咳払《せきばら》い。

「ま、まあ、悪くはありませんね」

と、言い直した。

狐色《きつねいろ》の尻尾が、ぶんぶんとご機嫌なので、その感情は丸わかりである。

「ねえ、駿。ところで、あの尻尾の子は誰？　ライフ、なのよね？　誘拐？」

「いや、暗殺の方だ」

「あんな小さな子を殺そうだなんて、あんた外道だとは思ってたけど、そこまでだったとは……!?」

前から思っていたが、咲奈は駿のことをなんだと思っているのだろうか。

「いや、殺される方だ」

「そうなのね。たしかに、そういう決断に踏み切る気持ちもわからなくはないわね」

咲奈は、ルルナにうんうん、と頷《うなず》き、共感の姿勢を示す。

「なあ、なんで俺が殺される方だとそうなるんだ？　おかしくないか？」

「殺すのはやりすぎだと思うけど………おかしいって言うほどのことかしら」

「まるで、俺が非常識であるかのような言い方。お前やべえな」

「咲奈ちゃんの言う通り！　咲奈ちゃんは悪くない！　駿くんはただちに咲奈ちゃんに謝るように！」

駿《しゅん》がドン引いていると、那奈が横やりを入れてくる。

「ややこしいからお前は入ってくんな。この、妹全肯定シスコン脳みそシャバシャバ女」

「ひっど……くはないか。半分は合ってる」

那奈は駿に言い返そうとして、思い直す。冷静に考えれば、シスコンは褒め言葉だ。

「でも、脳みそシャバシャバ女はよくないよ！　何度も言うけど、私先輩だよ！　先輩に対してその言い方はないと思いまーす！」

「ここで、シュン全肯定超絶きゃわきゃわ恋人の登場」

駿に詰め寄る那奈の前に、決め顔のミラティアが乱入してきた。

「シュンはなにも悪くない。シュンはすべて正しい。よって、あなたたちはシュンに謝るべき」

「それで言ったら天使な咲奈ちゃんは何も悪くないよ！　咲奈ちゃんの行いの尽《ことごと》くは尊いものです。はい、咲奈ちゃんに謝ってくださーい！」

「そもそも、シュンに対して否定的な感情を抱くことが理解不能。精神科にいった方がいい」

「そっちこそ、咲奈ちゃんが天使に見えないのなら、眼科に行くべきだと思うけど？」

那奈とミラティアの間でバチバチと火花が散る。

両者一歩も譲らぬ姿勢。

ヒートアップする二人を横目に、駿と咲奈はいたたまれない気持ちになっていた。

「駿、ごめんなさい。私がふざけすぎたわ」

「ああ、うん。俺もなんかわりぃ」

◇

仕切り直し。

落ち着いたところで、咲奈はルルナに話しかけ……もとい、ちょっかいをかけに行っていた。かわいい～、と表情を緩め、隣に座る。

「はじめまして、ルルナちゃん」

「………………」

友好的な笑みを浮かべる咲奈に対して、ルルナは鋭い視線を向ける。

しかし、咲奈はめげることなく会話を続けた。

「私は咲奈。萌葱《もえぎ》咲奈よ。気軽に咲奈ちゃんって呼んでね」

「ルルナに構わないでください」

咲奈はルルナの手元にある、空のグラスを一瞥《いちべつ》した。

つれない態度のルルナだが、咲奈は嫌な顔一つせず口を開く。

「イチゴミルク気に入った？　これ、市販のとは少し違っていて、鵜鴿さんが特別にブレンドしたものなんだって。おいしいわよね。甘いもの好きなの？」

「……………そんな子供っぽいもの、好きではありませぬ」

「そうなの？　今度なにか買ってきてあげようと思ったんだけど、いらなかったかしら」

それを聞いて、ルルナの狐耳がピクリと反応を示した。

「いりませぬ」

「ねね、甘いもの好きなんでしょ？」

「好きではありませぬ」

「本当に？　素直になったらいいと思うわ！　ほらほら、駿にはナイショにしておいてあげるから」

「いらないと言っているではありませんか！」

ふすーと威嚇するルルナに、咲奈は気を悪くした様子もない。

「ルルナちゃんは駿を狙っているのよね」

「そうですが」

「じゃあ、私と敵対する必要はないんじゃないかしら。なんなら、私はルルナちゃんの味方をするわよ！　あいつには一泡吹かせてやりたいしね」

「………真《まこと》でございますか？」

「ええ。だから、私とは仲良くしましょ！　駿はどうでもいいから」

「………仲良く」

「ええ。で、話は戻るけど、ルルナちゃんはなにが好きなの？」

「………和菓子」

「いいわね！　和菓子！　今度なにかオススメのものを買ってきてあげるわね！」

「あ、ありが……っ、いえ、いりません」

ルルナは一瞬、表情を明るくしたが、頭を振って俯《うつむ》く。

咲奈《さな》と視線を合わせないように努めて、低い声を絞り出す。

「ルルナに優しくしないでください。何が目的でございますか」

「なにがって、うーん、さっきも言った通りルルナちゃんと仲良くなることかしらね。ルルナちゃんに好かれたい！」

「そんな、そんなの……っ、ルルナは貴方《あなた》と仲良くなりたくなんかないでございます！　優しくなんてしてほしくないでございます！」

ルルナは跳ぶように立ち上がると、咲奈に背を向けて、出入り口の方へ歩き出した。

「ちょっと、急にどうしたの？　なにか癇《かん》に障ること言っちゃったのかしら？」

「関わらないでください。あくまで、ルルナの目的はお友達の下へ戻ることでございます。桐谷《きりや》駿から「恋人」を奪うことでございます」

「おい、ルルナ」

ルルナが扉に手をかける。カラン、とベルが鳴ると、駿がルルナを呼び止めた。

駿たちは、すっかり定位置となったシュヴァルベの奥の四人掛けの席に座っていた。

咲奈は半立ちになっておろおろとしながら、行方を見守っている。

「逃げる気はありません。少しの間一人にしていただけませんか？　どうしても連れ戻したいと言うのであれば、召喚を解除して手元に戻してください」

ルルナはそれだけ言い残すと、駿の返事を聞く前に出ていってしまった。

「はあ、まったく」

「駿、どうしましょう。追いかけた方がいいかしら」

「ほっとけ。しばらくしたら、しれっと戻ってくるだろ」

戻ってこなかったら、ルルナが自分で提案したように、召喚を解除してしまえばいい。

ルルナに認められたわけではないとはいえ、実質的な主《あるじ》は駿なのだ。

「でも…………」

「別に咲奈は悪くねえよ。あれは、ルルナの問題だ。それより、話がある」

「私に？」

「そのつもりで、シュヴァルベに来たんだよ」

駿はテーブルを人差し指でコツコツと叩《たた》き、咲奈を招く。

駿の隣にミラティア、正面に那奈《なな》、那奈の隣に咲奈といった並びでテーブルにつく。

鶺鴒《せきれい》が狙ったようなタイミングで、飲み物を出してくれた。

駿にコーヒー、ミラティアにはイチゴミルク、咲奈と那奈には紅茶、とそれぞれの好みに合わせたラインナップだ。

「アタシは奥で仕事してるから、ごゆっくり～。あ、清掃業者さんが一時間後に来るから、それまでにはお店を出てくれると助かるわ」

「ああ。ありがとな」

「助かります！」

飲み物を受け取り、駿と那奈がそれぞれ礼を言う。

「咲奈ちゃん。悪いけど、飲み終わった後のグラスは洗っておいてくれるかしら」

「ええ、任せておいて。感謝するわ、マスター！」

鶺鴒はニコッと笑うと、ひらひらと手を振ってカウンターの奥へ行ってしまった。

駿はソーサーからカップを手に取り、コーヒーを流し込む。

音を立ててカップをソーサーに置き、注意を自分に向けた。

「話ってのはチャンスアッパーについてだ」

「ねね、駿くん。その話って私も聞いていいやつ？」

那奈は行儀よく手を挙げて首を傾《かし》げる。

「ああ、構わないぞ。人手は多い方がいいしな」

無関係の者を巻き込むつもりはないが、那奈はオラクルを知っている。

第二世代のプレイヤースキルの非検体、言わば被害者であるが、オラクルに所属していたという見方もできなくはない。少なくとも、無駄な説明に時間をかける必要がない。

「あれ？　私、何か手伝わされそうになってる？」

「咲奈もいるぞ」

「私を誘ってくれてありがとう、駿くん！」

手のひらくるくるりん。那奈は満面の笑みで答えた。

「あれ？　駿？　私なにも聞いてないわよ？　許可は？　お願いしますは？」

「咲奈には拒否権ないし、いいかな、と」

「にゃんでよ!?　あんた、私の扱い適当すぎない!?」

「よし。じゃあ、話を戻すぞ」

「無視だし！」

「適当にあしらわれる咲奈ちゃん………よい」

那奈は、うぎゃーとツインテールを逆立てる咲奈を見て、うっとりとしていた。

咲奈を甘やかしたいのか、いじめたいのかよくわからない姉である。

「チャンスアッパーについてはどこまで知ってる？」

「クラスでも話題に上がってたから、結構知ってるわよ。特定の呪文を唱えると、謎の男が現れてチャンスアッパーを渡してくれること。その薬には、ドローした時に高レアリティのカードが出る確率が上がる効果があること。ていうか、私の分、あんたに奪われたんだけどね！」

「そうだな、咲奈は俺に感謝した方がいいぞ。那奈は？」

「んー、私も咲奈ちゃんと同じ認識かな。鷗台《かもめだい》でも噂《うわさ》にはなってるよ。でも、実物は見たことないかも」

「わかった。それなら話が早い。問題は二つだ。一つ目、チャンスアッパーには副作用がある」

駿は人差し指を立てて、説明していく。

「個人差はあるが体調の悪化。あとは、カードの使用可能枠が減る」

「え、二十四時間に発動できるカードは十枚。そこから、更に少なくなるってこと？」

「ああ。実際に副作用が現れたプレイヤーを見てないから、そう聞いてる、としか言えないが」

「でも、高レアリティのカードが引ける効果自体は本当なのよね？」

「確率の話だから証明のしようがないけど、嘘《うそ》ではないはずだ」

千世《ちせ》のプレイヤースキル《確率引上《チャンスアップ》》が存在し、それがもとになっている以上、一定の効果はあるのだろう。

でなければ、オラクルが薬を広める理由もない。

「問題の二つ目は、その薬を広めているのがオラクルだってことだ」

それを聞いて、咲奈と那奈の顔が強張《こわば》る。

「オラクルが、また何かやってるの？」

那奈は険しい顔で問う。

那奈はオラクルの実験の一環で第二世代のプレイヤースキルを埋め込まれた。何より、妹の咲奈を危険な目に遭わせたのは許し難《がた》いことだったはずだ。それが自分の軽率な行動から生まれた結果だったとしても。

「オラクルの目的は那奈も知ってるだろ？」

「運命シリーズ……そうか、残りを引き出すために」

「正解。オラクルの狙いは運命シリーズの顕現だ。俺はそれを阻止したい」

「えっと、つまりどういうこと？」

何やら考え込む那奈に、ぽけーっと首を傾げる咲奈。

たまに勘が鋭いと思えば、順当にアホだったりする。それが咲奈である。

「お前がバカだってことだ」

「にゃんてこと言うのよ!?」

「咲奈ちゃん。オラクルが運命シリーズを狙ってるのは知ってるよね？」

唸《うな》りを上げ頭を抱える咲奈を見て、那奈は丁寧に説明を始める。

「ええ。以前、ヘレミアはミラちゃんを狙ってた。運命シリーズを集めるのが重要だって話もしてたわ」

「そうそう。で、チャンスアッパーの効果は？」

「高レアリティのカードを引ける確率が上がる……そっか、駿《しゅん》！　私閃《ひらめ》いちゃったわ！　オラクルはチャンスアッパーを広めることで、誰かに運命シリーズを引いてもらおうとしてるのよ！」

「だから、その話をしてんだよ」

みょーんとツインテールを立て、人差し指を駿へ突き付ける。ない胸を張る咲奈を見て、駿は呆《あき》れを通り越して、無表情で手刀を入れた。

那奈はそれを見て、「ぽんこつ咲奈ちゃん尊い」とよだれを拭っていた。

「いにゃひっ！　このっ！　暴力反対！」

ぶん殴ってやる！　と拳を振り上げ、テーブルを挟んだ先にいる駿へ詰め寄ろうとするも、当の駿は華麗にスルー。何事もなかったかのように会話を続ける。

いちいち取り合っていたら話が進まない。面倒くさいとか、ダルいとかそういう理由ではない。心が痛む。心が痛いのだが、駿は咲奈を適当にあしらう。

「てことで、チャンスアッパーの出所を潰したいんだ。協力してくれないか？」

「ねえ、せめて無視はやめてくれないかしら？　泣くわよ？　私そろそろ泣くわよ⁉」

「泣く⁉　ねえ、咲奈《さな》ちゃん泣く⁉　お姉ちゃんの胸を貸してあげるよ！」

「なんで嬉《うれ》しそうなのおおおお、もうこの二人嫌だああああああ」

きらっきら瞳を輝かせる那奈は、両手を広げて咲奈を受け入れる準備は万端。

元々騒がしい咲奈だが、那奈が加わるとのその騒がしさ二倍。いや、二乗。

「この姉妹扱いづらすぎる」

「シュン、だまらせる？」

駿の隣でちびちびとイチゴミルクを飲み、静観していたミラティアが、小首を傾げる。

ミラティアの主人に対する助け船。しかし、駿はこれが泥船であることを知っていた。

ここでミラティアを頼れば、場は更なる混沌《こんとん》へと誘《いざな》われることは必至。

「気持ちだけ貰《もら》っておくよ」

駿はミラティアの頭をそっと撫《な》で、未《いま》だぎゃーぎゃーうるさい二人に向き直る。

「おい、聞け。バカ姉妹」

ドスの利いた声に、バカ姉妹は同時に駿を見る。二人とも同じようにムッと表情を歪《ゆが》めていた。

「私のことはなんと言ってもいいけど、咲奈ちゃんはバカじゃありません！」

「誰がバカよ！　天才美少女の私になんてこと言うの！」

「お前らほんと仲いいよな」

と、同時に叫ぶ二人を見て、何度目かわからないため息を吐《つ》いた。

「話戻すぞ。今、手に入ってる情報は、チャンスアッパーを配ってる人物の名前だ。とりあえず、そいつについて調べてほしい」

駿はスマートフォンを操作し、二人のＲＩＮＥにその人物の名前を送信する。

「……………冷水《ひやみず》兎々《とと》璃《り》。女の子？　男の子かしら」

「噂では謎の男ってなってるから男なんじゃない？」

「この段階では性別は絞らない方がいいかもな。頼みたいのは、調べるところまで。かなり強力なプレイヤーではある。くれぐれも勝手なことはするなよ、咲奈」

「なんで私だけよ!?」

「そのうっすい胸に手を当ててよく聞いてみるんだな」

「うぎゃー！　お姉ちゃん、こいつ一回殴った方がよくないかしら？　ねえ！」

「そうだね。おっぱいの大きなお姉ちゃんが咲奈ちゃんに代わって、駿くんにはきつく言っておきます」

「あれ？　お姉ちゃん、もしかして私の味方じゃない？　え？」

両手を胸に当てて、虚無顔の咲奈。

額に汗を滲《にじ》ませる那奈は、やっちまったぜ、と苦笑い。

姉妹感で胸の話はタブーらしい。咲奈が本気で気にしていることは、那奈も知っていた。

ちょっとくらい分けてあげたいくらいに思っているのだろうが、それを口にすれば、火に油だ。

「あー！　そういえば、私そろそろお薬の時間だな〜」

なんてわざとらしく言って、那奈は立ち上がる。

若干光を失った瞳を向ける咲奈を尻目に、水を貰おうとキッチンの方へ行ってしまった。

駿もこれ以上付き合っていられないと、席を立ち、ミラティアもそれに続く。

「咲奈。早速明日から始めるぞ。放課後は空けとけよ」

「手伝う。手伝うけどさ、私の都合は無視？　もっと頼み方ってものがあるんじゃないの？」

「はあ。咲奈の力が必要だ、力を貸してくれ」

口を尖《とが》らせる咲奈。

駿は面倒くさそうに首の後ろを掻《か》きながら、投げやりに言った。

それでも咲奈は満足したようで、駿を見てニヤリと口角を上げる。

「ふーん。わかった。いいわよ、この私が手伝ってあげる」

◇

放課後。

駿は人気のない校舎裏に咲奈を連れてきていた。言うまでもなく、ミラティアは駿の隣にいて、言うまでもなく、その手にはプリンが握られていた。

ルルナは少し離れた位置で、駿の隙を窺《うかが》うように佇《たたず》んでいる。

昨日、シュヴァルベを飛び出したルルナは、ちょうど駿が家に帰った頃に戻ってきた。

普段より口数が少なかったが、話しかければツンツンしながらも返してくれる。いつも通りといえば、いつも通りである。

「ねえ、駿。冷水兎々璃ってやつを捜すんでしょ？　高校を出なくていいの？」

今日、咲奈を呼び出したのは、チャンスアッパーについての調査を進めるためだ。

千世の話では、チャンスアッパーを配っているのは、冷水兎々璃なる人物らしい。

もし、彼を捜し出すことができれば、それが一番手っ取り早い。

ちなみに、那奈《なな》には鷗台女学院《かもめだいじょがくいん》での調査を頼んである。

「今日のところはな。クラスメイトでもチャンスアッパーを持ってるやつはいた。咲奈も友人から一つ貰った。それくらいには、一高では広まってるんだ」

「あ、鷗台では噂を聞く程度だって、お姉ちゃんが言ってたわね」

「だから、まあ、一高の近くにいる可能性はある」

「うちの生徒、とか？」

「かもな。だとしたら、先生に聞けば早い。頼んだぞ」

「え？ それくらい、休み時間にでも済ませちゃえばよかったじゃないの。駿らしくもない。聞いてないの？」

駿は、純粋に疑問をぶつける咲奈の視線から逃れるように、目を伏せる。

駿はたまにしか登校しないどころか、登校したとしてもテスト以外まともに受けない問題児。教師陣からどう思われているかなど考えるまでもなく明白。圧倒的敵地である職員室に乗り込むのはもってのほか。面倒なことになるのは目に見えているので、教師に話しかけるのも避けたかった。

「………頼んだぞ、咲奈。お前がいて本当によかった」

「気持ち悪っ。なによ急に」

咲奈は首を捻《ひね》りながらも、駿の頼みを聞いて職員室へ向かうのだった。

その間に、駿はできる調査を進めようとする。

これは駿の予測、いや、ほぼ勘であるが、この学校に冷水兎々璃という生徒は存在しない。駿がチャンスアッパーを配る立場なら、自分の通う高校をその中心に選ぶだろうか。

いや、多少楽であること以外のメリットがない。

冷水兎々璃の名前は答え合わせに使うとして、まずは情報を集めるのが先決か。

駿は、チャンスアッパーを受け取った生徒に話を聞いてみることに決めた。

「よし。これである程度は絞り出すか」

咲奈からせしめたチャンスアッパーと、一枚のスペルカードを取り出した。

Rベーシックスペル【証《あかし》の宣誓の道導《みちしるべ》】

これは指定した物体と同じものを、一定の範囲内から探し出す効果を持ったスペルである。

駿は、チャンスアッパーを指定して、【証の宣誓の道導】を発動する。

これで、チャンスアッパーの位置、つまり、チャンスアッパーを所持した生徒の位置がわかる。発動したプレイヤーのいる地点を中心に、おおよそ半径五十メートル以内が、効果が及ぶ範囲である。これだけあれば、高校の敷地内のほとんどはカバーできるだろう。

「ち…………っ」

と思われたのだが、反応はゼロ。

これだけ薬が広まっていて、ゼロはありえない。

ということは。

「探知されないようにスペルで細工してるか、そもそも全く同じものではないかだな」

【証の宣誓の道導】が同じものであると断定する基準はかなりシビアだ。例えば、瓶の形が少し違えば、それは違うものとして扱われる。

偶然か。似たような探知スペルは多いから、その対策をしている可能性もある。

「となると、地道に聞き込みをするしかないか……」

チャンスアッパーを持っている友達がいて、その友達に話を聞ければ一番早い。

しかし悲しいかな、駿に友達などいなかった。

手当たり次第に聞き込みをするという手もあるが、第一高校内での駿の評判は最悪。恵《え》菜《な》が特殊なだけで、駿と積極的に関わろうなどと思う者はほぼいなかった。

「シュン、難しい顔してどうした、の？」

プリンを食べ終えたミラティアが、眉間に皺《しわ》を寄せる駿を見て上目遣いで問う。

「あー、いや、友達いないと不便なこともあるんだなあ、と」

「安心して。シュンには恋人であるわたしがいる、よ。なんなら、《幻惑》でトモダチをつくることも可能」

「そりゃ、頼りになるなあ」

そんなミラティアの献身を見て、友達はいないけれどミラティアがいれば余裕でプラマイ、プラスだな、と思い直す。それで何かが解決するわけではないが、人には向き不向きがあるのである。

「桐谷《きりや》駿に友達はいない、と」

少し離れた位置にいるルルナは、先の細い筆でメモ帳に何やら書き込んでいた。その尻尾は満足げに左右に揺れている。

「で、お前は何やってるんだ？」

「桐谷駿《しゅん》の弱点をメモしております。襲撃の際に役に立つ故」

「シュンに弱点…………？」

「はい。現在、その数なんと二十九。どうやら桐谷駿はダメ人間のようでございますね」

ルルナはニヤリ、と八重歯を見せて笑う。

「シュンにダメなところなんてない、よ」

「いいえ、ダメなところだらけの戯《たわ》けでございます。例えば、字が汚い」

「シュンの思考スピードに手が追いつかないだけ」

「目つきが悪い」

「わかってない。それがカッコいい」

「冷たい」

「わりと照れ隠し」

「寝起きが悪い」

「寝ぼけてるシュンもかわいい」

「もしかして、全て弱点ではないのでございますか…………っ!?」

淡々と反論してくるミラティアに気圧《けお》されるルルナ。メモ帳を見て、これは役に立たない情報かもしれない、と戦慄していた。

「いや、それ全部弱点でいいよ。真に受けんなよ」

「これが弱点だったからといって、それを襲撃にどう生かせばいいのでございますか!?」

「襲撃される側に聞くな、バカ」

それはルルナが考えることである。考えたところで意味がないことだとも思うが。

そんなアホなやり取りを続けていると、用事を済ませた咲奈が帰ってきた。

「聞いてきたわよ……って、何やってるの？」

メモ帳を見てわなわなと震えるルルナと、してやったりとドヤ顔のミラティア。あきれ果てた様子の駿を見て、咲奈は半眼を向ける。

「聞くな。説明したくない」

「はいはい。冷水兎々璃についてだけど、うちの高校にそんな生徒はいないってさ。先生がわざわざ調べてくれたから、確実な情報だと思うわ」

「やっぱりか。助かる。たまには役に立つな」

「一言余計。いつも役に立ってるわよ」

「で、そんな役立つ咲奈ちゃんにもう一つ任務だ」

「自分で言ったけど、役立つって、それも嫌な言い方ね」

「チャンスアッパーを所持、使用しているできるだけ多くの生徒から話を聞いてきてくれ。薬を渡してきたやつの特徴、薬自体の情報もあれば嬉《うれ》しい」

「私いいように使われてない⁇　もちろん、駿もやるのよね？」

「悪い。俺は字が汚くて、冷たくて、目つきが悪くて、寝起きが悪い人間だから、聞き込みには向いてないんだ」

「え、字が汚いのと寝起きが悪いの関係ある？　向いてないのはわかるけど」

「頼む。咲奈《さな》にしかできない仕事だ」

「私どれだけチョロいと思われてるの⁉　それで、はい喜んで！　とはならないわよ⁉　ていうか、名前までわかってるなら、夜帳《とばり》さんにでも聞けばいいんじゃないの？」

「…………そう思うなら、お前が聞いてきてくれ」

露骨に嫌な顔をする駿。

咲奈も、もし夜帳に聞いたらどうなるかの脳内シミュレーションをして、駿と同じような表情を浮かべた。

「…………ごめんなさい。私、聞き込みがんばるわ」

今日は第一高校の生徒じゃないとわかっただけで収穫だ。

調査の当てがないわけではないし、続きは明日でも……と考えたところで、駿はチャンスアッパーを知っている可能性がある人物と目が合った。

あまりにも、自然にいたから、あまりにもポンコツだったから忘れていたが、こいつも一応オラクルの一員であったではないか。

「なんでございますか、桐谷駿。貴方《あなた》に見つめられると心の底からこの上なく不快です」

「なあ、ルルナはチャンスアッパーについて何か知らないか？」

「知らないでございます。答えないでございます」

「もしかして、信用されてないから知らされてないとか？」

「な……っ、そうだったのでございますか⁉」

ルルナはショックを受けたようで、ガーン、と口を開けている。狐色《きつねいろ》の尻尾も元気なく垂れさがっていた。なんともわかりやすいやつである。

「なるほど、本当に知らないのか」

「な、なななななんでそうなるのですか！」

「じゃあ、知ってるのか？」

「し、知ら……言わないでございます」

「じゃあ、冷水《ひやみず》兎々璃《とり》については？」

「そんな男知らないでございます」

なるほど男なのか、と駿は内心ほくそ笑む。

「本当か？」

「ええ、あんないけ好かない男のことなど知らないでございます」

結構知ってるじゃねえか、というツッコミは呑《の》み込む。

上手《うま》く誘導すれば、ルルナからいくらか情報が抜き出せそうであった。

だが、さすがにオラクルもこんな阿呆《あほう》に重要な情報は握らせないだろうか。

「そうか。ルルナは何も知らないんだな」

「もちろんでございます！」

ふんす、と小さな体に見合わず豊かな胸を揺らし、ルルナは誇らしげな様子。ルルナは秘密を守りました、と聞こえてくるが、彼女が守れたのは自尊心だけである。

帰り際、那奈《なな》からＲＩＮＥが届く。

『鷗台には冷水兎々璃って人はいなかったよ～』とのこと。

那奈が自作したのだろうか。ドヤ顔の咲奈のスタンプが一緒に送られてきた。

「さすがにドン引きだわ……」

と、言いながら、今度嫌がらせをしてやろうと、駿も『咲奈ちゃんきゃわわスタンプVol.7』を購入する。ちなみに、Vol.11まで販売されていた。

◇

「チャンスアッパーを手に入れた子に話を聞いてみたけど、わかったのはそれが男だってことくらいだったわ。黒いローブを身にまとった謎の男。冷水兎々璃って名前にも聞き覚えないみたいね。薬の効果に関しては、実感できたと言う子もいれば、全くだって言う子もいたわ。でも、たった五回分の効果だし、実感できないのもおかしなことじゃないわよね」

次の日の放課後。

昨日と同じ場所に、駿、ミラティア、咲奈、ルルナが集まっていた。

咲奈には第一高校内での聞き込みをしてもらったが、成果はこの通り。有用と思える情報は一つも得られなかった。

だが、これも駿の想定内である。

「どうするの？　これ続けて意味ある？」

「ないかもな。だから、少しやり方を変えよう」

探してても見つからないのであれば、向こうから来てもらうのがいいだろう。幸いその手段も噂《うわさ》として広まっている。

「例の呪文を唱えるんだ。手を組んで祈るように、だったか？　それで、少し様子を見よう」

それを聞いて、咲奈は待ってましたと言わんばかりに、パンと手を叩《たた》く仕草をした。

「そ、そうね。私もそう思うわ！　そう！　さすが私！」

「あ？　お前まさか」

「べ、別にチャンスアッパーを使ってみたかったとかじゃないのよ？　オラクルが絡んでると私も思ってたし？　駿のためを思ってね、一昨日《おととい》くらいにやってみた、の……」

つらつらと語る咲奈だったが、表情を曇らせる駿を見て、その勢いは徐々にしぼんでいく。あれ？　やっぱり私やっちゃいました？　と、内心おろおろおろ。

「あれほど言ったのに。お前の頭蓋骨の中には綿菓子が詰まってんのか？　あ？」

「ぎゃあああ、ちょ、先輩痛い！　暴力反対！　結果オーライじゃない！　どうせ唱えるつもりだったんでしょ!?」

咲奈の頭に手刀を繰り返す駿。攻撃から逃れるために、頭を押さえてしゃがみ込んだ咲奈は、駿を見上げてキッと睨《にら》みつける。目の端には涙が滲《にじ》んでいた。

「俺らが唱えるつもりはなかった。適当なやつに頼むつもりだったんだよ。俺なんか特に、下手したら咲奈だって警戒されてるかもしれねえ」

オラクルが運営していたセレクタークラス出身であり、［恋人］を持つ駿。

先日、［女帝］と対峙《たいじ》し、奪い、那奈を連れ戻した事件は記憶に新しいはずだ。

その時、一緒にいた咲奈が目を付けられていてもおかしくはない。

「たしかに。駿、あんたなかなかやるわね」

「はあ、全く……あの薬には副作用があるんだ。絶対に飲むんじゃねえぞ」

「でも、過去の失敗にくよくよしてても仕方ないわ！　別の人にも唱えてもらいましょう？」

「お前に言われると納得できねえ……。それと、なぜキーワードを唱えさせるか、その理由によっては――」

と。ミラティアに袖を引っ張られて言葉を切る。

普段眠たげな目を鋭く細めるミラティア。ミラティアの意図を察した駿は、気を引き締めて辺りを警戒する。

「いやさ、別にキーワードを唱えた人全員に配ってるわけじゃないんだよね～。危ない人もいるし」

その男は少し離れたところにある掃除用具等が保管された小さな倉庫の上に腰掛けていた。眠たくなるような、どこか間延びした声。漆黒のローブを身にまとったいかにも怪しい男。

狙ったようなタイミングで、どうと風が吹き、フードがはためく。その素顔が露《あらわ》になった。

パープルアッシュの髪をウルフカットにした、とろんとした目をした少年。白い肌に、すっと通った鼻筋。線の細さに、ゆるりとした雰囲気もあり、どこか中性的だ。

「って、オレが一番危ない人っぽいか〜」

少年は八重歯を見せてけらけら笑う。

「冷水兎々璃か」

「いえーす」

男の正体が確定して、駿《しゅん》は苦い顔をする。

口ぶりからして、兎々璃は駿のことを知っているようだ。嫌なタイミングで接触された。千世《ちせ》のこと、チャンスアッパーのこと、もちろん兎々璃のことについても精査してから、こちらのタイミングで近づきたかったのだが、先手を打たれた。

「はじめまして、恋人使い《ファントムラバー》。いろいろ嗅ぎまわってたみたいだけど、成果はあったあ？　オレはあったよ？　ほら、裏切り者が一人釣れた」

兎々璃のすぐ横、倉庫の上に一人の少女が寝かされていた。猿轡《さるぐつわ》を噛《か》まされ、鉄の拘束具で両腕が固定されている。アームドスペルを使ったのだろう。少なくとも素手では解《ほど》けない強度のものだ。

髪に隠れて顔は見えなかったが、その二つ結びの亜麻色の髪と鴎台女学院《かもめだいじょがくいん》の制服で、それが誰であるかはすぐにわかった。

「千世……っ」

彼女の立場はわかりやすい。駿に情報を売ったオラクルの裏切り者だ。

出し抜けたと思っていた。オラクルにも信用されて、監視も緩くなって、自由が利くようになって、己の罪を清算するために、駿に働きかけた。

だが、見誤ったのだ。この程度でどうにかなるなら、オラクルなどとうに潰れている。

「仲間にも容赦ないんだな」

「仲間って。いやいや、オレ裏切られたんだよ？　被害者だよ？　ていうか、監視を一つ二つ掻《か》い潜《くぐ》ったくらいで甘いよねえ。千世もオラクルがどんな組織か知ってるだろうに」

千世は何も言わない。言葉を発しようとはしない。沈黙して、駿の方を向こうともしなかった。それは羞恥と己の不甲斐《ふがい》なさからか。

駿はミラティアに目配せし、カードホルダーに手をかける。

千世は気の毒だが、仲間と呼べるほどの存在ではない。リスクを冒して助けようとは思えない。だが、ここで冷水兎々璃を捕らえる意義はある。

こうして戦いの火ぶたが切られようとして――真っ先に動いたのは意外な人物だった。

「兎々璃ぃぃいいいい――ッ」

紅《くれない》の刃。短刀を鞘《さや》から抜き放つ。

ルルナは両腕を後ろに伸ばし、前傾姿勢で音を殺して駆ける。感覚を研ぎ澄ませるようにピンと立った狐耳。たなびく長い袖。

一瞬で兎々璃の眼前に迫り、放たれた一閃《いっせん》――は、千世を抱えて落ちるように倉庫から離れた兎々璃には当たらなかった。

ルルナは勢いを殺すために倉庫の屋根を蹴り上げ、宙で一回転。片手両足の三点で屋根に着地する。

「おい、ルルナ！　勝手なことするな」

兎々璃を見るや否や、親の仇《かたき》でも目にしたかのように飛び出した。ルルナは兎々璃を知っているようであったし、何かしらの因縁があるのか。

それとも、駿が睨んでいるもう一つの理由か――。

「それだけは許せないでございますね」

短刀を顔の前に構え、駿の言葉など聞こえていないと兎々璃を睨みつける。

「あっれえ？　気づかなかったな。オラクルに捨てられた、役立たずのルルナちゃんじゃん」

「…………っ」

「運命シリーズで捨てられるって相当だよ？」

「ルルナは役立たずなんかじゃ……っ」

「役立たずでしょ。まず、スキルが使えない。本当にL？　冗談、SR程度でしょ、その力。使いにくいったらありゃしない」

ルルナには五種類の力があるが、一つ一つの要素は、スペルカードでも代用できるような効果だ。加えて使えるのはエクストラスキルを除き、一日一種類。ルルナのスキルは日ごとに使える力が変わり、それはプレイヤーが指定できない。

デッキに組み込もうとした時、無視できないほどには大きなデメリットだ。ルルナのスキルを中心にスペルカードを組み立てようにも、スキル内容が毎日変わる。

更に運命シリーズということもあり、ユニティのパッシブを持つため、プレイヤーは精霊種以外のライフを召喚できない制限を課される。

「知ってる？［月］はハズレLだって言われてるよ～？」

「そ、れは……っ」

「あ、さすがに知ってるか。あとね、それだけじゃないよ。スキル関係なく、シンプルにルルナちゃんが使えない。もうちょっと賢い子であってほしかったなあ」

「でも、ちーちゃんは、ちーちゃんはルルナのことを必要としてくれてた！」

己の評判など、全て承知の上だ。否定できない。心に刺さる。

それでも、認めたくなくて、ルルナは叫ぶ。

「してくれてた、そうそう。過去形だよ」

兎々璃《とどり》は、その言葉を容赦なく切って捨てる。

一枚のカードを引き抜き——発動。

舞うは虹色の光彩。眩《まばゆ》い輝き。圧倒的存在感。

駿は事前に千世から話を聞いていたから、その正体を知っていた。

アクアブルーに白のメッシュが入った髪。透き通るようなブルーの瞳。触れれば溶けてしまいそうな白い肌。神秘的で愛らしい、まるで天使のよう、といった形容が似合う幼い体躯《たいく》の女の子。

「いくよ、めるめる」

運命シリーズ――その十番。【運命の輪】メルメルルタン】が顕現した。

「は、はひ……いえ、はい！　がんばりましゅ……ぅ」

メルメルルタンは、ギュッと両拳を握ってやる気をアピール。噛んで言い直し、かと思ったらまた噛んで、顔を赤くして俯《うつむ》いてしまった。

「じゃ、めるめるは、ルルナちゃんの相手お願いね」

「え、へ!?　わ、わたしには難しいな、というか。攻撃手段ないので、その」

「平気、平気。引き付けてくれればいいから」

「それなら……ひぇ!?」

主《あるじ》の期待に応えたい、とメルメルルタンは前向きな返事をする。

その瞬間には、ルルナの振るった短刀が眼前に迫っていた。

メルメルルタンは、頭を抱えて咄嗟《とっさ》にしゃがむことでそれを回避。ルルナはそのまま流れるような動きで、足元のメルメルルタンを蹴り上げる。が、それもうさぎ跳びをするような不格好な横っ跳びで回避。

「く、ちょこまかと――っ」

ルルナは勢いそのまま、両手で短刀を握って振り下ろす。転がって回避。地面を這《は》うように迫り、一閃。それも跳び上がり回避。

流れを止めず、何度も短刀を振るい、蹴りや拳を駆使して追い詰めるルルナだったが、その攻撃は掠《かす》りもしない。ルルナの動きは洗練されていると言ってもいいだろう。無駄がなく、流麗だ。

比べて、メルメルルタンの動きは素人同然。

はたから見れば、なぜ当たらないのかわからない。ルルナがわざと外そうとしているようにさえ思える。

「ねえ、駿。ルルナちゃんを助けなくていいの？」

「あいつが素直に俺のサポート受け入れるかよ。ただでさえ、連携取れないのに」

「それはそうかもだけど……そもそも、なんで攻撃が当たらないの？　あのメルメルルタンって子の動き、多分私と大差ないわよ」

「そりゃ、あいつのスキルが原因だ」

メルメルルタンの動きを見るに、千世の情報は正しい。

スキル《廻天《かいてん》》。その効果は――。

「対象の心を読む」

「それじゃあ、ルルナちゃんの動きは全部把握されてる？」

「そういうことだ」

「スキルは？　今は使えないの？　運命シリーズなんだから、強力な力を持ってるはずでしょ？」

「たぶん、使っても意味がない」

そう答えたのは、駿の隣で事の成り行きを見守るミラティアだった。

兎々璃はルルナをハズレLだと揶揄《やゆ》していた。運命シリーズで最底辺のスキルである、と。

たしかに扱いづらい力だ。少なくとも、ルルナはデッキの中心に据えるタイプのカードじゃない。運命シリーズの中で見劣りするというのも理解できる。

「ルルナのスキルは《呼応》。月の満ち欠けに応じた五感を一つ封じる力だ」

「視覚、触覚、味覚、嗅覚、聴覚。今日は味覚」

「えっと、味覚を封じる？　それって意味あるの？」

「嫌がらせくらいにしか使えなさそうだよな。少なくとも、今使って役立つもんじゃない」

有用なのは、視覚、触覚、聴覚を封じる力だろうか。

しかし、それも選んで使えるわけではない。味覚、嗅覚を封じる力しか扱えない日など、戦闘ではほぼ役に立たない。

駿を襲撃した日は、聴覚を奪う力を使ったのだろう。そのせいで、駿の言葉はミラティアに届かなかった。それでも、多少面倒くさいな、くらいにしか思わなかったが。

「じゃあ、ルルナちゃんの武器は、あの短刀一本……」

素の身体能力も高いようだが、それも人間に比べたらの話だ。

膂力《りょりょく》では咲奈《さな》の使役する竜種、イルセイバーに敵《かな》わないだろうし、速さもそれに特化したライフと比べれば大したことはない。

メルメルルタンが今も、ルルナの攻撃を避けられているのがその証拠だ。心を読まれてもなお、反応できないほどのスピード。ルルナはその域には至っていない。

「無理だよ。ルルナちゃんじゃ、めるめるは捕らえられない」

「こんなの、ただ運がいいだけでございます!!」

兎々璃の軽口に焦りを助長させられる。ルルナはより必死にメルメルルタンに食らいつく。もっと速く。もっと洗練された動きで——それでも、あと数センチの距離が縮まらない。掠りもしない。メルメルルタンの動きはずっと子供のそれなのに。

不格好にルルナの一撃を避け、メルメルルタンは尻もちをつく。彼女の透き通るブルーの双眸《そうぼう》がルルナを捉える。いや、見ているのは、ルルナのその先か。

「あ、あの………受け身は取ってくださいね」

ルルナが慌てて振り返ると、兎々璃と視線が合った。

視野狭窄《きょうさく》。メルメルルタンに意識を割きすぎて、これほどまで近くに迫っていても気づけなかった。

「ばぁい」

兎々璃は手を伸ばせば触れられる距離で、スペルカードを発動した。

SRベーシックスペル【鱗粉《りんぷん》のファレーナ】

翠色《みどりいろ》の鱗粉が舞い、惑わすようにルルナの視界に広がった。

その効果は、対象を眠りに誘うというもの。効果のほどは対象の状態や抵抗力によって変わるが、兎々璃はルルナがこれで眠りにつくと確信しているようだった。

「う、く………っ」

瞼《まぶた》が重く、ルルナの視界は不鮮明になる。抗《あらが》い難い睡魔にたたらを踏み、額を押さえて下唇を噛《か》み――しかし、あっさりとルルナの意識は落ちる。

膝から崩れ落ち、体は地面に投げ出された。苦しそうに表情を歪《ゆが》めながら、寝息を立てている。

「いやあ、眠ったらルルナちゃんは受け身取れないでしょ。めるめるは相変わらず可愛《かわい》いな～」

「はぅ……そうですよねすみません何言ってるんでしょうごめんなさい！　代わりに私が受け身を取ります」

「あはは、よくわらないけど、囮役《おとりやく》ありがと。えっと、ルルナちゃんは～」

「はひ、とりあえず、端に退《ど》かしておきますね」

メルメルルタンはルルナの脇の下から腕を通して、うんしょ、と運ぶ。校舎の壁に背中を預けるように座らせて、額を拭う。一仕事を終えて誇らしげだ。

「お待たせ、恋人使い《ファントムラバー》。お利口に待っててくれなくてもよかったのに」

兎々璃は横たわる千世《ちせ》の前に立ち、カードを構えて駿《しゅん》と相対する。

「咲奈、ルルナを頼むな。手出しは無用だ」

駿は咲奈に指示を飛ばし、咲奈はこくりと頷《うなず》くと、ルルナの下へ走った。

兎々璃の関心はルルナにはないようで、一瞥《いちべつ》さえしない。メルメルルタンも、小走りで兎々璃の隣に戻っていた。兎々璃の背中に隠れ、首から上を出して駿を見て、また、隠れた。

「大丈夫だよ、めるめる。目つき悪いだけで大したことないから」

「そ、そそそうなんですね、大したことないなら、はい、がんばります」

メルメルルタンは恐る恐る顔を出し、兎々璃の横に立って、駿に深く一礼をした。

「挑発のつもりか？」

「え、何が～？　別にただのオレの感想だよ」

へらへらとした態度の兎々璃に、駿が短く舌打ちする。

「ミラ、兎々璃を倒す。それが最優先だ」

「ん。がってんしょうち」

ここで考えるべきは、もし千世が本当にオラクルを裏切っていて、駿を頼ったのだとしたら、千世を助けるかということだ。千世の言うように、オラクルの情報を漏らせないように細工されているとしたら、千世を引き入れるメリットは少ない。リスクを侵してまで助けたいほどの関係でもない。

それよりも、千世に提示されたメリット。兎々璃が持つ運命シリーズ、［運命の輪］メルメルルタンへ駿の興味は移っていた。

故に、優先順位は千世の救出より兎々璃の打倒。

「じゃあ、バトル開始ってことで──発動、【トリックルーム】」

SRフィールドスペル【トリックルーム】

兎々璃が発動したのは、一定の範囲内に効果及ぼすスペルカード、フィールドスペルだ。

銀色の光彩を放ち、それは一帯の情景を変える。カラフルなバルーンが揺れ、色とりどりのリボンが宙に線を引く。細切れのビニールテープがひらりひら、と舞う。

遊園地の中か、今にも大道芸でも始まりそうな派手な空間。

「なんだ、これ」

今のところ、目がちかちかする以外の効果は感じられない。

だが、フィールドスペルとは、スペル&ライフズのカードを発動する上で、新たにルールを追加するような効果が多い。

例えば、先日駿が訪れたキリングバイトで発動されていた【鉄茨姫の揺り籠】の効果は、指定範囲内ではSR以上のカードを発動できないというものだった。

同じように【トリックルーム】の範囲内にいるプレイヤーには、新たなルールが設定されている可能性がある。

兎々璃《とどり》は、駿が動き出すまで、静観する姿勢だ。

千世を少し離れたところに寝かせ、来ないの？　と視線で駿を挑発する。

「ち……っ」

駿はまず、【トリックルーム】の効果を探るべく、適当なスペルで応戦することにした。

が、その効果のほどは、すぐにわかることになる。

駿はRベーシックスペル【ウォーターストーム】を発動する。

赤のエフェクトが煌《きら》めき、激しくうねる水流が兎々璃に殺到するはずだった。

「……は？」

しかし、水流の代わりに顕現したのは、刃渡り十数センチのナイフだった。

これはNアームドスペル【いい感じのナイフ】だ。

駿が発動するカードを間違えたのか。いや、そんなはずはない。

慌ててデッキを確認するが、【いい感じのナイフ】のカードは存在した。

試しに、その【いい感じのナイフ】を発動してみる。

すると、今度はカードが場にセットされた。駿を守るように現れた巨大なカードの影が、景色に馴染《なじ》んで消える。

これは、リザーブスペルをセットした時のエフェクトだ。アームドスペルである【いい感じのナイフ】を発動したはずなのに、実際にはリザーブスペルがセットされた。

「なるほどな。所持しているカードの表示を入れ替えるのが【トリックルーム】の効果か。プレイヤーは実際に発動するまで、それがなんのカードであるかわからない」

二枚のカードを発動して、【トリックルーム】の効果に当たりがついた駿は、答え合わせのつもりで言った。

「さっすが〜、正解。もっと細かく言えば、デッキ内のカードの表示を入れ替える効果なんだけど、ま、あんま関係ないか。発動しなきゃ入れ替わってるかどうかなんてわからないもんね」

デッキ外、つまり所有権を刻んでいないカードの表示はそのままとなる。

だが、どうせ発動することのないカードの表示など、その日のバトルには関係のないことだ。

「なんだ、運ゲーがしたいのか？」

「どうだろうね？　試してみる〜？」

カードを引き抜き、発動。

兎々璃はそのカードを見ていなかった。【トリックルーム】の効果でカードの表示が入れ替わっているということは、発動するカードは実質デッキの中からランダムとなる。そのため、カードを確認する意味がないのだ。

そして、兎々璃が引き当てたカードは、ＳＲベーシックスペル【氷霊の吐息】。

駿とミラティアに向けて一直線に、冷気が走る。

「クソが……ッ」

キィィィン。甲高い耳鳴り音。冷気が通った道筋に、螺旋《らせん》階段のように渦を巻きながら、氷が弾《はじ》けた。人肉など容易《たやす》く貫く氷槍《ひょうそう》が殺意を持って刺突。

しかし、透明な氷の槍《やり》に鮮血が映えることはなく、貫かれたはずの駿とミラティアの姿は霧のように曇り、消える。

「あらら、もう《幻惑》発動してたんだ。すごいね、全く気づかなかったよ」

「攻撃系のベーシックスペル。運がよかったな」

駿とミラティアは、氷槍が出現したすぐ隣から姿を現した。

「運？　どうだろうね」

兎々璃は、再び表面を見ずにカードを発動する。

次に発動したカードは、ＳＲベーシックスペル【レーザーネスト】。

広範囲に格子状のレーザー光線が敷かれる。その一つ一つに命を奪いうるほどの威力はないものの、幾つもの蜘蛛《くも》の巣が重なったように空間を満たす光線を避けるのは困難。

これでは、駿とミラティアの姿が偽物であろうと、本物であろうと関係ない。

絶対に当たると確信できるほどの密度の攻撃だった。

「つぅ、レアカードぽんぽん出しやがって」

何もないはずの空間に鮮血が散る。二か所。二の腕と脹脛《ふくらはぎ》が抉《えぐ》られた。

《幻惑》が解け、駿とミラティアの姿が吐き出される。ミラティアを庇《かば》うように抱きしめた駿は、痛みに表情を歪めながら、兎々璃を睨《にら》む。

「君と違ってこっちは組織でやってるからね～。羨ましいでしょ」

「はっ、誰が。ミラがいればそれだけで、お釣りが来るくらいだよ」

「シュン、いつもいってる。ギュッとしてくるのはうれしいけど、わたしのことは気にしないで」

ミラティアは、血を流す駿を見て強い口調で言った。

血が腕を伝い指先から落ちる。駿は裂けた左足に体重をかけないように立っていた。

「ライフだから、シュンよりはがんじょう」

「俺もいつも言ってるぞ。それは聞けねえって。ミラだって痛みは感じるだろ」

「それはシュンだって同じ」

「俺は慣れてる。それに、今回は治るからな」

そう言った瞬間、駿の傷口を黄金の砂が攫《さら》い、時間が巻き戻るように回復する。スペルによる攻撃が嘘《うそ》だったかのように、裂けた制服の下に綺麗《きれい》な肌が現れる。

セットされていたSRリザーブスペル【砂金の砂時計】が発動したのだ。

リザーブスペルは発動条件を満たすと、自動で発動するスペルである。

このカードの発動条件は、プレイヤーが傷を負うこと。

効果は、負った傷の回復だ。

「シュンを守るのは恋人のわたしの役目。終わったらちゃんと話するから」

「はいよ」

駿は、むっと頬を膨らませるミラティアの頭に手を置いて、兎々璃に向き直る。

「運がよかったね。ちょうど使えるリザーブスペルがセットされてたみたいで」

「運じゃねえよ。俺は今デッキにリザーブスペルは一枚しか入れてなかった」

だから、駿はセットされたカードがなんであるかは把握していた。

「リザーブスペルを一枚？　ずいぶん偏った編成をするね」

「それはお前もじゃねえのか？　兎々璃」

「へえ」

「攻撃系のベーシックスペルが二連続で発動した。それはお前のデッキが、［運命の輪］と【トリックルーム】以外のカードは攻撃系ベーシックスペルのみで構築されてるからだ」

そうすれば、兎々璃はどのカードを発動しても、攻撃手段となりえる。スペルによる攻撃を与えることができるという確信を持ってカードを発動できるのだ。【トリックルーム】が発動された状況下で、それは大きなアドバンテージとなる。

一方駿は、自分が発動するカードの種類すらわからない。

回復目的でカードを発動したかと思えば、武器が現れたりする。リザーブスペルをセットしたかと思えば、防御のためのベーシックスペルが発動するかもしれない。

「だとしたらどうするの？　どうにかできる手段があるのかな～？」

「あるさ」

駿は余裕綽《しゃく》々《しゃく》の笑みで、デッキ外のカードを手に取った。

「どうせ俺のプレイヤースキルは知ってるんだろ」

「【限定解除《リミテッドアンロック》】。スペル＆ライフズにおける時間的制約を受けない」

「そうだ。普通はドロー時点でデッキに空きがある場合を除き、所有権を刻むためには二十四時間を要するが、俺は一瞬」

駿《しゅん》はRベーシックスペル【サンダーブレイク】に所有権を刻み、デッキへ補充する。

「たとえ【トリックルーム】の効果で表示が変わろうと、この手に持ったカードは今、所有権を刻んだカードだ」

カードを見ると、【サンダーブレイク】だったはずが、SSRアームドスペル【因果切断《いんがせつだん》──アブディエル】へ変わっている。しかし、それも見た目だけで、効果は変化前のものであるはずだ。

「喰《く》らえよ」

発動。赤のエフェクトを散らし、低く唸《うな》りながら顕現したのは小さな雷。

駿の読み通り表示が変わったものの、効果は【サンダーブレイク】のものだった。

雷が兎々璃の頭上で瞬き、一直線に落ちる。

「な────ッ」

が、そこに兎々璃はいなかった。当たらなかった。

防御のためのスペルを使ったわけでも、ギリギリの回避をしてみせたわけでもない。

初めから、そこに攻撃が落ちるとわかっていたかのように、少し横へ移動しただけだ。

「そうか、［運命の輪］のスキル」

そのカラクリはすぐに解けた。兎々璃の少し後ろでずっと、あわあわと自信なさげに成り行きを見守っている精霊種、メルメルルタンの力だ。

「へえ、知ってたんだ？　もしかして、千世《ちせ》ちゃんの情報とか？」

「《廻天《かいてん》》、心を読むんだろ。そりゃ、俺がどこになんのスペルを発動するかわかれば避けられるか」

「どう？　結構絶望的でしょ。あと、さっきの推理は大ハズレ」

兎々璃はその内容を見ずにカードを発動する。

駿は攻撃系のベーシックスペルに備え、構えるが……何かが起こることはなく、兎々璃の前に巨大なカードのエフェクトが現れ、空気に馴染んで消えただけだった。

「リザーブスペルだと……っ!?」

【トリックルーム】の効果を活《い》かすために、デッキのほぼ全てを攻撃系のベーシックスペルで構築したという駿の読みは間違っていた。

兎々璃のデッキには、リザーブスペルが入っている。もしかしたら、アームドスペルやリベンジスペル、ライフカードもあるかもしれない。

ならば、先ほどの攻撃系のベーシックスペル二連続は本当に運がよかっただけとでも言うのか。そんな運任せのデッキ構築をするようなタイプには思えないが。

駿は攻略の糸口を探して思考を巡らす。

すると。

「ここで終わりにしよっか～」

兎々璃《ととり》から意外な提案をされた。

「は？」

「これ以上続けても勝てないよ？　引いてあげるって言ってるの。オレは別に今［恋人］と［女帝］を回収すべきだとは思ってないし、見逃してあげる。その代わり、チャンスアッパーの件にはこれ以上関わらないでくれない～？」

「それで引き下がるとでも思ってるのか？」

「悪い話じゃないと思うけど。別に君が失うものは何もないんだし」

「逃がすかよ、テメエを潰す算段はあるからなァ！」

駿は兎々璃の提案に聞く耳を持たない。

駿はデッキのカードを取り出し、召喚中のミラティア、ルルナ以外の全ての所有権を解除した。これで、現在駿のデッキは二枚のみ。手元に残ったカードで言えばゼロだ。

「なに？　千世ちゃんがそんなに大事だった？」

「関係ねえよ。どうでもいい」

「え～、じゃあ、どうしてよ」

「ここでテメエ程度の思い通りになったら、一生運命シリーズは集まらねえし、凜音《りんね》を助けられねえからだ」

相手は運命シリーズを使役するプレイヤー。プレイヤースキルは持っているかもしれないが、現在発動している様子はない。条件は同じどころか、駿が有利だ。

これらから、駿は幾度となく強敵と対することになるだろう。そういう道を選んだ。その度に思惑に気づけず、手のひらの上で転がされ、相手が考えた条件を呑《の》まされ続けるのか。最善ではなく、相手が選んだ最適を選ばされるのか。

「引くとしても、ここじゃねえ」

「強欲は身を亡《ほろ》ぼすよ」

「この程度を強欲だと思わなきゃいけねえなら、俺に未来はねえって言ってんだよ」

兎々璃が【トリックルーム】下で狙ったカードを発動できるカラクリは看破できていないが、そんなのは関係ないことだ。考える必要がない。

【トリックルーム】がある限り、駿は望んだカードを自由に発動することはできない。《限定解除《リミテッドアンロック》》を駆使し、狙ったカードが発動できたとしても、メルメルタンの《廻天》で心を読まれてしまえば意味がない。

ならば、駿自身がカードの詳細を把握せず、攻撃に使えるカードだけを発動できればどうだろう。

「俺は今から、《限定解除《リミテッドアンロック》》の力で、攻撃系のベーシックスペルに端から所有権を刻む」

「あー、そういう力技、ね」

首の後ろを撫《な》でると、兎々璃は気だるそうに息を吐く。

兎々璃が攻撃系のベーシックスペルを連続で発動させられたのは、デッキの内容をそれで統一したからだと読んだ。結局、その推測は外れたのだが、ヒントにはなった。デッキの中身をある程度統一すれば、発動されるカードがランダムだろうと関係ない。

この戦略は、千世からメルメルルタンのスキル《廻天》を聞いた時から、考えていたものでもある。心を読まれたところで関係のない物量作戦。駿だからできる荒業である。

「心でも読んでみるか？　無心でスペル発動してるだけだけどな」

駿は攻撃系のベーシックスペルに端から所有権を刻んでいく。

ほとんどはレア度Rのカードだ。ドローで手に入るカードは一日一枚。ただでさえ、一回のバトルで消費するカードの多い駿は、常にカード不足。アセンブリデッキからドローする以外にもカードを手に入れる方法は存在するが、それにも限りはある。

ただ、今回に関しては量さえあればいい。

「あ、あのあの、これ、わたしどうすればいいですかね!?」

「んー、頑張って避けるしかないのかな。困ったね」

「ふ、ひぃえ……っ」

メルメルルタンは、兎々璃の後ろで頭を抱え、わたわたと慌てていた。

そんな相棒を宥《なだ》めながら、兎々璃も冷や汗を浮かべている。

駿はその間にもスペルカードに所有権を刻んでいく。攻撃系のRベーシックスペルが十枚。これだけあれば、十分だろう。

「ズルいやり方だが、悪く思うなよ」

駿も兎々璃同様、カードの表面を見ずに発動、発動、発動、発動——。

兎々璃に狙いを定め、スペルを使っていく。

灼熱《しやくねつ》の火球が、激しい水流が、迸《ほとばし》る雷が、肌を切り裂く暴風が、氷槍《ひようそう》が、爆風が次々と兎々璃に襲い掛かる。息をつく間もないスペルによる連撃。

これならば、【トリックルーム】も《廻天》も関係ない。

激しい爆発音。砂埃《すなぼこり》が舞い、兎々璃とメルメルルタンの姿が紛れる。

それでも駿は人影に向けてスペルを打ち続け、所有権を刻んだ十枚全てを使い切った頃——。

「なんて、ね」

その言葉は、やけに明瞭に聞こえた。

矢継ぎ早に発動されるスペル。その攻撃を一身に受けながらも、ゆったりとした余裕のある声。

警戒したミラティアが駿の前に立ち、駿は再び攻撃系のベーシックスペルに所有権を刻み始めた。

「ちっ、あの時のリザーブスペルか？」

砂埃が晴れた先、兎々璃とメルメルルタンは健在だった。兎々璃は先ほどと変わらぬ立ち姿で、メルメルルタンは頭を抱えて蹲《うずくま》りながらも傷一つない。

考えられる可能性としては、兎々璃が先ほどセットしたリザーブスペルの条件が満たされ、発動したか。

「ただ避けただけだよ。リザーブスペルの発動条件が満たされたのは、今だね」

答え合わせをするまでもなく、実感としてそれは襲い来る。

ズゾゾゾ——駿の背後に這《は》い出るように何かが突き立った。

後ろを向いて見たそれは、漆黒の十字架だった。吸血鬼でも磔《はりつけ》にしていそうな禍々《まがまが》しい十字架。十字架から駿の下へ銀の鎖が伸び、脚と腕を絡めて、抵抗する間もなく、引きずりこまれて拘束。

「くぅ——ッ」

駿は腕に力を込めて抵抗するも、じゃらじゃらと鎖が鳴るだけでビクともしない。

「シュン!?」

Rリザーブスペル【夜ノ國《くに》の処刑台】

発動条件は自分以外のプレイヤーが七枚カードを連続で発動すること。

七枚目を発動したプレイヤーが処刑台に磔にされる。

「こんな発動条件の厳しいリザーブスペルを……読んでやがったのか？」

メルメルルタンのスキルを知っている駿が、【トリックルーム】下で取る戦術を先読みしていた。それ故の【夜ノ國の処刑台】。

千世の裏切りも、メルメルルタンの心を読むスキルがあれば、簡単に把握できるのだ。

兎々璃は飄々《ひょうひょう》としていながら、駿を狩るためにデッキを構築した可能性さえある。

「目視の指定じゃなく、プレイヤーを指定して発動するリザーブスペルなら、《幻惑》も関係ないでしょ〜？」

「スペルの連撃はどうやって凌《しの》いだ？」

「さて、どうでしょう？」

「所有権を刻む時ですら、ほぼカードを確認しなかった。どのスペルが発動するかなんて俺もわからなかったんだ。心を読んだって……待てよ」

そこまで口にして言葉に詰まる。ここまでの戦いで抱いていた言い表しようのない違和感が繋《つな》がり、答えが弾《はじ》き出された感覚。

駿は重大な思い違いをしていたのかもしれない。

「もしかして、《廻天》は心を読むスキルじゃないのか？」

前提を間違えていた。

そもそも、この情報は千世からのものだ。

それをあまりにも信用しすぎていた。

兎々璃は千世の裏切りに気づいていたというのに。

一番の違和感は【トリックルーム】の存在だ。

《廻天》の効果が心を読むものだとしたら、相手が発動するカードの詳細を把握していないのは寧《むし》ろデメリットだ。《廻天》があれば相手の発動するカードの効果、戦略まで読めるのだから、【トリックルーム】などない方がアドバンテージを取れる。

「大正解〜！　オラクルを裏切った千世の情報。そりゃ、価値あるものに見えちゃうよねえ」

きつく拘束され、猿轡《さるぐつわ》を嚙《か》まされた千世は、二つ結びの髪を揺らして激しく首を横に振っている。彼女も《廻天》の本当のスキルを知らなかったのかもしれない。

「でもさあ、仲間でも簡単に手の内晒《さら》すわけないでしょ」

「ずいぶん寂しい仲間意識だな、オラクルは」

「ま、なんでもいいけど。その状態で何言ってもカッコつかないよ？」

磔にされた駿《しゅん》は、カードを手に取ることすらできない。リザーブスペルはセットされておらず、自由に動けるのはミラティアだけの状況。

「はは、そりゃそうだ」

「じゃあ、［女帝］は返してもらおうかな。あと、［恋人］も貰《もら》う。引き際を間違えたね、

「恋人使い《ファントムラバー》」

兎々璃は【トリックルーム】を解除すると、大きく伸びをして駿に寄る。

それでも、駿は弱気など一切見せず、鋭い眼光で以《もっ》て兎々璃を睨《にら》みつける。

ミラティアも氷槍の如《ごと》き鋭い眼光を兎々璃に向けながらも、平静を保っているようだった。

それは最後の抵抗か。あるいは、何か策があるのか。

ルルナの攻撃を避けるメルメルルタンの動きは、心を読んでいるとしか思えないものだった。駿の【サンダーブレイク】も心が読めたから避けられたのだと思っていた。

だが、それでは先ほどのベーシックスペルによる連撃を避けたことや、【トリックルーム】下で兎々璃が狙ったカードを発動できたカラクリを説明できない。

だから、逆にその事象を再現することができる効果を考えてみることにした。

もし、【トリックルーム】があることでアドバンテージを取れて、尚且《なおか》つ今までの戦いの説明がつくスキルがあるとすれば――。

「心じゃない。お前が読んだのは――未来だろ」

拳を握った駿が兎々璃の背後から姿を現す。

ミラティアの《幻惑》で姿を隠して兎々璃《とどり》の背後に潜んでいた。

それでも虚をつくことはできず、駿が口を開く前には振り返っていた兎々璃と視線が交差した。兎々璃は左腕を上げて駿の拳を受ける。駿は続けて一撃、二撃、と放つが、それは最低限の動きで避けられてしまう。

メルメルルタンが読み通りのスキルを持っていたとしたら、それも容易《たやす》いことだろう。

「処刑台で捕らえたはずなんだけどな」

兎々璃は駿と距離を取りながら後ろに視線をやって確認するも、磔にされた駿も健在。幻ではなく実体としてそこにあるまま。

そこで、兎々璃は情報にあったミラティアのもう一つの力に思い至る。

「エクストラスキルか――ッ」

《無貌ノ理《ことわり》》――その幻は現実となる。

あれはミラティアが拘《こだわ》りに拘って作った、桐谷《きりや》駿を象《かたど》った精巧な人型だ。

「ご名答。引き際間違ったのはどっちだ？　千世《ちせ》連れてさっさととんずらしとくべきだったな」

これで、駿と兎々璃の立ち位置は入れ替わった。

つまり、拘束された千世は駿の足元へ。

千世の確保などついでだが、ある程度有効な手札にはなるだろう。

後はここからどう兎々璃を追い詰めるかだ。メルメルルタンのスキルの真の力を看破し、【トリックルーム】もなくなった。

しかし、兎々璃に焦った様子はなく、まだ余力を残していることが窺《うかが》えた。

「［恋人］、いや、ミラティアか。そこまでの力だとは思わなかったな」

兎々璃はわざとらしく悩んだそぶりを見せてから、メルメルルタンをお姫様抱っこすると、倉庫へ向けて走った。最初に兎々璃が現れた倉庫だ。壁を蹴って跳び、その倉庫の上へ上がると、駿を見下ろしてへらへらと笑う。

「今日はこのくらいにしようか」

駿は兎々璃の動向を警戒しながら千世を抱えて、違和感に気づく。

「――ッ!?」

あまりにも軽すぎるのだ。人一人の重さではない。

いや、それどころか、よく見れば外見もおかしい。なぜ、今までこれを千世だと思っていたのか。顔も髪もない、ただの人形じゃないか。

「引き分けかな？　どっちも得られるものは特になかったし」

そして、入れ替わるように、兎々璃の足元に拘束された状態の千世が現れた。景色にノイズが走り、隠されていた囚《とら》われの姫の姿が露《あらわ》になる。初めに千世がいた位置と全く同じ位置だ。

「久しぶりに楽しくはあったけどね」

「ずっと千世はそこにいたのか」

「さすがに、運んで戦うのは面倒でしょ」

兎々璃はメルメルルタンの召喚を解除、カードを手元に戻す。

空間にモザイクがかかる。兎々璃のいる一帯が不鮮明になり、徐々にその姿は景色に馴《な》染《じ》む。声だけは鮮明だが、体は足先から存在感をなくしていった。

「じゃあ、また。どうせどこかで会うよね、桐谷駿」

逃亡。決着はお預け。

追いかける気は起きなかった。それどころか、この結果にどこかホッとした自分がいるのに気づいて、駿は忌々しげに舌打ちをした。

「引き分けとは言えねえよな、これ」

駿はプレイヤースキルを使い、ミラティアのエクストラスキルも使った。

一方、兎々璃はメルメルルタンのエクストラスキルを使っていなかった。プレイヤースキルを持っているかは不明だが、使っていなかったことに変わりはない。

明らかに、まだ余力を残していた。

取った作戦も、プレイヤースキルに頼り切った力技。

いや、取ったと言うのもおこがましい。相手は、駿が取る作戦を予測して、リザーブスペル【夜ノ國の処刑台】をセットしていたのだから、取らされたと言った方が正しいだろう。

「クソ、冷水《ひやみず》兎々璃。底が見えねえ」

次会った時、自分は勝てるだろうか。

なんて思考をしている時点で、いつもの駿らしくないことは間違いない。

兎々璃の不気味さは、どこか夜帳《とばり》に通ずるものがあった。

「これは……」

ひらりひら。駿の手元に一通の手紙が落ちてくる。白の簡素な封筒。その裏には、達筆な字でお兄さんへ、と書かれていた。

◇

駿のことをお兄さんと呼ぶのは千世だけだ。

駿は手にした封筒を懐にしまう。

千世からの手紙。オラクルに対する最後の抵抗のつもりだろうか。

ルルナの意識はまだ戻らない。悪夢でも見ているのか、時折苦しそうに顔を歪《ゆが》めていた。

咲奈《さな》はルルナの側《そば》にいて、ずっと手を握ってやっている。

「ありがとな、咲奈」

「別にお礼を言われるようなことはしてないわよ」

「ルルナを守ってくれただけでありがたいよ。よく手を出さなかったな」

兎々璃はルルナに興味がないようだったが、ルルナの方は別だ。

兎々璃に対して執着心があるようだった。怒り、だろうか。何かに対して酷《ひど》く憤ってい
た。自分がバカにされたことに対してではない。ルルナがそういうタイプのやつではない
のは短い付き合いでもわかった。

「あんたが負けるなんて思ってないもの」

「そか」

「……正直、私じゃ足手まといにしかならなかったわ」

今の言葉が本心なのだろう。

【トリックルーム】の効果は、一定の範囲内に適用されるものであり、咲奈もその例外で
はなかった。デッキの表示が入れ替わっていたのだ。

そんな中、咲奈はどうすることもできなかった。

駿をサポートできる手段はなかった。咲奈のデッキと【トリックルーム】の相性が悪
かったのもあるが、何かしても本当に足手まといにしかならなかっただろう。

「それがわかって、何もしなかったのはすごいだろ。何もしないって簡単なようで難しい

判断だよな」

「そう、そうね……」

「だから、助かったよ」

「うん、言われてみればそうかも！　やるわね、私！」

曇り気味だった表情に、一瞬で明かりが灯《とも》る。

「お前は相変わらずだな。もはや安心するわ」

「でも、やっぱり駿はさすがね！　あのすかした男も追っ払っちゃって！　大勝利だわ！」

「勝ってねえよ」

「でも、最後逃げてったわよ？」

「多分、見逃してもらっただけだ」

駿は悔しそうに奥歯を噛みしめるが、それを見ても咲奈の表情も態度も変わらない。深刻さなど一切見せず、それがさも当たり前のことのように首を捻《ひね》る。

「そうかしら？　こっちは全員無事だし、顔が割れたんだから、冷水兎々璃も今までと同じようには行動できないはずよ」

「でも、実際あいつはまだまだ余力を残してたし――」

「その通り、シュンは負けてない」

駿の言葉を遮って、ミラティアが口を挟む。駿の腕に強くしがみついた。

「特に理由はないけど、わたしが負けてないと思うので負けてない」

「じゃあ、お前が負けたと思うのはいつなんだよ……」

「わたしがいれば、シュンは負けてない、よ？」

茶化している様子はない。駿《しゅん》をジッと見つめるミラティアは、本気でそう思っている。彼女の中では理屈が通っていることなのだ。

そんな相棒を見ていると、何だか真剣に悔しがっているのも馬鹿らしく思えてくる。

「はあ、全く。でも、俺も余計なこと言ったな。終わったことを考えても仕方ねえ。これからのことを考えよう」

［運命の輪］が手に入れば文句はなかったが、それはあくまでプラスアルファのミッションだ。先ほどの兎々璃とのやり取りではないが、引き際を間違えてはいけない。

「落ち込んだシュンもかわいいので、そのままでもいいけど、ね？」

「落ち込んでねえ。なんもよくねえ」

「ふふ、シュンはやっぱりかわいい」

これ以上反論してもミラティアに敵《かな》わないのは、これまでの経験から学習済み。むすっとした駿は彼女から視線を逸《そ》らすのだった。

「これから、そうね！　チャンスアッパーはどうするの？　冷水兎々璃ともう一度会うのは難しそうよね」

「よし、諦めた。チャンスアッパーはどうでもいい」

「え？　出所を潰すのが駿の目的じゃないの？」

シュヴァルベで那奈《なな》と話を聞いた時は、あれだけ強く主張していたのに、やけにあっさりとしている。また、何か変な企《たくら》みをしているのではないだろうか、と咲奈は訝《いぶか》しむ。

「それは俺の目的じゃねえ。千世に頼まれて、少しだけメリットがあったから手を出しただけだ。もう、そこまでの余裕もないし、どうせすぐ収まる。放置しよう」

「でも、副作用とかあるんでしょ？　いいの？　止めなくて」

「レアカードにつられて、得体の知れない薬を飲もうとしたやつが悪いだろ。俺は慈善活動するつもりはねえぞ」

「それはそうだけど、半端に手を出して無責任じゃない？」

「その言い分はもっともだが……いや、悪い。俺の力不足だ」

咲奈の意見は正論だ。駿の思惑がどうであろうと、傍《はた》から見れば無責任なことこの上ない。何を言ったところで言い訳にしかならないだろうと思い、駿は素直に謝罪した。

咲奈はそんな駿の姿を見て、驚いたと目を丸くする。

「駿の辞書にも謝るという文字が載ってたのね」

「あ？」

「い、いい心がけだと思うわ！　うん、その調子で今までの私への行いも謝罪してほしいものね！」

「はあ……全く。今回は我ながら情けないとは思ってるんだ。結局チャンスアッパーは半端に調べて収穫なし。兎々璃《ととり》は倒せなかった。余計なことに首を突っ込みすぎたな。だから、せめて一番の目的だけは達成したい」

「なによ、その目的って」

「必要な時に話すよ。まだ、不確定要素が多いしな」

「そうやって大事なことは教えてくれないんだから。それで都合のいい時だけ私を使おうとするのよね」

「正解。頼らせてくれ。咲奈には負担がかからないようにするから」

「別に嫌とは言ってないし……できることはするわよ」

咲奈は隠し事をされている不満四割、頼られている嬉《うれ》しさ六割といった感じでぷいと顔を逸らした。

「シュン、さっきの手紙は？」

「ああ、これは千世《ちせ》が残したものだな」

千世が最後の力を振り絞って、駿に何かを伝えようとした。

中身を確認すると、そこには日付と時間、場所が書かれているのみだった。

四日後の午後十時。場所は高菓《こうか》スカイタワー、高菓区にある一番高い商業ビルの屋上だ。

「ここでチャンスアッパーに関する重要な取引があるとか？　でも罠《わな》の可能性もあるわよね」

「そうだな……でも、やりやすくはなった」

千世の行動と、幾つかあった違和感の正体と、ポンコツケモ耳暗殺者。

今回の兎々璃との一件で、立てた仮説に確信が持てた。

そして、これからの駿の行動指針も明確に定まった。

「よくわからないけど、これどうするの？」

「とりあえず、様子見をしよう。後は……ルルナ次第だな」

駿は未《いま》だ眠りから覚めないルルナを見て、言った。

しゃがみ込んでルルナと視線を合わせた駿は、ふむ、と口元に手を当ててから、尻尾に手を伸ばす。ふさふさした尻尾をちょっと触ってみたかった、ついでに起きてくれればいいな、の思考順である。

そして、指先が尻尾に触れる瞬間、ルルナはばね人形のように跳び上がった。

「ふすーっ!!　しゃーっ!!」

駿と距離を取ると、短刀を抜き、片手両足で立ち、尻尾を逆立て、威嚇。

「おはよ、ルルナ」

「今何をしようとしていたでございますか！　ございますか！」

「別に。普通に起こそうとしただけだけど」

それを聞いたルルナは、おもむろに尻尾を撫《な》でる。首を捻る。

「でも、確かに曲者《くせもの》の気配が……」

「ルルナにとって俺は敵だし、そういうもんじゃねえの？」

「はっ！　それでございます！　仲間のような顔で近づいて……許せないでございますね」

「まあ、俺は仲間のつもりでいるな」

ルルナは短刀を収めると、砂埃《すなぼこり》を払う。

思い出したように辺りを見回した。

「はっ、あのクソ男は!?」

「騒がしいやつだな。兎々璃のことか？　逃げてったよ。特に被害はなしだ」

俯《うつむ》いたルルナは、両手でギュッと短刀を握りこんだ。

「そうでございますか……」

――あっれえ？　気づかなかったな。オラクルに捨てられた、役立たずのルルナちゃんじゃん。

兎々璃の発言で、ルルナがオラクルでどういう立ち位置だったかは大体わかった。

兎々璃に言われたこと。オラクルで昔は仲がよかったというお友達のこと。無力感。焦燥感。縋《すが》るものがないルルナの心中はぐちゃぐちゃで、とても不安定な状態だ。

誰も頼ることができない。気を許せる相手がいない。

それが、更にルルナを追い込んでいる。

襲撃対象であるはずの、駿の目の前で弱音を吐いてしまうほどには追い込まれていた。

「ルルナは……ルルナはやはり使えない子なのでしょうか」

悩みと不安が募って、募って、つい溢《あふ》れ出てきてしまった本音。

ルルナは慌てて口を噤《つぐ》む。俯く。狐耳《きつねみみ》はしゅんと垂れていた。

縋るように短刀を両手で握り、きゅっと瞳を閉じた。

何度も、何度も繰り返し言われてきたのだろう。

その言葉がルルナから自信と笑顔を奪い、執着だけを残した。

もうルルナを照らしてくれる光などないけれど、認めたくはないから輝いていた過去に
尻尾を振るしかない。それが今のルルナだ。

「なあ、ルルナ。それは――」

「申し訳ございません。何でもありません。聞かなかったことにしてください」

いつもの騒がしい調子ではなく、淡々と、懇願するように言うのだ。

だから、駿も何も言わずに、ただ了承する。

「先に帰っております」

そう言うと、ルルナは一人、その場を立ち去っていった。

◇

後日。色藤第一高校《しきとうだいいちこうこう》。二年B組の教室。

今日はやけに欠席者が多かった。駿のクラスで三人。学年全体で数えると、二十数人。全校生徒を見れば、単純計算でその約三倍の欠席者がいることになる。

たかだか、三人休んだだけなのに、教室はどこか物寂しく感じられる。

「これなら、追加で俺一人いなくても目立たなかったよなあ」

出席日数ギリギリの駿は、今日も学校へ来ている。本来はそれが高校生の普通なのだが、駿の意識としては、学校がある日の方が珍しい。皆、よく毎日文句も言わず登校しているものだと感心してしまう。

今日は、ミラティアはルルナと共にお留守番。

とか言いつつ、気づけば隣にいたりするのがミラティアのだが、今日は本当に姿を見せない。基本的にはマイペースなやつなのである。

「ダメだよ。桐谷《きりや》くん、これを機に、ちゃんと毎日学校に来よ？　ね？」

「あー、えっと、よう、朝霧」

「まだ覚えられてなかった!?　夕霧《ゆうぎり》だよ！　夕霧恵菜《えな》！」

「ああ、そうだ。朝か昼か夜で迷ったんだよな」

「じゃあ、どれ選んでも間違いだよ！」

恵菜はポニーテールを揺らして、ぷんすかぷんと頬を膨らませている。

委員長の義務感からか、ダメ人間を放っておけない性質なのか、恵菜は駿が登校するたびに話しかけていた。毎回適当にあしらわれるのだが、それでもめげずに来るあたり、もしかしたら被虐嗜好《しこう》があるのかもしれない。

「なあ、今日はなんでこんなに休み多いんだ？　みんな高校に通う無意味さに気づいたとか？」

「違うよ！　そんなこと思ってるの桐谷くんだけだから」

「多数派だろ」

「えー、みんなそんなに捻《ひね》くれてるかなー？」

「おい」

「えと、今日はね、みんな体調不良だって。最近多かったんだけど、今日で一気に増えた感じがするかも。みんな吐き気がすごいって言うんだ。変な病気が流行《はや》ってるのかな」

投げやりに突っ込む駿に、恵菜は苦笑い。無理やり話題を戻して、早口で説明する。

吐き気。それを聞いて、千世の言葉が過《よぎ》る。

——激しい嘔吐感《おうとかん》が基本。高熱が出る方もいらっしゃいましたね。

「なあ、その病気のやつらって、チャンスアッパーを飲んでたりするか？」

「え、もしかして、桐谷くん何か知ってるの⁉」

「知らないから聞いてんだろ」

「あ、そ、そうだよね！」

「で、どうなんだ？」

「うん、私が知ってる限りだと、休んでるのは、みんなチャンスアッパーを受け取った子たちだよ。それですっごく噂《うわさ》になってる。やっぱり副作用とかあったのかな。今元気でも、薬を飲んじゃった子はすごく怯《おび》えてるの」

「そりゃ、なんの対価も払わず力が手に入るなんて都合のいいことあるわけないだろ」

千世も副作用はそろそろ現れる頃だと言っていた。

こうなってしまえば、新規でチャンスアッパーに手を出そうってやつはいなくなるだろうが、オラクルが副作用のことを把握していたということは、この事態も織り込み済みのはずだ。やつらの目的は概《おおむ》ね達成されていると見て間違いないだろう。

言い訳くさい結論になるが、やはりこれ以上深追いする意味はなさそうである。

「そ、それはそうだけどさ、みんな悪用しようとか、何かすごい目的があって薬を飲んだわけじゃないんだよ？　軽い気持ちというか」

「それ関係あるか？」

駿《しゅん》は呆《あき》れてため息を吐《つ》く。

不機嫌なオーラを感じ取ってか、恵菜は控えめに口を開いた。

「でも、こんなの可哀想《かわいそう》じゃない……？」

「可哀想ではあるかもな。頭悪すぎて」

「そんな言い方よくないよ。みんな騙《だま》されて薬を飲んで、苦しんでるんだよ？」

「騙されて？　欲しかったんだろ？　チャンスアッパー」

恵菜は自信なさげに言葉を紡ぐ。視線はあちらこちらに彷徨《さまよ》い、落ち着きなく両手でポニーテールを撫でていた。多少は罪悪感があるらしい。

「でも、そんな副作用があるなんて知らなかったし……」

「話にならねえな。もしかして、お前飲んだのか？」

頬杖《ほおづえ》をついた駿の機嫌は見る見るうちに悪くなっていき、苛立《いらだ》ちを隠すことなくため息を吐く。

「それは、その……えと……」

「はあ、全く。考える頭がないなら、余計なことに首突っ込まない方がいいと思うぞ。特にこの島ではな」

それだけ言うと、駿は会話を続ける気はないというように机に突っ伏した。

恵菜が立ち去った後もしばらくそうしていて、クラスの会話に聞き耳を立てる。

「聞いたか？　隣の組の相坂もチャンスアッパー飲んでたってよ」

「じゃあ、マジでそれが原因だってこと？　よかったわ、飲んでなくて。危ないとは思ってたんだよね」

「お前は手に入らなかっただけだろ」

「ちげーし。あんな得体の知れないもの飲めるかよ。レアカード引いたって自慢してきた友達は羨ましかったけど！」

「はは、正直なやつだな」

話題のほとんどはチャンスアッパーのことで、恵菜が言っていた情報に間違いはなさそうだ。あちこちで、副作用が出始めている。

だが、チャンスアッパーに関して、この状況で駿にできることは何もない。無責任は承知の上で何かをしようとも思わない。したいとも思わない。

興味関心があるとすれば、あのポンコツ襲撃者のことだ。

このまま放っておけば壊れてしまいそうなほど不安定な少女。

ここから、もう一波乱ある。

今回の駿の目的のためにも、そうでなければ困る。

そんな予感を胸に、駿はそのまま本当に眠りにつくのだった。

Phase.4 暗躍する影―雁字搦めの月見草 Spell and Lifes

あれから数日が経《た》つと、高校を欠席していた生徒もちらほらと復帰するようになった。入れ替わりで休む者もいたが、これからは減っていくだろうという話だ。その証拠に、新たにチャンスアッパーを配っているという噂は聞かないし、生徒たちも危機感を覚えたようで、手を出そうとする者はもういなかった。

オラクルの目的である運命シリーズの顕現、奪取が達成されたのかはわからないが、この結果は彼らの勝ち逃げのように思える。

「やっぱいわ！　クラスメイトのお見舞いに行ったんだけどすごく苦しそうで！　私もあんな薬胡散《うさん》くさいと思ってたんだけどね、一応感謝しといてあげるわ！　一応ね！　駿が止めてくれなかったら……くれなくても、飲むなんて愚かな行為するわけなかったけどね、感謝の心は大事よね！」

咲奈《さな》に会ったらよくわからないが、お礼を言われた。と思う。

ちょっとイラッとした駿が、いつものように軽く手刀を入れると、やはりいつものように、「ぎゃーっ！」とツインテールを逆立てて威嚇してきた。

あれから、ルルナは何やら悩んでいるような素振りを見せることが増えた。

駿への襲撃は今までと同様続けている。

しかし、その刃が駿に掠《かす》ることさえなかった。

ぼうっとしているようで、常にルルナを注視しているミラティアのおかげというのもあるが、そもそもルルナから本気の殺意を感じることはなかった。彼女の刃が映すのは、迷いの色ばかり。

それもそのはずだ。ルルナには駿を本気で傷つけたいほどの動機がない。

この襲撃が成功したらもしかしたらお友達も見直してくれるかもしれない。か細い希望だ。これまで散々人を殺すのを躊躇《ちゅうちょ》していたルルナが、そんな後ろ向きな理由で他人に刃を突き立てることはできないはずだ。

それでも駿への襲撃をやめないのは、それだけ元主《あるじ》への執着心が強いからだろう。

駿には理解できないことだった。

ルルナも本当はそこに希望がないとわかっているはずだ。

ルルナはよくベランダの手すりに腰かけている。ぷらぷらと足を投げ出し、全身に日の光を浴びる。日向《ひなた》ぼっこが好きなのか。駿と同じ部屋にいたくないという可能性もある。純粋に狭いというのが一番の理由か。

駿の家は比較的広い方だとはいえ、それも学生の一人暮らしにしてはという話。

ミラティアがいて、ルルナがいる。家の中はぱんぱんだった。

駿は息を殺して、そんなルルナの背後に忍び寄っていた。

ずっと襲撃され続けているのだ。たまの仕返しくらいいいだろう。

狙いは規則的に揺れる下に垂れた尻尾だ。一度触れてから、頑《かたく》なに尻尾にだけは触れさせてくれないルルナ。となると、なんとしてでも摑《つか》み取りたいのが男心というものだろう。

それに、どうしてもあのモフモフが忘れられないのだ。

ルルナは髪飾りを弄《いじ》り、何か思い悩んでいる様子。

今がチャンスだ、と手を伸ばすと——ふわり、尻尾は駿の手からすり抜けた。

カンと下駄《げた》が当たる音が響く。見れば、ルルナはその場で宙がえりをし、驚異的なバランスで手すりの上に仁王立ちしていた。

「何をしようとしていたのでございますか！　このっ、暗殺対象！」

「だから、殺しちゃだめなんだろ」

「誤魔化《ごまか》さないでください！　何度も、何度も何度も何度も懲りずにルルナの尻尾を狙って！　四六時中狙われている人の気持ちを考えたことはありますか!?」

「お前ブーメランって知ってる？」

「とにかく、尻尾だけはダメでございます！」

手すりから飛び降りたルルナは、両腕で抱えるようにして尻尾を守った。

「えー、じゃあ、耳は？」

「耳もダメでございます！」

ルルナは咄嗟《とっさ》に耳を両手で隠して守る。

「じゃあ、どこならいいんだよ」

「む、胸なら…………」

耳を撫《な》でながらうーん、と考え込み、やむを得ず、強いて言うならと呟《つぶや》いた。

「え、なんでそっちのハードルの方が低いの？」

もじもじと恥ずかしそうに頬を赤らめているルルナ。

聞き捨てならぬと現れたのは、ミラティアだった。

「シュン、そんなにもみたいのなら、わたしのがオススメ」

「いや、別に揉《も》みたいわけじゃねえよ？」

「もしかして……大きさ？　大きいのがいい、の？」

ミラティアは、ルルナの持つ豊満なバストを見て戦慄する。小さな体軀《たいく》に見合わない、暴力的なたわわ。ミラティアは恐る恐る指を伸ばし、一突き。ふにゅん。

「ん、ひゃうん……っ」

人差し指が沈み込む。包まれる。一たび触れてしまえば病みつきになる、そんな妖しい魔力を感じた。幼く小さな体に秘められた魔性に、その場に崩れ落ちた。

「こ、これが……［月］の真の力」

「何をするのでございますか!?　ございますか!!」

ルルナは両手で胸を押さえ、ミラティアから距離を取った。

蹲《うずくま》ったミラティアは、床にのの字を書き、落ち込んでいる。

「シュン……わたし、毎日牛乳を飲もうと思う」

「いや、ミラは体形変わらないだろ。そのままでいいし」

「かわいい？」

「そうだな。そのままのミラがかわいいよ」

「ふへへ、知ってる。わたし超絶かわいい。でも、隣の芝は青く見えるもの。シュンが大きなおっぱいにひかれていたのも事実」

「惹《ひ》かれてはないぞ」

「ひかれていたのも事実」

「………」

「そんなときは、すべてこれが解決してくれる」

「おまっ、まさか……っ!?」

顔を上げ、立ち上がったミラティアのバストはルルナと同じくらいに肥大化していた。

盛りに盛っている。とても満足げだ。

「《幻惑》。しかも、《無貌ノ理《ことわり》》製なので本物といっても過言ではない。感触は保証する」

「バカ、エクストラスキルこんなところで使うなよ!?」

「大丈夫。今日は戦うことないので」

「なんでわかるんだよ」

「ほら、どう？　どう？」

ふむん、とドヤ顔のミラティアは、駿《しゅん》の腕にしがみついて、ニューウェポンをここぞとばかりにぶつけてくる。ふにゅん、と形を変え、駿の腕に感触が直《じか》に伝わる。

一定の効果はあるようで、駿はミラティアから視線を逸《そ》らして下唇を噛《か》む。耐えの姿勢である。

「くっ……変なことに力使いやがって」

「よし。シュンのドキドキを観測」

「おい、ルルナ！」

駿は助けを求めてルルナに手を伸ばすも、ルルナは慌てて胸を隠して限界まで距離を取る。頬を赤くしたまま、キッと駿を睨《にら》みつけた。

「こ、この、ケダモノ！」

「はあ？」

「絶対触らせないでございます！　やっぱりダメでございますぅ!!」

ルルナが精一杯叫ぶ。

何やら勘違いをされているようだが、突っ込む気にもなれなかった。

◇

キッチンにはジャガイモやニンジンなどの野菜や、封を開けたばかりの調味料。冷蔵庫には安売りしていたお肉や先日の残り物のお浸しが入っていた。

自炊をすると言ってもたまにパスタを茹《ゆ》でたり、目玉焼きを作ったりする程度だった駿には縁遠いものばかりだ。

そう。現在この家のキッチンに立っているのはルルナであった。

それも今日が初めてではない。一昨日に昨日、今日の昼、今を合わせて、なんと四回目。

そうなるに至った経緯。二日前に遡る。

「おい。居候。お前もなんかしろ」

そんな駿の一言で全ては始まった。

「居候……？」

「いや、横見ても後ろ見ても誰もいねえよ。お前だよ、ロリ狐《ぎつね》」

「ろ、ロリじゃないでございます！　狐だけどロリではないでございます！」

「いちいち突っ込むな、面倒くさい。お前はロリだ。いいか、ロリ。居候なんだからお前も仕事をしろ。ただで宿を借りられると思うなよ？」

「ルルナは暗殺者にございます！　決して居候などでは……！」

「その設定はもういいから」

「設定……!?」

　ガーン、と深く衝撃を受けているようだった。反論するでもなく、憤るでもなく、駿の言葉を喰《く》らっている時点でお察しである。

「働かざる者食うべからずって言葉知ってるか？」

「日本人の心にございます」

「あー……まあ、それでいいや。加えて宿だ。お前ここ以外行く当てなんてないだろ？」

「……そうでございますね」

　お友達のことを思い出したのか、ルルナは一瞬寂しそうな顔する。

　だが、駿は心を鬼にして畳みかけた。

「そんで、風呂まで借りてる。完全に居候だろ」

「る、ルルナは完全に居候にございます……っ！」

　頭を抱えるルルナ。深く衝撃を受けたようであった。

　こいつは咲奈《さな》よりちょろいかもしれない、と逆に可哀想《かわいそう》になってきた駿だったが、ここで容赦してはいけない。命を狙われたのである。それ比べれば、どんな要求も安いもの。

「ということで、せめて飯を作れ」

「ご飯でございますか……？」

「ああ、この家には飯を作れるやつがいない」

駿も簡単な料理くらいは作れるが、レパートリーはお察しの通り。あと、単純に面倒だった。毎日の食事に時間などかけていられないし、幸いなことに学生にしては駿の懐は温かい。自炊をする必要性がなかったため、そのスキルも磨かれていなかった。

ちなみに、ミラティアに頼めば、「シュンのためなら……！」と張り切って料理をしてくれるのだが、味の方が問題だった。

ミラティアは、おいしいもの×おいしいもの＝とってもおいしいもの、だと思っている節がある。絶対に料理をするのに向かない考え方である。

「わかりました。居候の身として、最低限の礼儀は尽くしましょう」

ルルナは考え込む素振りを見せてから、ご飯くらいならと顔を上げる。

完全に自他共に認める居候になっていた。

多少不味《まず》くても我慢して食べる覚悟を決めていた駿だったが、予想に反しルルナの料理に舌鼓を打つこととなる。

焼き魚にお浸し、なめこのお味噌汁《みそしる》。

化学調味料に毒された駿の舌にはどれも薄味に感じられたが、温かく優しい味は、非常に満足感があるものだった。

　それからも、てんぷら、うどん、お刺身など、ルルナは定期的にご飯を作ってくれた。お刺身に関しては、生魚を買ってきて自分で捌《さば》いたらしい。予想以上の料理スキルである。

　そして、現在に戻り、ルルナ作の五食目が目の前に並べられていた。

　サバの味噌煮《みそに》。ワカメと豆腐の味噌汁。白米。切り干し大根。

「なあ、ルルナ。お前がめちゃくちゃ料理うまいことはよくわかった」

「そうでしょう、そうでしょう。栄養バランスまでしっかりと考えられた完璧な一食にございます」

　ルルナは豊かなたわわを張って、ふふんと小鼻をうごめかしていた。

　実際、ルルナの料理スキルは文句のつけようがないほどだ。

　ただ、一つ言うことがあるとすれば。

「作ってもらってる身で言うのもあれだが、毎回和食なんだな。たまには、洋食もありかなあ、なんて思うんだが」

「養殖？　このサバは天然魚にございますよ。サバの養殖は珍しく、市場に出回っているサバのほとんどは天然魚のはずです」

「その養殖じゃねえわ！　ちげえよ、和食以外ないのかって話だよ！　いや、美味《おい》しいぞ。味に文句があるわけじゃねえけどな？」

「ありませぬ。作れませぬ。ありえませぬ」

「ありえないとは」

「わたしは甘いものがたべたい」

「こちらをどうぞ」

ミラティアの要求に、ルルナは三色団子を差し出した。これも粉から自分で作ったというのだから感心する。感心はするが。

「めちゃくちゃ和だ……」

「宿を借りている身です。たまーに気が向いた時に料理くらいしてあげます。深く感謝することですね、桐谷《きりや》駿」

とか言いながら、なんだかんだ一日二食くらいは作ってくれた。

こうして、暗殺者の手によって、殺されるどころか駿の健康状態は改善していった。

しばらくすると、自発的に掃除まで始めていた。

ルルナの意識の中で、自分は完全に宿を借りている居候となっていた。

「どうしてルルナがこんなことを……ちーちゃんなら掃除も料理も完璧で、私が何かをするまでもなかったというのに……」

ぶつくさと言いながら、駿が家を空けている間に水回りまで掃除していた。

寝る時は、ミラティアと共にベッドを使っていいと言うのだが、ルルナはそれだけは頑《かたく》なに拒んだ。「いつ襲撃に遭うかもわかりませぬ！」とのことだった。

お前は襲撃する側だろ、とは突っ込まないでおいた。

来客用の布団を敷いておくと、ルルナはその上に陣取って毛布に包《くる》まる。駿に意識を向け、警戒していた。本当に襲撃されると思っているのだろうか。

「シュンはあなたをおそうくらいなら、わたしをおそう」

「？　ミラティア殿と桐谷駿は仲間ではないのでございますか？」

「？　わたしはシュンの恋人だから。いつでも準備はできている。うぇるかむ」

「準備……？」

顔を見合わせて首を傾《かし》げるルルナとミラティア。

致命的なすれ違いが起こっているようだったが、指摘しても面倒なことになるのは目に見えている。短くため息を吐《つ》いた駿は、毛布を被《かぶ》って瞳を閉じたのだった。

◇

月の光を浴びる。それは、彼女の本能のようなものか。

ベランダの手すりに腰かけ、ルルナは月を仰ぐ。

月見草をモチーフとした髪飾りを握り込んで、声を漏らした。

「………ちーちゃん」

唯一のお友達。優しかった元主《あるじ》。

しかし、ふと瞳を閉じて思い出されるのは、厳しい声音と失望の目。

いつからかルルナに厳しく当たるようになった。楽しかった日々が色褪《いろあ》せてしまったわけではないけれど、それを塗りつぶすほどに、どうしても辛《つら》い記憶の方が鮮明だ。

仕方のないことだ。ルルナが与えられた仕事を上手《うま》くこなせなかったからいけないのだ。

もう一度お友達が昔のような笑顔を向けてくれるなら、どんなことでもしてみせる、とそう思っていた。思っていたはずなのに。

「その髪飾り綺麗《きれい》だよな。ルルナによく似合ってる」

「……っ!?」

声をかけられるまで隣にいることさえ気づけなかったようだ。

立ち上がってベランダの手すりに乗る。ルルナは声を荒らげて追い払おうとするも、人差し指で唇を塞がれてしまった。駿はベッドで寝息を立てるミラティアに視線を向け、騒ぐなと訴えかける。

ルルナは観念して、もう一度座ると、髪飾りを付け直した。

「ちーちゃんに貰《もら》ったものです。とても大事な、思い出の品でございます」

「ルルナにとって大切な人なんだな」

「そうでございますね」

「でも、今ルルナのことを大切にしてくれる人ではない」

「そう……なのかもしれません」

今までなら絶対に認めなかっただろう。噛《か》みつく勢いで声を上げて反論した。

それを諦めたような自嘲気味な声で肯定してしまう。

お友達と長い間離れて、ルルナの中に何か変化があったのだろう。それがいいものかどうかはわからないが……わからないからこそ、ルルナはきっと迷っているのだ。

「それでも、戻りたいって思うのか？」

「はい。ルルナは、もう一度ちーちゃんと共に笑って過ごせる日々が欲しいのです」

理想について迷いはない。

美化された過去の中にそれはある。

「当たり前だと思っていました。一緒にお料理をして、他愛《たわい》もない話をして笑って、ただ一緒にいることが幸せでした。ちーちゃんは小さなことでよくルルナを褒めてくださいました。ちーちゃんの役に立てていると、そう思っていました」

現実が見えていないわけではない。

抜けているところは多々あれど、そこまでの阿呆《あほう》ではない。

ただ、現実が見えたからといって、答えは変わるものだろうか。

「今でもちーちゃんのことは大好きです。何をされても嫌いになどなれません。きっと何か事情があるのです。ルルナには思い至らないようなところで苦しんでいるのでしょう。でも、だからといって、そうだとして、今、ルルナが必要とされていないことに変わりはない。それは、わかっているのです」

「わかってるなら……」

「それでもっ！　何があろうとルルナにとっては唯一無二の大切な友達なのです。その思いが変わることはありません。今がどうであろうと……か細い希望に縋《すが》りついてしまう。また、もしかしたらって……」

もし、お友達に捨てられたら、なんのために生きればいいというのだ。

ルルナはそれ以外の生き方を知らない。

それ以外の幸せを知らないのだ。

「その希望だけで、ルルナは頑張れます」

「それはなんのための頑張りだ？」

「だから、ちーちゃんのために頑張らないと。そうしたら、きっとまたルルナを見てくれるから」

もしかしたら、お友達が振り向いてくれるかもしれない。そんな小さな可能性に賭けることの何がお友達のためか。その矛盾にルルナは気づいているだろうか。

気づけていないから、こんなにも不安定なのだと、駿《しゅん》は思う。

「お前は自分の価値を低く見積もりすぎだと思うぞ」

「そんなことは……っ」

「掃除できるし。ご飯は美味しいし。まあ、たまに洋食も食べたいけどな」

「なんの役にも立たないでございます！　そんなことできたって、結局与えられた任務一つこなせなかった」

「何？　お前人殺したいの？」

「そんなわけないでございます！」

ルルナは食い気味に答える。

駿は知ってる、と言わんばかりに目を伏せて、少し悩んでから口を開く。

「俺さ、よく高校遅刻してるんだよな。そもそもほとんど行ってないし」

「急になんの話でございますか」

「でもさ、そもそも勝手に時間決められてるのがおかしいよな。自分で決めたならまだしも、それでいろいろ言われてもって思わないか？」

「いえ、そういうものですし、全く思いませんが」

「あと、授業中寝ちゃうのもさ、退屈な授業をする教師が悪いよな。ていうか、誰かに迷惑かけてるわけじゃないんだし、向こうが俺に適応してくれよ、って思うよな」

「共感を求められても、その考えは理解できませんが。それが教師の仕事なのではないのですか？　どれも桐谷駿のことを思っての言葉でしょう」

「お前……めちゃくちゃ正論言うな」

「貴方《あなた》がハチャメチャすぎるだけなのでは!?　というか、なんの話でございますか！　何が言いたいのでございますか！」

「……何が言いたいんだろうな。俺もあんま器用に喋《しゃべ》れる方じゃねえからな」

「ええ……意味がわからないでございます」

今のルルナのヒントになればと思って口を開いたのだが、上手く言葉が続かなくて、駿は思わず苦笑してしまう。

もし、鶺鴒《せきれい》ならばいいアドバイスをしてあげられたのだろうか。あるいは咲奈《さな》なら、ルルナの気持ちを汲《く》み取って優しい言葉をかけてあげたのかもしれない。

でも、同じ言葉でも誰が口にするかで伝えられるものは違っていて、駿だからこそ意味のある言葉もあるとは思うのだ。

「すげえ息苦しそうに見えたんだ」

「ルルナが、息苦しい……」

「俺みたいになれとは言わないけどさ、もう少し自分の幸せを考えて行動してもいいいんじゃねえの？　囚われすぎんなよ、お前は今自由なんだしな」

「幸せ……ルルナの幸せ」

ルルナは、そう反芻《はんすう》してくしゃりと稲穂色の髪を握り込んだ。

幸せを求めての行動の結果がこれだ、そう考えたのも一瞬のこと。

駿が言いたいのがそういうことじゃないのは理解したようで、答えを求めて月を見上げる。

「あーあ、慣れねえこと言ったわ。俺はそろそろ寝るな。おやすみ、ルルナ」

気恥ずかしそうに、ぽりぽりと頬を掻《か》く駿は、ルルナに背を向けて部屋に戻る。

「……今更ですが、寝込みを襲撃されるとは思わないのですか？」

「ルルナはしねえだろ」

「なぜ、そう思うのですか？」

「俺はもうルルナを仲間だと思ってるからな」

そう言うと、駿は窓を閉めてルルナの言葉をシャットアウト。逃げるようにベッドへ。

毛布にくるまり、月明かりに背を向けた。

「………………仲間ではございません。何を言われようとルルナは桐谷駿の敵にございます」

熱の籠もらない言葉だった。

こんなにも虚《むな》しい響きがするものなのか。

ルルナは月見草の髪飾りをそっと撫《な》でると、ベランダの手すりに立つ。重力に従って体を倒し、煌々《こうこう》と月の輝く夜空へ体を投げ出した。

◇

放課後。なぜか生徒会のお手伝いをすることになって、ナイショだよ、とお菓子を貰って、そのままの流れでなぜか先生のお手伝いをすることになって、ナイショだよ、とお菓子を貰った。お菓子を貰うことの多い人生だった。もしかしたら、子供だと思われているのかもしれない。違うけれど。絶対そんなことはないけれど。

「はあ……」

そんなこんなで、帰路に就くころには、すっかり日は沈んでいて、夕霧恵菜《ゆうぎりえな》は大きくため息を吐く。

お手伝いが嫌だったわけではない。偽善者だと言われるかもしれないが、人の役に立つのは好きだし、現実から目を逸《そ》らしたい恵菜としては、やるべきことがあるというのはありがたいことだった。

まだ体に異変はない。

色藤第一高校《しきとうだいいちこうこう》でチャンスアッパーを飲んだ子たちの体調の変化は、まちまちだった。少し吐き気がする、くらいで治まった人もいるし、一週間近く高熱で寝込んでいる人もいる。

加えて、一日に発動できるカードの枚数が減ったという噂《うわさ》もある。

噂でしか聞いていないので、本当かどうかはわからないが、不安にはなる。

恵菜もこれからそういった症状が現れるのか。

それとも、恵菜は運がいい側の人間なのか。

チャンスアッパーを飲んでしまった。運で言えば、その時に運を使い切ってしまったのではなかろうか。

そう思い、隣で呑気《のんき》に棒付きキャンディを舐《な》めるリリリリに視線をやった。恵菜が先生から貰ったキャンディである。

「どしたん？　深刻な顔して」

「な、なんでもないよ！　元気！　全然元気～！」

「ならいいけど。これマジでうまいね。人類全員これ舐めながら過ごせば幸せなんじゃね？」

リリリリは棒付きキャンディをピコピコ動かして、ご機嫌な様子だ。一見いつもの気だるげな表情なのだが、若干口角が引きつるように上がっているのだ。

「ダメだよ。そんなことしたら虫歯になっちゃうし」

「そうなん？　あたしらはそういうのないからなー。あ、これマウントとかじゃないよ。純粋にね、大変だなーって気持ち」

「んー、でもちゃんと歯磨きすれば平気だよ」

「うわ、めんどくさそ。ただでさえ生きるのって大変なのにな。なんか息してるだけで辛《つら》いよねー。あー、もうちょいあたしのメンタルが死に後ろ向きならいいのに……ずっとアセンブリデッキに籠もってたいわー」

「そんなこと言わないで！　生きてれば楽しいこともあるよ！　あ、リーさん今度一緒に水族館行こうよ！」

「水族館？」

「うん！　魚がいっぱい泳いでるところ！」

「魚ね、あたし生魚無理だから、できれば火ぃ通してほしいわ」

「違うよ!?　食べるところじゃないんだよー！」

鶴妓区《つるぎく》の住宅街。寮に着くまでもう少しというところ。

黒のローブが闇によく溶け込んでいたから気づけなかった。薄暗い路地裏から這《は》い出るように、あるいは引きずり込むように、女性のハスキーボイスが響いた。

「運がいいって思ったでしょ？」

通り過ぎてから、恵菜は肩をびくつかせ、慌てて振り返る。

恐怖ではない。ただ、驚いて不思議そうに首を傾《かし》げる。

「えっと、どちら様？」

「Lレア。しかも運命シリーズなんて、普通なら一生かかっても引けねえって言ってンですよ」

少女は恵菜の質問には答えない。

フードを取る。夜よりも暗い黒色のボブヘア。耳に銀色のピアスが光る。ナイフのように鋭い紅《あか》の瞳。

「オラクルのソード所属。黒川戌子《くろかわいぬこ》」

戌子と名乗った少女は、ニッと白い歯を見せて笑うとフードを闇に投げ捨てた。

オラクル、ソード。聞き馴染《なじ》みのない単語だった。

黒川戌子さんも、もちろん知り合いではない。

人の名前を覚えるのは得意な方だし、忘れているわけではないと思うのだが。

「えっと……？」

「覚えなくていいですよ。どうせ、意味なンてねえンですから！」

「恵菜たそ、下がってて。こいつ、明らかにやべえ目してんじゃん」

リリリリが状況を理解できていない恵菜の前に立ち、庇《かば》う。

気だるげにステッキを構え、もう片方の手で恵菜に触れる。

「引けてしまったってことで、お前はこの上なく運が悪い。だって、そうじゃなければ、痛い思いをせずに平和な日常を享受できたンですよ！」

戌子は数枚のカードを取り出して、リリリリの後ろ、恵菜を見据える。

「あー、ダルい。そこの目つき悪いの。あたしのスキルはテレポートってことで――」

「効かねえですよ。うちは［魔術師］のスキルを知ってる」

「ま？」

リリリリはやべえ、と顔を引きつらせる。

恵菜と共に寮まで飛ぼうと考えていた。しかし、テレポートは発動しない。それで戌子の言葉がハッタリではないことがわかった。

「［魔術師］で安堵《あんど》しましたよ。最強で最弱。知ってさえいれば、これだけやりやすい相手もいねえってンです」

次は戌子が仕掛ける番だ。カードを引き抜き、掲げる。

発動――Rベーシックスペル【竜の威光】

デッキにレア度SSR以上の竜種ライフがいる時に発動できる攻撃系のベーシックスペルで、効果はその竜種と同系統低威力の竜吹《ブレス》を打ち出すというもの。

戌子のボブヘアが逆立ち、火の粉が舞う。

ぶわりと熱波が上がり、吐き出されたのは灼熱《しゃくねつ》の炎の渦。

「……え？」

避《よ》けるどころか、驚く暇も与えず、炎は恵菜の眼前に広がった。

ダルそうに舌打ちしたリリリリが恵菜を引きよせ、しかし、二人を巻き込んで炎の渦は突き進む。夜の闇を燃やし、照らし、突き抜ける。炎はコンクリートの地面をちりちりと焼き、その敷かれた炎の一番奥に恵菜とリリリリが横たわっていた。

人間の恵菜より幾分か頑丈なリリリリは、頬の砂埃《すなぼこり》を拭いながら体を起こす。膝立ちになって、恵菜を守るように戌子にステッキを向ける。

「あ、え……？　なんで？　何が？　痛い、痛いよ……」

傾いた世界の中、恵菜は訳がわからずうわ言のように呟《つぶや》いた。

全身がひりひりと痛む。歯を食いしばっても我慢できず、涙が溢《あふ》れてしまうほどの痛みだ。

ちかちかと視界が明滅する。ゆらりゆらと燃える炎。その歪《ゆが》んだ景色の先にいる炎を打ち出した少女が、口元を歪めて近づいてくる。

「［魔術師］、そこを退《ど》いてくれませんかねえ？」

「これでも一応この子、主《あるじ》だし。それは気が引けるなー、いくらあたしでもさ」

「どうせ何もできないでしょ。それとも、一応でも守ったたってポーズがしたいンですかあ？」

戌子がパチンと指を鳴らす。

すると、圧倒的質量、熱量を持った何かが飛来した。近くの二階建ての寮を優に超える巨軀《きょく》。闇夜に映える真っ赤な炎。それが恵菜の視界に映ったのはほんの一瞬のこと。

ほんの一瞬で、目の前からリリリリの姿が消え去った。

後ろを振り返ると、すぐそこには真っ赤な光源があった。茹《ゆだ》るような熱気を発する赤い岩のような何か。マグマのようにグツグツと煮え滾《たぎ》る熱源が引かれた巨大な物質。

「何、あれ……ドラゴン……？」

視線を上げて、その全貌を視界に収めて、それがなんであるかをやっと理解する。竜だ。リリリリは炎を纏《まと》った巨大な竜に組み敷かれている。

「ごめ、恵菜たそ……これ、あたしじゃどーにもならんわ」

この状況に理解が追い付かなかった。

突如現れた少女は、なんの理由も告げずにスペルによって炎を打ち出した。痛みで視界が歪む中、リリリリは恵菜を守ろうとし、炎を纏う巨大な竜に組み敷かれた。

熱量で涙は頰に張り付き、その上から新たな涙が伝う。

「抵抗しないンですか？　夕霧恵菜」

戌子は起き上がる気配のない恵菜の前にしゃがみ込む。ヤンキー座りをして、動き出す様子もない恵菜を見て煽《あお》る。少しは面白い展開になってくれ、と期待するように意地の悪い笑みを浮かべている。

「どうして私の名前を……！」

「今それはどうでもいいでしょ。状況わかってます？　スペルとか使えばいいじゃねえですか。水でも出してみます？　もしかしたら、弱点かもしれねえですよ。ほら、炎使ってるから」

「そんなカード持ってない。人を傷つけるカードなんて……っ」

「スペルラにはあまりにも攻撃的なカードが多いと思いませんか？　これが正しい使い方だと思うんですけどねえ」

戌子は呆《あき》れるようにそう言ってから、大事なことを思い出したと手のひらをポンと叩《たた》く。

「目的を言うのを忘れていました。ふつー、痛めつける前に言いますよね。運命シリーズですよ、運命シリーズ」

「運命……？」

「『魔術師』のカードを渡してください」

「リーさんを？　嫌だよ、だって大切な友達だもん！」

「友達、ねえ。もしかして、価値をわかってねえんですか？　ガキのままごとの相手するために、いるわけじゃねえってンですよ」

「価値って何⁉　リーさんはリーさんでしょ？　友達でしょ？　それ以上でも以下でもないよ！」

「あー、そういうのはどうでもいいですね」

戌子は、白けた顔でNアームドスペル【いい感じのアイスピック】を発動。ホームセンターにでも並んでいそうなアイスピックを手に持って──容赦なく恵菜《えな》の手の甲に突き刺した。

手のひらを貫通し、アイスピックの先がジリとコンクリートの地面を引っ掻《か》く。

「ぁ、いっ、るれ？　ぎゃ、あ、あああああああああああ──ッ」

絶叫。鋭い痛みに体を跳ねさせる。戌子がアイスピックを引き抜く。恵菜は慌てて手を引っ込めて、胸に抱いて体を丸めた。どろりとした鮮血の不快な感触。あまりの痛みに視界が明滅する。

痛い。痛い。痛い。それだけが思考を支配している。それ以外を考える余地などこれっぽっちもなかった。

「はあはあ、痛い、痛い……っ」

戌子は顔色を変えず、もう一度アイスピックを構えた。

「待って、嫌だ、死にたくない。なんで、何を……え？」

「いやいや、これだけじゃどう考えても死なないでしょ。大げさだってンですよ」

「いぬぴー、やりすぎじゃない？　もっと平和に解決したと思うけど」

闇の中から、ローブを身にまとったもう一人の男が現れる。切迫した状況にそぐわない、妙に間延びした声。聞き覚えのある声だが、それが誰であるかなんて、今の恵菜には些細《ささい》なことだった。

男は恵菜を見て、安心させるように柔らかい笑みを浮かべる。特に手出しをするつもりはないようで、戌子の後ろで静観する姿勢だ。

「兎々璃《ととり》が甘いだけでしょ。結局、これが一番早いンですし」

戌子は仲間を振り返ることなく、痛みに表情を歪めている恵菜を見て笑っている。

「どうして？　急に酷《ひど》いよ、痛いよ」

いち早くこの状況から抜け出したい。痛い。逃げ出したい。痛い。痛い。無事に帰りたい。痛い。痛い。痛い。早く温かな布団で休みたかった。

今日は普通に高校に行って、授業を受けて、帰るのが少し遅くなってしまって、気づいたら手のひらを貫かれた。理不尽な痛みに、また涙が溢れてくる。

「どうしてって、目的はさっき言いましたよねえ？　聞こえてなかったですか？　大事なことなので何度でも言いますよ。［魔術師］をください」

「そ、それは……っ」

「断るならこのまま続けます。殺しはしませんよ。ただ、綺麗《きれい》な爪がいくつかなくなっちゃうかもしれませんねえ？」

戌子は先から血の滴るアイスピックを恵菜の目の前に突き付けた。

少し手が滑れば、目玉が棒付きキャンディになる距離だ。

「ごめんね～。別にオレも……少なくともオレは好きでやってるわけじゃないんだよ？　でも、君にはこういうのが一番効果的だと思うからさあ」

「何自分だけ保険かけてンですか。まるでうちが楽しんでるみたいに」

「いやいや、いぬぴーは楽しんでるでしょ」

痛みで意識が遠くなる。そんな中、恵菜は思い出した。目の前の男の正体を、だ。

放課後、教室で出会った。自分は特別だと言ってチャンスアッパーを渡してくれた。

この男たちの意図はよくわからないが、やはり善意で薬を配っているなどありえないことだったのだ。みんなが使っているから平気だなんて考えが甘かった。駿《しゅん》の忠告も聞くべきだった。

Lレアのリリリが手に入って浮かれていた。なんて運がいいんだろうとチャンスアッパーの効果に満足していた。

「……私、ほんとバカだ」

この状況も自業自得じゃないか。

だが、そんな自戒の念よりも、脳内を支配するのは手のひらの痛みのことだった。

いくら、自業自得といえど、こんな理不尽は受け入れられない。

他人を傷つけていい理由など、この世に存在するものか。

だから、どうこの場を逃れるかばかりを考えていた。

いや、考えるまでもなく答えは一つしかなくて、後は思考のプロセスをどう辿《たど》るかだけだった。ただ、この選択は仕方ないものだと思い込みたかった。

「で、どうします？」

「あ、えっと……どうしよう」

「強い意志とか、信念とかあるタイプじゃねえでしょ。早く手放しちゃってくださいよ」

「だって、こんなのどうしようもないよ。おかしいよ。私に選択肢ないじゃん。耐えられないよ、意味わからないもん……痛い、痛いよ」

「はあ。まあ、まだ悩んでてもいいですけどね。その分爪は減ってきますよ」

もう一度アイスピックが振り下ろされる。ガツン。コンクリートが削れる。手のひらのすぐ横、あと数ミリ位置がズレていれば、二つ目の穴が空いていたところだ。ひやりと血の気が引くのを感じた。思考を支配していた余計な考えは、一気に引き上げていった。

「……い、いらない。いらないよ」

恵菜は、仕方ない、自分は悪くないと心の中で唱える。

こうなったら手放す以外の手なんてないじゃないか。

「ん？　聞こえねえですね」

「運命シリーズなんていらない！　いらないから！」

「ぷ、早すぎません？　大事な友達じゃなかったンですか？」

「で、でも……だってこんなのどうしようもないし、それ以外方法がないっていうか……」

「へえ。ま、うちも痛めつけたいわけじゃねえンで、［魔術師］が手に入りさえすれば、それでね」

アイスピックを恵菜の目の前で揺らしながら、戌子《いぬこ》は言った。

「う、うん、［魔術師］なんてどうでもいいから……別に、いらないから、えへへ」

恵菜は顔を上げて、貫かれた右手を押さえたまま不格好に懇願する。

額を地面に付け、お願いします。お願いします、と何度も。

「恵菜たそ……」

そんな恵菜を見て、竜に組み敷かれたリリリリは寂しそうに名前を呼んだ。

だが、それさえも、恵菜の心を揺らす一因にはなりはしなかった。

「じゃあ、所有権を解除してくださいよ。ほら、早く」

アイスピックをちらつかせて、せかす戌子。

恵菜は迷わなかった。すぐにリリリリの召喚を解除する。そして、手元にカードを持ってくる。所有権を解除して、これで勘弁してくださいと言わんばかりに、震える右手と合わせて両手でリリリリのカードを差し出した。

「その、あの、だから……見逃して」

「いいですけど、このこと他言したら」

「しない、絶対しません！　しないので！」

顔を上げた恵菜は、涙と鼻水でそれはもう人には見せられない顔をしていた。完全に心が折れている。そう容易《たやす》く確信できるほどには酷い顔だ。

それを見て、戌子はリリリリのカードを奪い取る。立ち上がって、竜種のライフの召喚を解除。もう興味はないと言わんばかりに恵菜に背を向けた。

これで解放される。やっと家に帰れる。

そう安堵《あんど》した刹那、恵菜の眼前が爆《は》ぜた。

否、何かが落ちてきたのだ。ありえないスピードで人が降ってきた。

二つの影が、恵菜を守るように降り立った。

予想外の出来事であった。恵菜にとっても。戌子と兎々璃にとっても。

「遅くなってごめんね」

優しくも芯のある声音だった。

恵菜が顔を上げると色素の薄い茶髪が揺れている。

紺色の厳かな制服は九十九里高等学校《つくもりこうとうがっこう》のものだ。ということは、歳《とし》も恵菜と変わらないくらいだろう。少年は落ち着いた出《い》で立《た》ちで、戌子と兎々璃と相対している。

そして、横では少年の胸元くらいまでの背丈の女の子が、月色の髪を揺らしていた。

二人は恵菜を庇《かば》うように立つ。腰元のデッキホルダーを見るに、少年の方はプレイヤーなのだろう。となると、常人離れしたオーラを持つ隣の少女は、彼のパートナーのライフか。

「クク、九死に一生を得たな小娘よ。闇夜に耀《かがや》く月色。紅《くれない》の真祖たるこの妾《わらわ》が絶望の淵《ふち》から其方《そなた》を救恤《きゅうじゅつ》してやろうではないか」

「……紅の真祖？　助かった、の……？」

「それにしても、情けない面《つら》だ。腹を抱えて嗤《わら》うほどの滑稽さじゃ」

月色の髪の少女は、恵菜を振り返ると眼帯を押さえながら珍妙なポーズを取り、八重歯を見せて奇怪な笑い方をする。

この少女の方がよっぽど小娘だろうと思ったが、恵菜はその言葉を呑《の》み込んだ。煽《あお》っているのか、元気づけたいのかよくわからなかったが、状況から見るに味方であることは間違いないだろう。

闇夜に映える月色の髪は、蝙蝠《こうもり》の羽を思わせる髪留めでハーフツインにまとめられていた。病的なまでに白い肌。凹凸のないスレンダーな体つき。赤と黒を基調としたゴシックロリータのドレスに身を包み、ガーネットの右の瞳を煌《きら》めかせる。もう片方の瞳は、漆黒の眼帯に守られており、少女は時折眼帯の上から左目を撫《な》でていた。

その姿はまるで――吸血鬼のお姫様のようだ。

「だが、妾は寛大だ。其方のような小娘でも、妾に対する尊崇の念が尽きぬというのなら眷属《けんぞく》にしてやっても――いひぅ!?」

吸血鬼の少女がいちいち大仰なポーズを取りながら、恵菜に手を差し伸べる。

と、隣の少年に頭を叩《たた》かれた。

「おい真琴《まこと》！　妾の天才的な頭脳に悪影響が出たらどうしてくれるのじゃ！」

少女は鋭い八重歯を見せて、ガオーと両手の爪を立てる。

「敵に集中してよ。何かあって真昼《まひる》さんに怒られるのは僕なんだから」

「ふん。女相手に頭が上がらぬとは情けない奴《やつ》じゃ。妾の眷属としての自覚を持て。自覚を！」

「……誰のせいで」

真琴と呼ばれた少年は、大きくため息を吐《つ》いて頭を抱える。

少女の方は気にした様子もなく、「闇が妾に呼応する……」と呟《つぶや》き眼帯をなぞる。もしかしたら、スキルを発動するための儀式か何かかもしれない。

そんな突如現れた二人組を見て、兎々璃と戌子は最大限の警戒心を抱いていた。

「その腕章……ッ。ついてねえですね」

「ここで来るか。公安の犬っころ」

現れた男たちの正体を悟って、素早く距離を取った。

色藤島内《しきとうじま》のスペル&ライフズに関する事件を取り扱う公安組織、特殊異能課。プレイヤー数人からなる少数精鋭の組織で、独自の権限を認められているとか。特殊異能課のトップを務める少女は、警察庁のお偉いさんの一人娘だという噂《うわさ》もあるが、恵菜《えな》には詳しいことはわからなかった。

ただ、目の前に現れた彼らについては思い当たることがある。特殊異能課の中でも、恵菜が噂話を聞いたことがある程度には、名の通ったプレイヤーとライフの二人組だ。

「薄い茶髪に、月色。二番目の供物《リバティブーケ》――ッ」

それが、二人組の二つ名なのだろう。

戌子は焦りに表情を歪《ゆが》め、デッキに手をかける。

「兎々璃！」

「面倒なのが来たね～。運命シリーズ零番――［愚者］ディアノート」

「呑気《のんき》に言ってる場合じゃねえってンですよ！　早く、メルメルルタンを」

「いや～、めるめるは今お留守番。ゆっくり猫ちゃんの動画でも見てるんじゃないかな」

今回は、恵菜から［魔術師］を奪取することが目的だった。

その程度なら戌子一人で事足りるし、兎々璃は遊びに来た程度だったのだろう。少なくとも、公安の運命シリーズと一戦を交えるつもりなどなかったはずだ。

「ちっ、使えねえです、ねッ！」

苛立《いらだ》たしいと舌打ちをして、戌子は右手を掲げた。

すると、主《あるじ》の要請に応えて上空で待機していた炎に包まれた竜が飛来してきた。熱風を吐き出し、眩《まばゆ》いばかりの炎で以《もっ》て咆哮《ほうこう》。燃え盛る両翼を広げて、ディアノートを威嚇する。

「二番目の供物《リバティブーケ》、そう呼ばれてるんだ……あり、イイ！　カッコイイ」

しかし、ディアノートは圧倒的な力を持つ超生物に見向きもしない。舞い散る火の粉の中で月色の髪を逆立たせたディアノートは、何やら思案顔をしていた。すっかり自分の世界に入っているのか、自分の十数倍はあろうという竜をそっちのけだ。

「ディアやるよ。帰ってきて」

「でも、ちょっと普段の単語と統一感がないような……いや、二つ名としてはやっぱりアリ……？」

ボソボソと何やら呟くディアノート。

これもいつものことなのか、真琴は慣れた調子で号令をかける。

「ディア！　契約は守ってよ。やれる？」

「も、もちろ……クク、当然忘れてはおらぬ。妾の眷属よ」

ディアノートはまるで普通の少女のような気安さで顔を上げ、慌てて妖しい笑みを浮かべた。右手で眼帯を押さえているが、ものもらいが痛むのだろうか。

「［輝炎竜《きえんりゅう》］か。赫々《かくかく》たる妾にはちと物足りぬが、遊んでやろうではないかッッ！」

両手を組んで仁王立ちし、炎の竜を正面から見据えたディアノートはグッと下半身に力を込め——消えた。そう錯覚するほどの勢い。コンクリートの地面は蜘蛛《くも》の巣状に砕け、気づけばディアノートは炎の竜の眼前に躍り出ていた。ゴスロリドレスを揺らし、右拳を握る。

「妾の持つ最弱の技で葬ってやるのじゃ！」

「させねえってンですよ！」

戌子はディアノートが跳んだ瞬間に、一枚のスペルカードを発動していた。

SSRベーシックスペル【瞑廻偽門《めいかいぎもん》—クロスゲート】

炎の竜を守るように、豪華絢爛《けんらん》な装飾が施された三メートル程度の門が現れた。まるで宝物庫に繋《つな》がる扉のような様相で、黄金の鎖が幾重にも巻き付いていた。

だが、空に縫い付けられたように浮遊しているこの門の役割は扉ではなく盾。

その効果は、門に触れたライフの召喚を解除するというもの。

単純明快故に強力な効果だ。

通常、一度召喚を解除されたライフは、二十四時間経《た》たなければ再召喚ができない。

「笑止。妾に其《そ》のような小細工が通用すると思うたかッ！」

しかし、ディアノートはその効果を知ってか知らずか、恐れず拳を叩きつけた。

と。甲高い破砕音が響き、クロスゲートは粉々に砕け散った。空間ごと裂けるようにヒビが入ったかと思えば、砂糖菓子のように木っ端みじんになってしまった。

「な――ッ⁉」

もちろんディアノートは健在。召喚解除などされていない。

ディアノートは一度地面に降り立つと、間髪容《い》れずに跳び上がる。弾丸が如《ごと》きスピードで再び炎の竜の眼前に。

「征《ゆ》くぞ――ダークネス・オブリタレーション‼」

拳を強く握り込み、炎の竜にアッパーカットを叩き込んだ。

ドゴン――大砲でも撃ったのかと思えるほどの打撃音。地面に伏した恵菜のオレンジベージュの髪が逆立つほどの衝撃。その小さな体軀《たいく》、細腕のどこにこれほどの力があるのか、ディアノートの一撃を喰《く》らった炎の竜は重力に逆らって夜空へ吸い込まれていく。

「見たか、真琴。これが妾に秘められし闇の力の一端よ」

「そうだね、いつも通りのすごいパンチだったよ」

「ぱ、パンチじゃない……！」

予想外の反応だったのだろう。ディアノートはむっと表情を歪め、真琴に抗議する。どうやら彼女的には溢《あふ》れ出た闇の力の奔流が竜を吞み込んだということらしい。傍《はた》から見れば、普通のパンチだったのだが、どうにも彼女と周りの人間とでは認識に差異があるようだ。

「ちっ、さすがに分が悪いですね。兎々璃《ととり》」

リリリリも組み伏せた炎の竜が、たったの一撃で再起不能にさせられてしまった。見た目は幼女、言動はふざけているが、実力は本物。兎々璃と戌子《いぬこ》にとっては、本来ならば備えなしにぶつかるのは避けたい相手だ。

「そうだね、ここは引こうか」

加えて、二人は［魔術師］の回収という本来の目的を達成している。

ここで戦っても一利もないという判断だろう。戌子と兎々璃は逃走を選択した。

兎々璃はデッキホルダーからベーシックスペルを引き抜き、発動。

目眩《めくら》ましのための煙、光を通さない重々しい黒が吐き出された。

その煙は絡みつくように兎々璃と戌子を隠し、更に広がり、ディアノートに真琴、恵菜の視界まで塞いでいく。

「クク、闇こそ妾が本懐。逃がさないのじゃ！」

ディアノートは腰を低くし、跳び出そうと両脚に力を込める――が、トントンと真琴に肩を叩かれた。真琴はゆっくりと首を横に振り、ディアノートを押し留《とど》める。

「ディア。怪我人《けがにん》の保護が優先だ」

「然《しか》し、奴らは恐らくオラクルのメンバーじゃ。封印を解除し、妾の真の力を解放すれば、生きて捕らえることも可能であろうよ」

「オラクルなら、猶更《なおさら》深追いは危険だよ」

ディアノートはガーネットの瞳を爛々《らんらん》と輝かせ反論するが、ここは真琴も引かなかった。

「真琴は相も変わらず臆病者じゃの」

「ディアが考えなしすぎるだけじゃないかな」

「何を言うか！　妾の考えは深淵《しんえん》より深く、闇よりも黒いのだ！」

「ねえ、ディア。ほら、こんなところで力を解放してもカッコよくないでしょ？　そういうのはクライマックスまで取っておかないと」

「………………ふむ、此処《ここ》で安易に力を解放すれば街一つくらい易々《やすやす》と崩壊してしまうしの。いいだろう、今回は真琴の言葉を聞き入れてやろう」

「助かるよ」

「うむ。妾寛大だから！　ちょー寛大！」

やれやれといった様子で腰に手を当て、ない胸を張るディアノート。

真琴は先ほどの戦闘よりもディアノートとの会話が疲れたと、ため息を吐いた。

「助かった……の？」

目まぐるしい展開に恵菜の理解が追い付かない。

だが、真琴の腕に付いた腕章は公安のもので間違いない。だとしたら、恵菜の無事は保証されている。安堵感《あんどかん》を覚えると共に、手の痛みが鈍く主張を始めて瞼《まぶた》は重くなる。

「えっと、大丈夫？　怖い思いをさせてごめんね」

真琴は恵菜に寄り、衝撃を与えないように優しく腕を取る。戌子にアイスピックを突き立てられた手を見て、痛ましそうに目を伏せた。

「すぐに救急車が来るはずだから安心して。手、痛むよね。スペルで回復させてあげたいけど、あんまり頼りすぎると体によくないから」

真琴の優しい声音は、どこか遠くに聞こえる。

「あれ？　聞こえてる？　大丈夫──」

生きた心地がしなかった。もし、公安が来てくれなかったらと考えると本当に恐ろしい。

助かったのだと実感できると、体中から力が抜けていくようだった。

お礼を言おうと口を開くが、上手《うま》く音が発せない。

そして、緊張から解放された恵菜の意識は、そのまま緩やかに落ちていった。

◇

オラクルはいくつかのセーフティーハウスを持っている。

鶴妓区《つるぎく》の住宅街の一角にあるここも、その一つだった。アパートの一室。二階の一番端にあるワンルーム。中には向かい合わせにソファが二つ。その間に円テーブルが一つ。

人が住むにはいささか簡素で、生活感のない部屋だった。

そんな薄暗い部屋の中、ソファの上で三角座りをする少女が一人。

ガチャリ。缶のお汁粉を飲んでいた千世《ちせ》は、玄関のドアが開く音に顔を上げる。

「お疲れ様です。すごい汗ですよ？　そこまで大変な相手でした？」

任務を終えたオラクルの仲間を笑顔で迎える。

慌てて逃げてきた兎々璃と戌子は、雪崩《なだ》れ込むように部屋へ上がった。

兎々璃はふうと息をついて、玄関に座り込む。

「いや～、公安に嗅ぎつけられちゃってさ。焦った、焦った」

わざとらしくぐったりとする兎々璃を跨《また》ぎ、戌子は部屋の中へ。

「『魔術師』はどうなりました？」

「残虐ないぬぴーが無理やり奪ってたよ～」

「あら、恐ろしい」

「真面目に仕事してやったってのに、その反応……労《ねぎら》いの言葉の一つでも寄越《よこ》せってンですよ」

戌子はキッチンの蛇口を捻《ひね》り、手を洗う。中々血が落ちないことに苛立ち、舌打ちをしながら、ゴシゴシと執拗《しつよう》に手をこする。石鹸《せっけん》の類がないことも腹立たしい。外から戻ったら、手を洗わないと落ち着かないじゃないか、と戌子はご機嫌斜めだ。

「ちっ、ていうか、あの男公安だったンですか」

恵菜《えな》を庇《かば》って突如現れた色素の薄い茶髪の男を思い出して、それも腹立たしいと舌打ちを重ねる。

「いぬぴー知り合いってほどじゃねえですけど」

「知り合いなの～？」

先日、内情調査を兼ねてキリングバイトに潜入した時のことだ。ヘレミアから受け取った恐竜種のカードを使って、駿《しゅん》と戦った。ヘレミアは恐らく戌子の正体を知らなかっただろう。戌子と、もう一人の男の正体も知らなかった。駿と戦うために、一時的に共闘した男。たしか、ユーザーネームはプリテンダー。

あの男もまた、ヘレミアに操られたフリをして潜入していたのだ。

それが、まさか公安所属の男だとは思わなかった。

特殊異能課の中でも有名なプレイヤーであるはずだが、隣に［愚者］がいなかったせいで気づけなかった。そもそも、あの男はどうにも記憶に残りづらい顔立ちをしているのだ。

「それはどっちでもいいです。あのクソ……恋人使い《ファントムラバー》の件はどうなったンですか？［月］を送り込んだって話ですよね？」

チャンスアッパーを使った作戦は成功したと言っていいだろう。

色藤第一高校《しきとうだいいちこうこう》を中心に、兎々璃が管理できる範囲で薬を広めた。その中の一人が運命シリーズを引ければよし。引けなくても、実験途中の薬のデータが手に入る。

結果、［魔術師］が戌子の手の中に。

後は、もう一つ、ルルナを使った作戦についてだ。

「ええ、順調ですよ。［恋人］と［女帝］は確実に回収する。その算段はついています」

「下手な芝居を打った甲斐《かい》があったよね～。あの手紙はあからさますぎたかもしれないけど。なんて書いたの？」

「あら、乙女の恋文の内容を聞くだなんて、はしたないですよ、兎々璃先輩」

「はーい。ま、恋人使い《ファントムラバー》さえ誘導できれば、どうでもいいけどね。［恋人］が優秀なのはわかったけど、桐谷《きりや》駿は大したことなかったし」

「お兄さんは来ます。絶対に来ますよ。私を助けに……という筋書きが理想ですが、私程度は捨て置くでしょうね。それでも、ルルナは放っておけない」

「へえ。確信があるんだ」

「ええ。何かと理由を付けて、お兄さんは来る。ルルナを救おうなどという傲慢さで以《もっ》てやってきます」

Lレアのライフとして考えたら、ルルナは不甲斐《ふがい》ない性能だが、要は使いどころだ。

ルルナを駿にけしかけ、昔馴染《むかしなじ》みである千世を使って、チャンスアッパーの件にも巻き込んだ。

ルルナとオラクルがまだ繋《つな》がっていることに気づかない駿ではない。

だが、それでいい。

今回の作戦で、［魔術師］に加え、［恋人］と［女帝］も手に入れる。

「ああ、恋人使《ファントムラバー》いをぶっ潰す役割は譲ってくださいよ。この前の借りを返してやりてえんで」

「いぬぴーって結構ねちっこいよね」

「わかります。間違えて戌子さんのシュークリームを食べちゃった時も、すごかったんですよ？」

「あれは千世が悪いでしょ。わざわざ名前まで書いてたンですよ！」

「あら、気づかなかったわ」

「絶対確信犯ですよねえ、その顔！」

すっとぼける千世に、戌子は納得いかないと声を上げる。

今度何か奢《おご》りますから、と千世に宥《なだ》められた戌子は、それならと機嫌を直す。血の匂いがついた手を気にしながら、千世の向かいのソファに座った。

「ふふ、それにしても、お兄さん、わかりやすいですし、なんだかんだ甘いですよね。オラクルが絶対悪だと思っているから、ここが私にとって悪い場所だと思い込んでいるから、私を疑いきれなかった」

駿にとってオラクルは人体実験をし、妹を奪った悪の組織だ。

だが、それが千世にとってはそうだとは限らない。誰にとっても許されないものだとしたら、そんなものはとっくに破綻している。

「恋人使い《ファントムラバー》は千世がオラクルに囚《とら》われていると思っているし、［月］は捨てられたと思ってる。ま、ルルナちゃんは本当に捨てたようなものだけど」

「あの子にうちらを裏切る勇気なんてねえでしょ」

「ええ、演技ができるタイプの子ではありませんし、こちらで誘導してあげませんと。ねえ――ルルナ」

千世が視線を窓の方へやる。

狙ったようにはらりと白のカーテンがたなびく。

「戻りました。ちーちゃん」

開け放たれた窓のその枠に足を掛け、尻尾を揺らす少女が一人。

音を立てぬように部屋へ入ると、両手でゆっくりと窓を閉める。静かに翠色《みどりいろ》の目を伏せ、膝立ちをすると、主《あるじ》からの命を待って頭を垂れる。

「すみません。しばらく、ルルナと二人きりにしていただけませんか？」

兎々璃《ととり》と戌子《いぬこ》は二つ返事で了承すると、順に部屋を出ていった。兎々璃が「この前はごめんね～、一応作戦だったからさ。めるめるも申し訳なさそうにしてたよ～」と去り際に声をかけるが、顔を伏せたままのルルナは、反応を見せなかった。

そして、部屋にはルルナと千世の二人きり。緊張感が走る。

「よく頑張りましたね、ルルナ。すごくいい調子です」

静寂を破ったのは、千世の明るい声音だった。

「……は、え？　ルルナは襲撃に失敗していて」

てっきり怒鳴られると思っていたルルナは、ぽかんとした様子だ。顔を上げると、千世がにこにことしているものだから、わけがわからず眉間に皺《しわ》が寄る。

「元から上手くいくなど思っていませんよ。どうせ、ルルナは失敗します」

「……っ」

「でも、その後！　桐谷駿を陥れるために懐へ潜り込み、信頼を得たのでしょう？」

「え、えと……それは……」

「違うのですか？」

「い、いえ……そうです、私はちーちゃんのために、はい、そうです」

そんなつもりはなかった、などと言えるわけがなく、ルルナはぎこちない笑みを浮かべる。

ルルナは本当に捨てられたと思っただろう。

だが、これもオラクルの作戦の一環だ。

ルルナの所有権を破棄し、駿に近づかせたのも［恋人］と［女帝］を彼から奪うための布石。ルルナはその駒の一つで、今もオラクルの道具としての役割を果たしている。

「あの、ちーちゃんはオラクルを抜けたかったのですか？」

こうして千世と対面しても猶《なお》、それに気づかないルルナは、見当はずれの質問を始めた。

「なんの話でしょう？」

「だって、それで兎々璃殿に捕まったのではないのですか？　ルルナはあの時、本気で助けたいと思っていて、ちーちゃんが望むなら、どこにだってついていこうって思っていて……」

「何が言いたいのですか？」

「桐谷駿と冷水《ひやみず》兎々璃の戦いの時のことです。兎々璃殿はちーちゃんを裏切り者だと言いました。オラクルを抜け出そうとしたのではないですか？　桐谷駿もちーちゃんを知っているような口ぶりでした。きっと、ちーちゃんは桐谷駿に助けを求めた」

「なるほど、なるほど。それがあなたの考えですか？　ルルナ」

「はい！　捕まった今は、仕方なくオラクルの言いなりになっているだけなのですよね。その話をするために、ルルナと二人きりになったのでしょう？　ルルナは協力しますよ。桐谷駿はクソ野郎に違いありませんが、事情を話せば協力してくれるはずです」

ルルナは不安そうに狐耳《きつねみみ》を弄《いじ》りながら、早口で捲《まく》し立てる。

この答えは、ルルナの願望に寄った推論から導き出された都合のいい夢。

それを夢と疑わず、本気で口にするルルナは滑稽に見えた。

千世は堪《こら》え切れないと口元を押さえ、ついには吹き出した。

「ぷ、あははは、あの状況を見て、その解釈をする人がいます？　おかしなルルナ。その口ぶりだと、ルルナはオラクルから抜けたかったのですか？」

「いえ、そのようなことは……っ」

いつもよりワントーン低い千世の声に、再び緊張感が走る。

「私はオラクルに感謝しています。抜けようだなんて考えたこともありません。兎々璃先輩に捕まったのはただのお芝居。最初からずっと言ってるじゃないですか、［恋人］と［女帝］を奪うって。それをなんですか？　勝手にくだらない妄想を繰り広げて、オラクルを抜ける？　その手助け？　桐谷駿が協力？　ふざけているのですか」

「………っ」

ぴりゃりと言い切る千世に、ルルナの狐耳が震える。体が強張《こわば》る。

「桐谷駿は敵。［恋人］と［女帝］を奪うために、ルルナは行動するのです。そのために、桐谷駿から信頼を得たのだと、ルルナはさっき言ってましたよね」

「は、はい……その通りでございます」

「桐谷駿を死なない程度に痛めつけて、［恋人］と［女帝］をいただいてきてください。

そうしたら、私の下へ戻ってきていいですよ」

「ちーちゃんは、ルルナを捨てたわけではなかったのですか？　それはあくまで作戦の一環で、桐谷駿から運命さえ奪えば……また一緒に……」

「はあ、面倒くさい。捨ててしまいたいと思ったのは事実ですよ。でも、私も鬼ではないので、最後のチャンスをあげるのです。ダメ元でしたが、ルルナも頑張って桐谷駿に取り入ってくれたようですし」

なんとも煮え切らない態度で、ぼそぼそと声を漏らすルルナに、千世《ちせ》は苛立《いらだ》たしいと投げやりに言葉をかける。飲み終えたお汁粉の缶を勢いよくテーブルに叩《たた》きつけた。

びくり、と狐耳を震わせたルルナは、意を決したようにゆっくりと立ち上がる。大量の汗が滲《にじ》む手のひらを握り込んで声を張る。

「わかりました！　ルルナにお任せください。ちーちゃんがそれを望むなら、今度こそ完璧に任務をこなしてみせます」

誓いを立てるように、鞘《さや》に収まった短刀を突き出す。張り付いた笑み。短刀を握る手は酷《ひど》く震えていた。

「これが本当に最後のチャンスです。期待していますよ、ルルナ」

千世の平坦《へいたん》な言葉に送り出され、再び窓を開け放つ。

迷うことのないように、ルルナは後ろを振り返らずに夜へ飛び込んだ。

◇

丑三《うしみ》つ時《どき》。

しんと静まり返った部屋の中、ぽつり、ぽつり、とシンクに水が垂れる音だけが規則的に響いていた。

ルルナがここへ来たばかりの頃より部屋の中は幾分か綺麗《きれい》になっていた。キッチンに食材は増えた。半分残ったレタスとか、人参《にんじん》とか、きっとルルナがここを去れば、使われず腐ってしまうのだろうと容易に想像ができた。

ほんの一週間と少し。ルルナが駿《しゅん》と一緒に過ごした時間だ。

この部屋に足を踏み入れた時、不覚にも帰ってきたと思ってしまった。

おかしな話だ。ルルナの帰る場所は、オラクルで、千世の隣のはずなのに。

「……これで、ちーちゃんの下に帰れるんだ」

背中を丸めてすやすやと眠りにつく駿。駿の懐に潜り込み、胸にしがみつくようにして眠るミラティア。ミラティアは、時折幸せそうにすんすん、と鼻を鳴らしている。

ルルナはそんな二人を見下ろして、立つ。

両手で短刀を握り込み、切っ先を駿の背に向けている。

その手は酷く震えており、抜き身の刀がカタカタと音を立てる。
「動け……動いてください……っ」
短刀の切っ先が、駿の背中に触れる。
簡単な仕事だ。あとは力を込めて押し込んでしまえばいい。
それでも、死にはしないはずだ。
唱える。動け。動け。迷うことなどない。
動かない。体はルルナの言葉に抵抗するように固まっていて、震えるだけ。
どれだけの時間、こうして短刀を構えていただろうか。
短刀と手が一体化した錯覚さえ抱いた。
頬を伝った脂汗が顎から垂れる。短刀を濡《ぬ》らす。
「どうしてでございますか……っ」
完璧に任務をこなしてみせる、そう千世に意気込んだ。
失敗すれば、今度こそ捨てられてしまう。
それを思えば、迷うことなどないはずだ。
でも、どうしても体が動いてくれない。
「――それでいいんだな？」
はっきりとした声音だった。

抵抗することなく、短刀を突き付けられたまま、体を動かさずに駿は言った。

「…………ッ」

思わず息を呑《の》む。

金縛りが解かれたように、短刀を零《こぼ》す。

「それでお前は幸せになれるんだな？　ルルナ」

その一言は、ルルナの鬱屈した心の底に、やけに響いた。

「ルルナは、ルルナはちーちゃんの下に帰らないといけないのに。迷うことなんてないはずなのに…………っ!!」

ルルナは額を押さえ、もう片方の手で短刀を拾い上げる。蹲《うずくま》る。

幸せになれるか？　考えたくない。考えたくないのなら、答えは決まっている。

「はあはあ……っ、ぁ、ぐ」

ズキン。頭が痛い。高熱に浮かされたようだ。

苦しい。ダメだ。ここにいてはダメだ。

そんな強迫観念が湧いて出て、ルルナは慌てて床を蹴った。足と、手も使って駆けだして、ガチャガチャと窓の鍵を外して、開け放つ。

「ぁ、あ、ああああああ――ぅ」

駿がルルナになんと言ったか。続く言葉を聞きたくなくて、叫ぶ。泣くように叫んで、絶対に駿が視界に入らないようにと脇目もふらずに飛び出した。手すりを蹴って、落ちるように地面に着地。その衝撃で涙が零れる。そこで初めて、自分が泣いていることに気づいた。

走る。涙を拭って走る。障害物があったら軽い動きで上って走る。そのまま屋根の上を、また、壁を蹴って走る。逃げ出した。逃げ出したかった。

無理だ。絶対にルルナは駿を傷つけることはできない。

嗚呼《ああ》、わかってしまった。

ルルナは駿たちと過ごして楽しかったのだ。

街は初めて見るものばかりだった。

オラクルにいた頃は、任務以外で外に出ることはなかったから、どれも新鮮だった。特に食材、知らなかった食べ物については心が躍った。オラクルでは与えられた一定の材料の中で試行錯誤するしかなかったから、知識は偏っていた。洋食にも興味が湧いた。

会う人は皆、優しかった。

役立たずのはずのルルナに、悪意を持って接する人など一人もいなかった。

桐谷《きりや》駿に関しては、どうにも気に喰《く》わなかった。

でも、その理由もやっとわかった。

彼のことが羨ましかったのだ。

他人の目を気にせずに、確固たる自分を持つ彼に憧れる気持ちがあった。

それに気づいてしまえば、もうどうやっても彼を憎めそうにない。

「苦しい、わからない……もう、何も考えたくないでございます……っ」

だからといって、千世のことがどうでもいいと思えるかといえば、話は別だ。

どれだけ不自由な場所だったとしても、千世との時間は特別だったから。

◇

オラクルに保管されていた【「月」ルルナ】のカードを受け取ったのは、折町《おりまち》千世という少女だった。

――はじめまして、私は千世。あなたの名前も教えてくれますか？

カードを見て知っているはずなのに、名前を聞かれた。

それを不思議に思ったのをよく覚えている。

ゆったりとした語調。彼女の周りだけ時間がゆっくり流れているかのように感じた。

これまでも、ルルナを使役しようとしたプレイヤーはいたが、ルルナはその誰も選ばなかった。

運命シリーズは、その使い手を自分で選ぶ。

そんな噂《うわさ》がまことしやかに囁《ささや》かれている。

条件を設定したり、試練を課したり、代償を要求したり、特に何もなかったり、本当にライフによって選び方は様々で、ルルナのそれはとてもシンプルだった。

「ルルナが仕えるに値する人間か、貴方《あなた》を試させていただきます」

クリアすべき項目を具体的に設けているわけではない。

言ってしまえば、ルルナの直感、好みが全て。

この人なら自分の全てを捧《ささ》げてもいい、そう思えれば、その主《あるじ》のために身を粉にして働く覚悟だった。

結論から言えば、ルルナは千世に仕えることはなかった。

それでも、千世がルルナを使役することになったのは、別のアプローチがあったからだ。

「別に仕えなくていいですよ?」

「ルルナを使役したくて呼び出したのではないのですか?」

「うーん、特にそういうのはないですね。でも、力は貸してほしいので、お友達になりましょう?」

そんなことを言われたのは初めてだったから、開いた口が塞がらなかった。

オトモダチ。お友達。言葉の意味は理解できる。できるが、ライフとプレイヤーで、お友達も何もないだろう、とルルナは訝《いぶか》しく思った。

「ルルナの主になるのではなく？」

「ええ、お友達」

千世は笑顔でそう言うと、ルルナに握手を求めて手を伸ばす。

流されるままにその手を取ると、千世は嬉《うれ》しそうに上下に手を振った。

「私はあなたの主じゃなくて、ちーちゃん。それでいきましょう。実はあだ名で呼ばれるのちょっとした夢だったんですよね～」

自分が仕えるべき人間かどうかを見定める。

そのつもりだったのに、お友達などと言われてしまった。

この場合、ルルナはどうすればいいのだろう。そう思いながらも、千世と一緒に時間を過ごすことになった。何か期待があったわけではない。ただ、普段と違ったアプローチに少なからず心が動かされたのだとは思う。

「ルルナ。ご飯にしましょう？　こう見えて料理は得意なんです。自信作ですよ」

そう言って千世が持ってきたのは、白米に味噌汁《みそしる》、焼き魚に肉じゃが、冷奴《ひややっこ》などスタンダードな和食の料理だった。

「ルルナは食事を必要としません」

「必要はないかもしれないけれど、口にすることはできるでしょう？　なら、一緒に食べましょう？」

「それは命令でしょうか？　仮ではありますが、主の言葉です。それならば従います」

「主になるつもりはないって言ったでしょう？　命令じゃない、お友達からのお願いよ。一人でご飯なんて寂しいじゃない」

「……お友達」

この時のルルナにはよくわからない概念だった。

でも、少しだけ心が温かくなるのを感じた。

それからルルナは、千世《ちせ》と共に食事をすることになった。

「ねえ、ルルナ。一緒にお風呂に入りましょう」

そして、いつしか風呂にも誘われるようになった。

「ルルナは湯浴《ゆあ》みを必要としません。汚れは付着いたしませんよ、精霊種でございますから」

「でも気持ちいいわよ？　一緒に体を温めましょう？」

「ルルナは病とは無縁でございます。湯浴みの一般的な効能も意味はありません。主のお背中をお流しするというのならわかりますが……ちーちゃん殿は主従の関係には興味がないと言いました」

「そんな難しいことはどうでもいいわ。ほら、お友達は一緒にお風呂に入るものでしょう？」

「……お友達」

それから、たまにお風呂も一緒に入るようになった。

そんなこんなで、千世と同じ時間を過ごしていく。

徐々に主従の意識は薄れていった。ルルナの笑顔は増えていったし、千世との関係も良好に思える。食事の時間は毎日の楽しみになったし、お風呂で体を温めるのは気持ちがよかった。

そんな生活を続けて、気づけば数週間が経《た》っていて、数か月が経っていた。

もうこうなってしまえば、ルルナは実質千世のライフだ。

でも、その頃には千世もルルナも特にそんなことは気にしていなくて、ただなんとなく一緒にいて、たまたまルルナのプレイヤーが千世で、くらいの感覚で——嗚呼、これがお友達か。なんてぼんやり思ったりした。

それがオラクルの決まりのようで、ルルナは任務の時以外、外に出ることはなかった。特に不満はなかった。そういうものか、くらいに思っていたし、施設の中は快適だった。

半年も経つ頃には、すっかり千世と打ち解けていた。

「じゃーん！　どうでしょう！」

「あら、ルルナは覚えが早いですね。もう一人で作れるようになったのですか？」

「ちーちゃんの教え方が上手だったからでしょう。ルルナはそれを忠実に再現しただけでございます！」

「それは誰にでもできることではありませんよ。ルルナはすごいです」

料理は千世に教えてもらった。

和食に偏っているのは、単純に千世が和食を好んで食べているからだ。

千世とルルナは食の好みがよく合った。特に、千世が作る魚料理は絶品だった。

「ルルナはいつか海に行ってみたいでございます！」

「あら、いいですね。海」

「はい！　海にはたくさんのお魚がいて、その全てが取り放題だと聞きました！　つまり、食べ放題でございます！　ちーちゃんにもたくさん魚料理をご馳走《ちそう》して差し上げますね！」

「んー……、そうですね、魚はたくさん泳いでいるかもしれませんね。楽しみにしています」

後で調べてみたら、海とはルルナが考えているものとは少し違っていて、第一に想像以上に広かった。地球の七割は海だという。ありえない広さだ。そして、取り放題というわけでもないらしい。

ルルナがあまりにも純粋な笑顔で話をするものだから、千世は否定しづらかったのだろう。

この頃の任務は、千世と一緒に臨むものが多く、暗殺等はなかった。

運び屋のようなことをしたり、情報収集をしたりが主で、危険なことも少なかった。

それでも上手《うま》くいかないことはあったが、千世が上手くフォローしてくれていた。

「今日もお疲れ様。よくがんばりましたね、ルルナ」

「あ、ありがとうございます！」

千世御用達《ごようたし》の和菓子屋さんがあって、任務が終わると、よくお団子を買ってくれた。

すっかり馴染《なじ》みの場所となった河川敷に、二人並んで腰かける。

内緒ね、と優しく笑って千世はルルナにお団子を渡してくれた。

「ありがとうございます！　ちーちゃん！」

ルルナは美味《おい》しい、美味しいと慌ててお団子を頬張った。リスのように頬をパンパンにしてもぐもぐ。もぐもぐもぐもぐ。もちもちとした食感に、優しい甘さが口いっぱいに広がる。

実に幸せな時間だった。

「そんなに慌てなくてもお団子は逃げませんよ？　おかしなルルナ」

「ほっへほほいひいへほはいはふ！」

「ふふ、私の分も食べますか？」

「んぐ……っ！　いえ！　ちーちゃんが食べてください！　お友達と一緒に食べるのが一番美味しいですから！」

ルルナは口の中のお団子を飲み込むと、笑顔でそう言った。

「そうですね。では、一緒に食べましょうか」

「はい！」

楽しい、本当に心から楽しい日々だった。

だからこそ、不安になることもあった。

ルルナは本来、主となるプレイヤーに仕えることを本懐としたライフだったから、自然と考えてしまう。果たしてルルナは千世の役に立てているのだろうか。自分ばかり楽しいだけで、千世はルルナなんていなくても困りはしないのではないか、と。

ある日、そんな不安を口にしてみると、千世は優しく答えてくれた。

「そんなことありません、私はルルナが一緒にいてくれて毎日がとても充実していますよ」

「真《まこと》でございますか？」

「ええ、それにルルナにはたくさん助けられていますから」

「そうでしょうか……ちーちゃんの方が色々なことを知っていますし、料理も上手ですし、戦闘に関してもお役に立てているかどうか……ルルナはお友達であるちーちゃんを支えることができているのでしょうか」

「ルルナは単に学ぶ機会に恵まれなかっただけでしょう。料理に関しても、その他のことに関しても。覚えがいいですから、私などすぐに追い越してしまうと思いますよ。戦闘面だってよく助けられています」

鳴呼《ああ》、彼女はルルナを元気づけ、奮い立たせてくれる人だ。

手を取り合い、並んで同じ道を歩んでいく。

いつか千世が挫《くじ》けてしまうことがあれば、今度はルルナが手を差し伸べよう。

その時は、そう思っていた。

お友達とは素晴らしいものだと、なんて素敵な関係性だろう、と。

「これからも頼りにしているわね、ルルナ」

「はい！　ルルナはちーちゃんのお友達ですから！」

そして、出会ってちょうど一年経った時のことだ。

「ルルナにはこれを差し上げましょう」

千世から月見草をモチーフにした髪飾りをプレゼントされた。

「わあ、綺麗《きれい》……いいのでございますか！」

「出会って一年の記念です。［月］だから、月見草だなんて安直だったでしょうか」

照れ笑いをする千世。

ルルナはもげそうなほどに激しく首を横に振る。

「大事にします！　一生の宝物です！」

髪飾りを大事に胸に抱き、八重歯を見せて満面の笑みを浮かべた。

この頃まではよかった。幸せな毎日だった。

主従関係ではなく、お友達。

千世はルルナにとって、大切な友達だった。

その関係は尊いものであったけれど、初めての友達という存在は、ルルナにとって呪いのようなものであったのかもしれない。

心から惚《ほ》れ込んだ相手に忠誠を尽くす。

それがルルナにとっての正しく、健全な在り方だった。

しかし、主《あるじ》を選ぶ基準で、千世を選んだわけではない。

そのズレは、きっとルルナにとっては致命的なものだったのだ。

「またですか。でも、そうですよね、ルルナは優しいものね」

しばらくして、ルルナが任されるようになるのは、対象の暗殺や捕獲の任務だった。

捕獲の方はいい。ただ、ルルナはどうしても人を殺すことに抵抗があった。

その直前まではいく。他人を斬《き》りつけることはできる。だが、命を奪うとなれば話は別で、ルルナは何度も任務を失敗した。

初めは千世も優しかったが、失敗の数が片手では数えられなくなった頃にその態度は一変する。まるで別人のようだった。

「ルルナがこんなにも使えないとは思いませんでした。これでLだなんて、面白い冗談だとは思いませんか？」

お友達である千世から、こんなにも冷たい視線を向けられるとは思ってもいなかった。

奇跡的に噛《か》み合っていた歯車が狂いだした。

今までは任務が上手くいっていたから、千世にも余裕があったのかもしれない。

お友達などという関係は初めてだったから、気づくことができなかったのだ。

ルルナは端《はな》から対等な関係など望んでいなくて、お友達の関係は重荷だった。

「そ、その……次こそは必ず……！」

「その言葉何度目ですか？」

「え、えっと……四回、とか」

「七回目です。ねえ、ルルナ。私に恥をかかせたいのですか？」

「そんなことありません！　ルルナはちーちゃんのためと思って……！」

「その結果がこれですか」

「それは……」

「はあ、全く。スペル&ライフズにおけるトップレア、L。伝説とも名高い運命シリーズの一角だと思って期待していたのに。その期待があったから、ここまで丁寧に関係値を築いてきたのに……薄々勘付いてはいましたが、役立たずが過ぎますね」

「…………っ‼」

「あなたにはがっかりしました」

それからは知っての通り、昔のような仲のいい友達関係に戻ることはなく、役立たずだと罵られ続ける。ルルナがまともに任務をこなせなかったのだから仕方がない。そう思って、挽回《ばんかい》しようと努力したが、どうしても殺しだけはできなかった。

そうしているうちに、千世《ちせ》との距離はどんどん離れていく。

これ以上失望されたくなかった。

褒められたい。その一心で任務を続けて、今度は今までは普通にできていたような任務でもミスをするようになった。

「わざとやっているのですか？　そんなわけないですよね？　次は、上手くできますよね？」

「はい、すみません。すみません。次こそは必ず……」

「まだ次があるといいですね」

ハズレLだと揶揄《やゆ》された。

何度役立たずだと言われたかわからない。

いつからか、ルルナが作った料理を食べてくれなくなった。

最後に共に食事をとったのはいつだったろうか。思い出せない。それくらいには、昔のことのように感じる。幸せだった日常がすごく遠くにあるような気がするのだ。

会話をする頻度も減っていって、でも、たまに声をかけてくれることもあって、それがたまらなく嬉《うれ》しくて、今度こそはと意気込んで、当たり前のように失敗する。

それで、最後のチャンスだと、桐谷駿《きりやしゅん》から［恋人］と［女帝］を奪う任務を与えられた。

それも失敗して、所有権を破棄されて、駿のライフとなった。

そのおかげで、もう一度チャンスを貰《もら》うことができた。

でも、駿を傷つけることはできなくて、逃げ出してしまう。

逃げたけれど、帰る場所なんてなくて、ルルナは辺りで一番高いビルの上で三角座りをして塞ぎ込んでいた。

もう体中の水分を全て出し切ってしまったと思ったが、まだ涙が溢《あふ》れてくる。

両手でそっと包み込んだ髪飾りに、涙が落ちる。溢れて、溢れて、頬を伝って落ちて、髪飾りを濡《ぬ》らした。

「ひぐ……っ、うう、ちーぢゃん……っ」

そうだ、最後にもう一度だけ千世と話をしよう。

今度は、逃げずに、ちゃんと向き合って思いを伝えるのだ。

大切な友達だから、きっとこれだけ苦しんでいたら話を聞いてくれるはずだ。わかってくれるはずだ。わかってくれる。そうでなかったら、もうどうしようもない。

幸せになど、なれようはずがない。

ルルナから襲撃された次の日の朝。駿は変わらずに学校へ行った。

ミラティアはルルナの襲撃に当然気づいていたが、駿の指示で動かなかった。

もし、ルルナの短刀があれ以上、駿の領域に踏み込んだら、容赦なくその力を振るっただろう。あのミラティアがよく我慢できたものだと感心する。

駿はいつものように授業を聞き流して、気づけば放課後。

その間、ずっと思考を巡らせていた。

同郷の少女、千世にチャンスアッパーの出所を潰してくれと頼まれたのが始まり。

その後、オラクル所属だという運命シリーズのライフ、ルルナに襲撃された。

ルルナはどうやらオラクルで虐待まがいの扱いを受けているようで、一時的に駿と協力関係を結ぶことにした。いつでも駿を襲撃していいという条件でだ。

チャンスアッパーを調べている過程で、冷水兎々璃《ひやみずとり》という人物と対峙《たいじ》した。

彼はオラクルを裏切った千世を捕らえ、逃走。

その時に、千世は場所と日付と時間だけが書かれた手紙を残す。

ルルナから二度目の襲撃があったのは、昨夜のこと。

ルルナがまだオラクルと通じていることはわかっていたし、また、ルルナとオラクルの間でどんなやり取りがあったかも、容易に想像がついた。

今、ルルナはオラクルの下にいるだろうか。

いくらハズレLだと言われようとも、[世界]の顕現に必要な以上、運命シリーズの一角であるルルナを簡単に手放すわけがないのだ。

だが、現在ルルナの所有権は駿が持っている。

ここから回収するつもりだ。

おそらく、[恋人]と[女帝]もろとも。

「どうする？　シュン。順調？」

絶え間なく動く状況の中、駿は後手に回るしかなかった。いや、駿が欲に駆られて必要以上の成果を得ようとしたのが原因か。

だが、ここまで情報が出揃《でそろ》えば話は別だ。

兎々璃からの襲撃の後、既に駿の中で方針は定まっていた。

「ああ、[月]を取りに行く」

目的については最初から変わらない。

チャンスアッパーなど好きにばら撒《ま》いていればいい。

千世にしても、抜けたきゃ勝手にオラクルを抜ければいいし、いたければいればいい。

今回は本来悩む必要すらない要素、雑音が多すぎた。

しかし、興味を引かれたのは、最初からたった一つだけ。

千世の事情も、オラクルの思惑も関係ない。

今回の一連の事件において、駿の意思決定の指針はあのポンコツロリ狐《ぎつね》なのだ。

「あいつらには、もったいないカードだからな」

駿は千世から受け取った封筒を取り出し、ふと笑った。

「午後十時。今日がその日だ。協力してくれるか？　ミラ」

「確認なんていらない。ただ、命じてくれればいい」

「オーケー、やるぞ。ミラ」

「ん。シュンの恋人にまかせて」

手紙で指定された場所は、高菓《こうか》スカイタワーの屋上である。

駿はそのすぐ近く、高菓南駅に咲奈《さな》を呼び出した。

太陽は姿を隠し、街は人工の明かりに彩られる。午後九時半。さすがは、色藤島《しきとうじま》で一番栄えた街、高菓区だ。人の流れはまだ途切れることがなく、喧騒《けんそう》に包まれていた。

絶えず人が行き来する駅の改札前。

駿とミラティアが待ち合わせ時間に少し遅れて登場すると、彼女は既にいた。

初めて会った時と同じピオニーパープルのパーカー。キャップを深く被《かぶ》り、パーカーのポケットに手を入れた咲奈は、柱に背を預けて、そわそわと視線を彷徨《さまよ》わせていた。

駿を見つけると、安心したように胸を撫《な》でおろし、すぐにムッとした表情を作り直した。

「遅いわよ。人を呼び出しておいて」

「わりぃ。懐かしいな、その服」

「つい最近のはずなのに、随分前のことに感じるわ」

姉の那奈《なな》を助け出すために、色藤島に不正渡航してきた一件。

咲奈がプレイヤーに覚醒するに至った事件のことである。

「これ、私の戦闘服みたいな感じなのよね。ちょっと気合入るの」

「そか。大事だよな、そういうの」

「で、私なんにも聞かされてないいんだけど。千世ちゃん？って子を助けに行くの？」

「まさか。そんな思い入れねえよ」

「じゃあ、やっぱりチャンスアッパーについて？　あの手紙の場所に行くのよね」

「チャンスアッパーはもうどうでもいいって言っただろ。俺の目的はルルナを取り戻すことだ」

「えっと、ルルナちゃんは駿を狙ってたのよね。そんな風にはとても見えなかったけど。取り戻すってことは、今はオラクルにいるの？」

「恐らくな」

「所有権をまだ持ってるなら、召喚を解除しちゃえばいいじゃないの。そしたら、手元にカードは戻ってくるでしょ」

「意味ねえよ、それじゃあ」

無理やり手元に引き戻したところで、何も変わらない。

ルルナはずっと悩んで、迷って、燻《くすぶ》ったままだ。

「あいつは結局囚《とら》われたままだ。そのために、ルルナを縛る全てのものを断ち切って、最後にあいつ自身に選ばせる。俺を選ばせる。最善を尽くす」

ルルナが何者にも囚われず、心から笑えるように。

そして、何より目的のために、駿には運命シリーズが必要だから。

「そう。ルルナちゃんはいい子だし、私も救ってあげたいって思う。わかったわ、そういうことなら協力するわよ」

咲奈が控えめな胸を張って言うと、駿はその言葉の一部を訂正する。

「いや、救うとかじゃねえ。運命シリーズで役に立つからってだけだ。普通にあのスキル欲しいんだよな。めっちゃ使える」

「なんで、そこで悪ぶろうとするのよ」

「別に悪ぶってなんかねえ。メリットもねえのに、誰彼構わず助けねえって言ってんの」

「ぷ、ふふ」

そうぶっきらぼうに言い放つ駿を見て、咲奈は口元に手を当てて思わずくすり。

「おい、何笑ってんだ」

「誰彼構わず助けないってのはそうかもね。でも、どうせあんたは助けるわよ。理不尽に苦しんでる人がいたら、何かしらそれっぽい理由つけて助けるの」

「何をわかった風に」

「だって、私の時もそうだったもの。その分、ちゃんと見返りを求めるのは、あんたらしいけどね」

「……クソうぜえ。マジでそんなつもりはねえって」

「はいはい、そういうことにしておいてあげるわよ」

やれやれ、ミラちゃんが駿のことかわいいって言う気持ちも少しわかるわね、なんて言いながらしたり顔をする咲奈。いつもやられっぱなしの分、気持ちがいいらしい。

「そういえば、お姉ちゃんは？」

「なんだ、姉同伴じゃないと何もできないのか？」

「違うわよ！　お姉ちゃんと一緒にしないで。純粋な疑問よ！　いないならいないでいいし、別にお姉ちゃんがいないと不安だなんて言ってないじゃない」

「それは俺も言ってねえよ」

仕返しだと言わんばかりに、ニヤケ面で返す駿に、咲奈は顔を真っ赤にする。

「〜〜〜っ、で！　私は！　なにをすればいいわけ！」

強引に話を変えて大股で歩き始める。

指定された商業ビルへ向かって、人込みを掻《か》き分けて進む。たまに後ろを振り返り、ちゃんと駿《しゅん》とミラティアがついてきているか確認するところが、咲奈らしい。

「悪いが今回は割と負担をかけるぞ。最低限の戦い方は教えてきたつもりだし、保険も置いておくが、気は抜くな――」

移動の間に一方的に咲奈に作戦を伝える。

これから相対するであろうオラクルを出し抜き、ルルナを助けるための作戦だ。

問題はオラクル側が、どこまで駿の思考を読んでいるか。

戦いは既に始まっている。

これは、それぞれの望みを押し通すための戦争だ。

月をこの手に摑《つか》むため――駿らは戦場へ赴いた。

◇

駿の襲撃に失敗して逃げ出した後、ひとしきり泣き、泣き疲れてそのまま眠ってしまったルルナは、朝日に意識を覚醒させ、千世《ちせ》を捜すことにした。

オラクルのセーフティーハウスを幾つか巡って、他にも思い当たるところを捜したが、千世は見つからなかった。その後も、当てもなく捜し続けて、気づけばとっくに日が暮れていた。

そして、諦めかけた頃、導かれるようにそこへ足が向かった。

昔、任務が終わった後に千世と寄っていた河川敷だ。

近くの和菓子屋さんで、千世が団子を買ってくれて、二人で食べたのをよく覚えている。

幸せな、ルルナにとって大切な記憶だ。

等間隔に最低限の街灯が並んでいる。

ルルナは昔の思い出を噛《か》みしめながら、ゆっくりと河川敷を歩く。

その時の団子の味は、もう思い出せそうになかった。

「……ちーちゃん」

街灯の淡い明かりの下、二つ結びの亜麻色の髪が揺れる。

なぜだろうか、ここにいるという確信があった。

「それで、［恋人］と［女帝］は手に入りましたか？」

千世は手を出して、催促する。

「ちーちゃん、ルルナに桐谷《きりや》駿を傷つけることはできませぬ」

「また、失敗したのですか？」

「……っ」

　これまでのことも含めて、ちゃんと向き合って話をしよう。

　その覚悟でここまで来たはずなのに、千世の声音に体が震える。

「チャンスはあげましたよね？　桐谷駿に隙もありましたよね？　後は、ルルナが短刀を振るうだけで、全ては上手《うま》くいったのではないですか？」

「それでも……ルルナにはできませぬ」

　淡々と事務的に話す千世。

　ルルナは震える体から、声を絞り出す。

「で？」

「いえ、その……」

「それでどうするつもりなのですか？　まさか、敵を傷つけられないなどとほざいてオラクルに戻りたいと妄言を宣《のたま》うわけでもないでしょうし……ああ、桐谷駿に拾ってもらうつもりですか？」

「そ、そういうわけでは……っ！」

「そうですよね。ああ、びっくりしました。刃を向けておいて、都合がいい時だけ助けてもらおうなどと思えるはずがないですよね。恥ずかしい」

「そ、そうでございますね……」

「桐谷駿も自分を殺そうとした相手を恨みこそすれ、救おうなどとは思わないでしょう。それを差し引いても余りある力があれば別かもしれませんが、所詮はハズレL。彼にルルナを助ける道理はありませんものね」

「ぁ……ぐ」

別に都合よく駿に助けてもらおうなどと思ってはいなかった。

でも、千世の言葉で彼にしたことの意味を初めて自覚した。

ルルナは彼との時間を楽しいものと思ったが、駿にとってはどうだろう。

命を狙われていて、楽しいもクソもあるか。

ルルナは何か思い違いをしてはいないか。

「その反応、本気で彼と打ち解けていたとでも思っていたのですか？」

「そ、んな、ことは……っ」

「あなたはどこにも行けませんよ。私の期待に応えられず、敵である桐谷駿に絆《ほだ》され、殺せないなどとほざく。その桐谷駿からしても、あなたは自分の命を狙う敵でしかない。仲間に引き入れる価値はない程度の敵」

聞きたくなかった。

もしかしたら、どうにかなるかもしれない。話せば千世もわかってくれて、駿ともうまくいって、そんなありえないけど、か細く残った希望。ふわふわしていて形はないけれど、なんとなく信じられた希望。

「あ……え、ぅ」

それすらも、粉々に砕ける音がした。

気づきたくないことに気づかされて、全てを引きずり出されて、否定された。

「救いようがありませんね、ルルナ。中途半端で、あれもできない、これもできない。くだらない夢を見てふらふらと、あなたはどこへ行きたいというのですか？」

千世の言葉を間違っているなどと否定できようはずもなかった。

もとより自分に自信などなく、確固たるものなど己の中に存在しない。

だからお前は役立たずなのだと、叩《たた》きつけられたような気がした。

「もう一度言いましょうか。あなたに、もう居場所なんてないんですよ」

夢を見ることさえも潰され、ルルナはその場に崩れ落ちる。

もう、涙さえ出ない。

俯《うつむ》き、ただ一つ思うのだ――消えてしまいたい、と。

◇

河川敷での千世とルルナの邂逅《かいこう》。その同時刻。

二人は手紙で指定されていた商業ビルの屋上に到着した。

本来は立ち入り禁止の場所だが、ミラティアとその他スペルの力を使えば侵入は容易であった。ここで無駄にスペルを一枚使ってしまったのは痛いが、舞台に上がらないことには何も始まらない。

どう、と強い風が吹く。

夜空には星が煌々《こうこう》と輝き、眼下には人工の光が広がっている。

そして、眼前には九十九里《つくもり》高等学校《こうとうがっこう》の制服に身を包んだボブヘアの少女がいた。

千世もルルナも、兎々璃《ととり》の姿も見えない。

「……やっぱり罠《わな》、だね」

ミラティアは、ぼそりと呟《つぶや》いた。

「お久しぶりですね、恋人使い《ファントムラバー》！　うちはオラクルのソード所属、黒川戌子《くろかわいぬこ》。この時をずっと待ってたってンですよ！　と言うほどには時間は経《た》っていないですが、心残りは早めに潰しておきたいですからねえ」

黒川戌子。那奈《なな》を救出した際に、キリングバイト入口のバーの前で戦った二人組のうちの一人。

恐竜種のライフを操っていたプレイヤーだ。プレイヤースキル及び、ミラティアの力を使わずに駿が倒した件は記憶に新しいが、どうやら相当根に持っていたらしい。

「驚いて声も出ないですかぁ？　気づいてないってわけでもないでしょ。お前は騙《だま》されたンですよ！　千世はオラクルを裏切ってなんかいねえってわけです！」

戌子は用意していたカードを掲げ、発動。

Rフィールドスペル【制限区域のランタンナイト】

薄暗かった屋上に、無数のランタンが浮かぶ。ぼぼっとくぐもった音がして、燈色の炎が灯《とも》る。あたりを優しく照らした。

決してレアリティの高いカードではない。入手難易度も低いありふれたカードで、その効果も使いどころのわからない微妙なもの。

しかし、相手が桐谷駿であれば話は別だった。

「このフィールド内のプレイヤーはスペルカードを五枚までしか発動できない。うちにとっては大したことのないデメリットですが、［恋人］のユニティで精霊種以外のライフは召喚できない恋人使い《ファントムラバー》には死活問題なんじゃないですかぁ？　これでプレイヤースキルだって封じたも同然」

プレイヤースキル、《限定解除《リミテッドアンロック》》のスペル＆ライフズにおける時間的制約を受けない力を駆使し、無制限のスペル行使ができるのが駿の特権。

しかし、【制限区域のランタンナイト】内では、それも無効となる。

ここから駿が発動できるのは、ミラティア以外に五枚のスペルのみである。

「チートじみたプレイヤースキルですが、言うてただの初見殺し。知ってさえいれば対策は容易なンですよ」

戌子は勝ち誇ったように中指を立てて、舌を出して挑発する。

ここまで一言もしゃべらず静観していた駿は、気だるげに口を開いた。

「なあ、さっきから思ってたんだが、お前誰だ?」

「……っ!?」

戌子はその声を聞いて激しく動揺する。

「まさかお前は……ッ」

駿の言動に腹を立てたからではない。問題はその声音だ。

彼の声色が男のものにしては異常に高かったのだ。

そう、まるで女の子のように。

「って、あいつなら言いそうね」

口元に手を当てて、くすりとほほ笑む。

駿ならば絶対にしないような動作だった。

「………っ」

「ねえ、あんたには私が駿《しゅん》に見えるんだ」

霧が晴れるように、幻が解ける。

駿の中から現れたのは一回り小さなシルエット。

ピンクのメッシュが入ったツインテールが夜空に流れ、レモン色の双眸《そうぼう》が戍子を射貫《いぬ》く。

「お前は、あのとき恋人使い《ファントムラバー》の隣にいた……っ」

「萌葱《もえぎ》咲奈《さな》よ。ご愁傷様、うちの駿はあんたの安っぽい作戦なんてお見通しよ」

咲奈は戍子に人差し指を突き付けて、ニヤリと口角を上げた。

綺麗《きれい》に騙された戍子を見て、気持ちいいと咲奈はかつてないほどのドヤ顔だ。

ここまで、ほぼ駿の読み通り。千世《ちせ》はおらず、オラクルの構成員が一人。

それが、先日の事件で対峙《たいじ》したプレイヤーであったことには驚いたが、駿がプレイヤースキルもミラティアも使わず倒した相手だ。大した相手ではないだろう。

「前から思ってたけど、無駄なことベラベラ喋《しゃべ》るの小物っぽいわよ」

「ち……ッ、クソアマが」

「ごめんなさい、ぽい、じゃなくて、小物そのものだったわ。駿がほぼ初心者の私に任せるってことは、そういうことよね」

これは勝てる、と咲奈は内心ほくそ笑む。

戍子の戦いを一度目にしており、主力カードは把握している。加えて、今回咲奈の隣にはＬ精霊種のミラティアもいるのだ。想定通りの展開にすっかり自信を付けた咲奈は、デッキホルダーからカードを引き抜き、構える。

「ちょ、ぇ、あれ⁉　ミラちゃん⁉　どこ行こうとしてるのかしら⁉」

構えて、隣を見て、誰もいなかったから、思わず素っ頓狂な声を上げてしまった。

ミラティアは咲奈たちに背を向けて、しれっと帰宅ルートへ進んでいた。

「シュンのところ以外にある？」

「え？　協力してくれないの？　私めちゃくちゃ初心者よ？　このままじゃ多分ヤバいのよ！」

さっきのドヤ咲奈はどこへやら、情けない言い草だった。

「それで？　シュンになにかあったらどうするの？」

「私の方がなにかありそうじゃない⁉　あいつはどうせ大丈夫でしょ！　ていうか、こっちで戦うように駿に言われたじゃない！」

「あなたがどうなろうと、わたしには関係ない」

「酷《ひど》い……あまりにも酷いわ。でも、いいの？　駿の言いつけ破って」

「…………」

「怒られちゃうわよ？　もしかしたら、嫌われるかも？」

取り付く島もないと思われたが、これは効いたようだ。

ミラティアは動きを止めて押し黙る。踵《きびす》を返して、咲奈の下へ戻ってきた。

「シュンはそのくらいじゃわたしを嫌いにならない。絶対に嫌いにならない」

「そうね。でも、ここで大活躍したら、駿はきっとミラちゃんのことをもっと好きになるわ！」

ミラティアは、腹立たしいと半眼を作る。

「……近くにはいてあげる。その代わり――」

ミラティアはそっと咲奈に耳打ちした。

その内容を聞いて、咲奈は頭上に疑問符を浮かべる。要求自体は難しいことではなく、咲奈でも達成は容易であろうが、意図がわからなかった。

「えっと、いいけど、なんの意味があるのかしら？」

「知らなくていい。適当なタイミングでやっておいて？」

理解はできないが、断るという選択肢などない咲奈は、こくりと頷《うなず》いた。

ミラティアに出された条件の達成、そして目の前の障害の排除のため、デッキの一番上のカードを掲げ――発動。

咲奈のデッキの主軸となるライフを召喚する。

夜空を衝《つ》く体軀《たいく》に、優にコンクリートをも砕く強靭《きょうじん》な顎。

主《あるじ》を守るように雄々しく広げられた鉄の翼。

「いくわよ——イルセイバー！」

SSR竜種【鉄閃竜《てつせんりゅう》】イルセイバー】

咲奈のエース、鋼鉄の鱗《うろこ》をまとった竜種が産声を上げた。

「なに？　駿じゃなくて意気消沈してるの？　残念ながらあんた程度、私で十分なのよ！

……私とミラちゃんで」

ミラティアに臍《へそ》を曲げられると困る咲奈は、最後にそう付け足した。

それを聞いて、戌子はやれやれと嘆息する。

「はあ、うちも舐《な》められたもンですね。これでも、オラクルで五本の指に入るプレイヤーだと自負してるンですが」

「いいから、さっさと召喚しなさいよ。恐竜娘」

駿との戦いで、彼女の切り札である恐竜種のライフは見ている。

あの程度ならば、イルセイバーの破壊力に到底及ばない。

そう高を括《くく》っていた咲奈だったが、戌子が掲げたのは予想外のカードだった。

「恐竜？　何を言ってンですか？　うちが召喚するのは——竜だ」

金色の粒子が舞い、踊り、夜空を照らして巨大な質量を象《かたど》った。

網膜が張り付くほどの熱気が吐き出される。

思わず目を伏せてしまうほどの熱量と光。

焼けた、燃え続ける翼。顎の両端からは炎が溢《あふ》れ、マグマが流れているかのような赤いラインが入った巨軀《きょく》。大きく息を吸い込めば、肺が爛《ただ》れてしまう。目の前の竜からは、そう思わせるほどの熱が発せられている。

「な……っ、五大竜!?」

咲奈のイルセイバーと同じく、レア度ＳＳＲの竜種。五大竜シリーズの一体。

［輝炎竜《きえんりゅう》］ソルブレイズ。うちはついてる。今日、五大竜の一角がもう一頭、この手に入るンですからねぇ！」

二頭の竜が向かい合い――咆哮《ほうこう》。

［鉄閃竜《てつせんりゅう》］と［輝炎竜《きえんりゅう》］。

五大竜の一角同士が今、ぶつかろうとしていた。

◇

ルルナに仕掛けておいた【月の欠片《かけら》】の反応は、高菓区《こうかく》の外れにある河川敷から発せられていた。

【太陽の導き】。手のひらサイズの円盤、そこから展開されるホログラムは色藤島《しきとうじま》の地図を映している。地図上の反応を辿《たど》って、駿は一人、目的地へ向かった。

以前咲奈に使った、【月の粉】と【太陽の羅針】の強化版のアームドスペルである。【太陽の羅針】では、ターゲットの方向を示すだけだったが、これは更に正確な位置を示してくれる。

「あら、手紙は信じていただけなかったのですか？　悲しいです」

人気のない河川敷。その街灯の下に、千世とルルナはいた。

何があったのか、ルルナはその場に蹲《うずくま》り、顔を伏せている。

「そう言う割には驚いてはないのな」

「半々でした。戌子《いぬこ》さんの方へ行ってくれた方が嬉《うれ》しかったけれど、まあ、お兄さん一人ならいいでしょう」

千世は、無視されるのが一番困りましたから、とほくそ笑む。

「どこまで気づいていますか？」

「どうだろうなあ、ちーちゃん」

ルルナの元主の呼び方だ。

千世だから、ちーちゃんなど、あまりにも安直すぎはしないだろうか。

「ルルナに敵の前で主の名前を伏せるなんて頭があるわけありませんものね。でも、ちーちゃんって、その呼び方だけが私を疑った理由ですか？」

「オラクルを裏切ってなかったって話か？　それともルルナの主だって話？　隠そうとし

てたのか？　そうだとしたら、頭の中に綿菓子でも入ってんのかと疑うわ」

「気になるじゃないですか。お兄さんが何を考えてここにいるのか」

チャンスアッパーの件に関しては、千世からの依頼を受けて始まった。簡単に言えば、オラクルの蛮行を止めてほしい、という内容だ。

それから、駿はオラクルからの刺客であるルルナに狙われた。

そして、オラクルのメンバーである兎々璃《とどり》が、裏切り者である千世を捕獲した。

その間、ルルナと駿は一緒に過ごし、最後にもう一度、襲撃されることとなる。

この一連の流れが、駿にどう映っていたか、千世は興味があったのだろう。

「別に元からお前のこと信じてねえし。同郷？　知らねえよ、凜音《りんね》とのこと以外、大した思い出もねえわ」

千世については、最初から半信半疑だった。そして――。

「二回目の接触の時から、お前のことは全く信用してなかった」

「二回目？」

「千世は俺に嘘《うそ》を吐《つ》いた。いや、ボロを出したと言った方が正確か」

夜。住宅街にて、オラクルの目を誤魔化《ごまか》した体で千世は駿に接触した。その当時のことを思い出しているのか、千世は口元に手を当てて考え込む。

「俺はお前にオラクルの暗殺者に襲われたと言った」

二回目の接触は、ちょうどルルナからの一度目の襲撃があった後だった。そのせいで、チャンスアップパーのことを調べる余裕などなく、調査の進展はゼロ。

「その時の自分の反応を覚えてるか？」

「ええ。適当に謝罪をしました。特に悪いとは思っていませんでしたが」

「その後は？」

「お兄さんはずぼらそうだと、戸締まりくらいしっかりしろと言った……っ」

己の発言を振り返りながら言葉を紡ぎ、千世はその途中ではっと目を見開いた。致命的なミスに気が付いたのだ。体を強張《こわば》らせ、悔しそうに唇を噛《か》む。

「千世はどうして俺が家にいる時に襲われたと知っていた？」

戸締まりをしろ、だなんて駿が家で襲撃に遭ったことが前提の言葉だ。

外を出歩いている時に襲われた可能性も十分にあるどころか、襲われたと言われてまず家の中を思い浮かべる者の方が少ないだろう。

なのに家の中だと確信できるのは、駿が襲撃されることを知っていたからに違いない。

「なるほど……私としたことが、くだらないミスをしてしまいましたね」

それからは千世の行動の全てを疑っていた。

ルルナの言動を見ていれば、お友達が千世であることもすぐにわかった。単身、兎々璃に向かっていったのも、拘束された千世を見てのことだろう。

千世《ちせ》が兎々璃に捕らえられたのも自作自演だと見抜いていた。そもそも、本当に千世が裏切り者だとして、拘束された状態で駿《しゅん》の目の前に現れるメリットなどないはずだ。

それ故、手紙も罠《わな》だろうとしか考えていなかった。

だが──。

「まあ、別にお前が本当にオラクルを裏切っていようがいまいが、どっちでもよかったんだ。だから、たとえ兎々璃に捕まったのが本当でも助けてはなかったと思うぞ」

千世の境遇についてなど、最初から悩んではいない。考えていない。

元セレクタークラス所属の少女千世、オラクル発の薬チャンスアッパー、運命シリーズの一角であるルルナと、今回の一件は無駄に情報が多かった。

今回、駿が反省すべき点は、下手に欲をかいたところだ。千世のことを見抜いていながら、オラクルが運命シリーズを手に入れることの阻止、［運命の輪］の奪取まで考えて動いていた。強欲は身を亡《ほろ》ぼす、という兎々璃の言葉は、図らずも正しい助言だったといえるだろう。

しかし、元より駿の最優先事項はケモ耳暗殺者についてだ。

「何？　もっと気にかけてもらえてると思ったのか？」

「本当に昔から腹の立つ男ですね、桐谷《きりや》駿」

「昔のことはよく覚えてねえけど、仕掛けてきたのお前だぞ？　上手《うま》くいかなかったからって当たるなよ」

「……っ、じゃあ、なぜ今ここにいるのですか？」

「うちの居候を回収しに来た」

駿は一言も言葉を発さず、顔を上げもしないルルナに視線をやる。

「俺の一番の興味はそれだ。だから、お友達とやらがすげえ邪魔だ。なあ、千世」

ルルナは正直すぎるやつだから、言動を見ていれば、千世がそのお友達であると推測できてしまった。それを深掘りしなかったのは、先ほど言った通りどちらでもよかったからだ。誰が相手だろうとやることは変わらないし、駿は千世ではなく、ルルナを辿ってここまで来たのだから、結果は変わらないはずだ。

「どうしてもルルナが欲しかったのなら、召喚を解除してしまえばよかったのではないですか？　所有権はまだお兄さんが持っているでしょう？」

「ルルナの気持ちを無視して、カードだけ手元に置いたってなんの意味もねえだろ」

「［月］程度のライフに信頼されたところで、使い道あります？」

「あるさ。テメエと違って俺は優秀なプレイヤーだからな」

ルルナの優しさも、弱さもこの短期間でよくわかった。

だからこそ、ルルナ自身の手で決別させなくてはならない。

付け入られる弱みなど残さない。過去を断ち切らせ、強引にでも手を引かせてみせる。

駿の目的のため、延《ひ》いてはそれがルルナの幸せのためになると信じている。

「おい、ロリ狐《ぎつね》！　飯ちょっと作ったくらいで宿代その他諸々《もろもろ》返済できたと思うなよ！　早く戻ってこい！」

駿が声を張るが、ルルナはうわ言のように「ルルナはロリで、狐で、役立たずで、ゴミでございます」と呟《つぶや》くのみだった。

ロリじゃないでございます！　と元気よく返してくれることを期待した駿は、苦い顔で舌打ちをした。

「そこまでは言ってねえよ……」

「無駄ですよ。何を期待してるのかは知りませんが、［月］なんて［世界］を顕現させる鍵の一つでしかない。単体で役に立つようなライフじゃない」

「鍵ね。だからお前らも手放したくはない、と」

「いいえ。どうせ運命シリーズの全てを集めなくては［世界］は手に入らない。焦る段階ではないのです。その在《あ》り処《か》さえわかっていれば、誰が持っていようと構いません」

「じゃあ、俺が引き取っても問題ないんだな」

「うーん、［恋人］と交換ならどうでしょう？　［月］と違って、［恋人］のスキルは欲しい。喉から手が出るほどに」

「バカらしい。ミラが俺以外の言うこと聞くかよ」

「では、力ずくで手に入れるとしましょう」

くすり、と口元に手を当てて笑うと、千世はカードを引き抜いた。

スペル&ライフズにおける最上級の輝き、虹色の光彩が弾《はじ》ける。

黒のリボンがパステルピンクの髪を結び、眼帯をしていないルベライトの右目が光を帯びる。ひらりひらと揺れるフリフリのドレスに、黒のピアス、太腿《ふともも》の包帯、手首に張り付いた絆創膏《ばんそうこう》。彼女を一言で表すのであれば――病みカワ魔法少女といったところだろうか。

運命シリーズの一番。【[魔術師]リリリリ】が顕現した。

「おいおい、運命シリーズは持ってないって話じゃなかったのか？」

「持っていませんでしたよ？　あの時は。これが今回のチャンスアッパーの成果です」

監視の行き届く範囲のプレイヤーにチャンスアッパーを服用させ、運命シリーズの顕現を促し、奪い取る。

それが、チャンスアッパーを使用した作戦の流れだと千世は、駿に説明していた。

千世はオラクルを裏切ったわけではなかったが、その内容自体は本当だった。

「これで、こちらには運命が一体。あなたに[恋人]はなし。頼りはプレイヤースキルですか？」

千世はもう一枚のカードを掲げ、赤い閃光《せんこう》を伴《とも》って発動。

河川敷に無数のランタンが漂う。橙色《だいだいいろ》の炎が灯り、辺りを照らした。

千世が発動したのは、フィールドスペル【制限区域のランタンナイト】だった。

それは、駿の実質無制限のスペル行使を封じるための一枚。このカード発動後、範囲内のプレイヤーが発動できるスペルの枚数を五枚に制限するフィールドスペルだ。

「それくらい対策してんだよ」

Rベーシックスペル【領域解除】

文字通り、フィールドスペルを解除する効果を持つスペルだ。

「対策の対策をしています」

しかし、ここは千世が一枚上手だった。

駿が来る前にセットしていたのだろう。千世のリザーブスペルが発動した。

SRリザーブスペル【フィールドプロテクション】

発動条件は、フィールドスペルが破棄、及び解除される時。

効果は、単純明快。その無効だ。

つまり、【制限区域のランタンナイト】は有効。

よって、駿が今から発動できるスペルは、先ほど使用した【領域解除】を引いた四枚だ。

駿がこの場に来る保証がなくとも事前にリザーブスペルをセットしていたのは、駿に無駄な一枚を使わせるためだろう。

千世は本気で駿に勝ちに来ている。

「ちーーッ」

「残り四枚で凌《しの》げますか？［魔術師］の猛攻を」

リリリリがステッキを駿へ向け、ダルそうに口を開く。

「あたしは魔法少女なんで、意外となんでもできるんよね。あー、例えば、【ファイヤーボール】、とか」

火の粉が散る。ステッキの先に、渦を巻いて炎が集結。綺麗《きれい》な球を作った。

炎球を出射。駿を目掛けて一直線に迫りくる。駿はそれを横っ跳びで回避。熱に煽《あお》られ、咳《せ》き込みながら、立ち上がってリリリリを見据える。

「クソ、長くアセンブリデッキに入ってただけあって、［魔術師］は初見だぞ」

噂《うわさ》も聞いたことがない。［魔術師］のスキルを駿は知らない。

だが、なんでもできる、そんなわけはない。全てのスキルにはルールがあるのだ。

まずは、リリリリのスキルを看破する。

そう決めて、駿は頬の汗を拭った。

◇

怪獣大激突。

咲奈《さな》VS戌子《いぬこ》。イルセイバーVSソルブレイズ。

巨大竜種同士の戦いは熾烈《しれつ》を極めていた。

熱波が頬を叩《たた》き、鋼の巨軀《きょく》がそれを切り裂き、猛《たけ》り、夜空を駆けて二頭の竜が入り乱れる。

同じ五大竜同士の激突は、ほぼ互角。

その勝負を分けるのはプレイヤーの腕だが、【制限区域のランタンナイト】がある限り互いにスペルは五枚しか発動できないため、出方が慎重になる。

セットされたリザーブスペルは互いに一枚ずつ。

均衡を破り、先にスペルを発動したのは咲奈だった。

「駿はこの事態を想定してたってことかしらね」

なぜこのカードをデッキに入れろと言われたのか全くわからなかった。

わけを聞いても、自分で考えろの一点張り。

その使い方も、戌子のソルブレイズを前にしてやっと理解できた。

銀色の粒子が舞い散り、それは螺旋《らせん》を描いて槍《やり》を編んだ。高エネルギー体で象《かたど》られた一撃必殺、竜撃の槍。竜種にのみ有効な青の奔流。

「悪いけど、一気に片を付けさせてもらうわ！」

SRベーシックスペル【竜退槍《りゅうたいそう》―イグドラゴンスレイヤー】

名前通り、竜種を討つための専用スペルで、その効果は竜種のライフの召喚を解除するというもの。防御、障害物の類をすり抜ける、ドラゴン強制退場のスペル。

竜槍は一直線にソルブレイズに迫り――しかし、戌子に焦りは見られない。

「バカですか？　竜種使いで、それを警戒しないわけねえでしょ」

種族指定のスペルは、有効範囲が狭い分、強力なものが多い。

今、咲奈が使った、対竜種のスペルもそうだ。

プレイヤー同士の戦いは、基本的に仕掛けた側が有利だと言われている。敵の使うカードを知っていれば、それを対策したデッキを組めるからだ。

戌子のデッキの組み方は、スタンダードなものだ。エースとなる竜種のライフを主軸に、それをサポートするスペルで固めている。竜種の強化、専用のスペル、そして、敵からエースライフを守るためのスペル。

赤の閃光が走り、条件を満たした戌子のリザーブスペルが発動した。

「【同代償交換術】、あめえンですよ、雑魚がッ」

レア度Rのリザーブスペルで、特定カードに対する、お手軽な防御方法。

発動条件は、デッキ内にスペルカードと同じスペルカードが発動した時。

デッキ内の同じスペルカードを破棄し、発動したスペルカードを無効とする。

よって、戌子のデッキの【竜退槍―イグドラゴンスレイヤー】が破棄され、今、咲奈が発動した【竜退槍―イグドラゴンスレイヤー】も無効になる。

「そんな……ッ」

咲奈が驚愕《きょうがく》に目を見開いた。

ピンポイントに戌子に刺さるカードがデッキに入っていたのだ。これは天が咲奈に味方したとさえ思えたが、しっかりと対策されていた。

「はっ、そんな馬鹿なことが……ッ」

そんな中、なぜか戌子も呆気《あっけ》にとられたように表情を硬くしていた。

互いに焦りを滲《にじ》ませ、してやられたと向かい合う異様な光景。

戌子の【同代償交換術】で対竜種の一撃は掻《か》き消される――そのはずだったのに、竜を討つ槍は健在。

咲奈のリザーブスペルが発動していた。

発動条件は、デッキ内のスペルカードと同じスペルカードが発動した時。

そう、赤の閃光と共に発動したのは【同代償交換術】だった。

咲奈のデッキの【同代償交換術】を破棄し、戌子が発動した【同代償交換術】を無効とする。

よって、咲奈が発動した【竜退槍―イグドラゴンスレイヤー】は有効。

竜種を退けることに特化したその一撃は、何にも阻まれることなく、ソルブレイズを貫いた。為《な》す術《すべ》なく、ソルブレイズの体は黄金の粒子となって溶け出す。

召喚は解除され、戌子の手元に強制帰還した。

「……ん？　あれ？」

その結果を受けて、咲奈は首を捻《ひね》っている。

【竜退槍―イグドラゴンスレイヤー】は防がれたはずだが、なぜか攻撃は通ってしまった。

バグ的な何かか？　と状況を理解できていなかった。

それを見て、腹立たしいと唾を飛ばすのは戌子だ。

「ちっ、【同代償交換術】をデッキに二枚⁉　普通ありえねえでしょ！」

スペル＆ライフズは、一般的なＴＣＧと違い、デッキからのドローという概念はない。

そこにランダム性はなく、三十枚の中からカードを選んで発動する。だから、確率を高めるために重複したカードをデッキに入れる意味はあまりない。

それでも、例外は多々存在するのだが、【同代償交換術】のようなピンポイント起用のカードを複数枚入れるのは一般的ではない。

三十枚という制限は少ないものであり、余裕はないのである。

それは相手も同じで、特定の種族を倒すのに特化したデッキを組むのはリスクなのだ。

咲奈のそれは、スペル＆ライフズのセオリーをある程度理解していれば、避けたはずのデッキ編成だ。

「ふ、ふん、ありえない？　そんな固定観念に囚《とら》われてるからあんたは勝てないのよ」

咲奈は、その状況を時間差でやっと理解した。

同時に駿《しゅん》の意図も理解した。【竜退槍―イグドラゴンスレイヤー】をデッキに入れろと言ったのは、今戌子がしたような防御手段を取らせるためだったのではなかろうか、と。

その証拠に、咲奈は【同代償交換術】をセットで受け取っていた。

とにかく、結果オーライというやつだろう。

「ふふ、さ、作戦通りだわ……っ！」

咲奈は若干引け目のある、微ドヤ顔をするのだった。

「セオリーの一つもわかってないクソ雑魚初心者が……ッ」

「なに負け惜しみ？」

「ええ、いいでしょう。教えてやるってンですよ、ちょっとしたラッキーじゃ覆せないほどの実力差ってやつを――ッ」

戌子がカードを引き抜き、再び金色の粒子が、舞う。

先ほど見た光景だ。金色は巨大なシルエットを映し出し、この世ならざるバケモノを、ファンタジー世界における食物連鎖の頂点を喚《よ》び出した。

頰を裂くほどの鋭い風が吹き荒れる。

「まさか、二体目――ッ」

五大竜の一角の、ソルブレイズに続く二枚目。

嵐を纏《まと》う翡翠《ひすい》の竜――SSR竜種【嵐翠竜《らんすいりゅう》アイレミント】の顕現。

「こっからは本気で相手してやりますよ、ドラゴン使いの先輩としてねぇ！」

◇

駿と千世《ちせ》の戦いは、リリリリを従える千世による一方的な展開が続いていた。

駿は四枚使えるスペルのうち一枚を、身体能力を強化するベーシックスペル【フィジカルアップ】に使い、もう一枚を、防御力を高めるベーシックスペル【外装骨格】に使った。

持ち前の反射神経と運動能力でリリリリの放つ攻撃を避け続けるが、体には生傷が増え、反撃の糸口は摑《つか》めないでいた。

リリリリのスキルの正体も未《いま》だに看破できない。

さっきの炎球から始まり、雷、氷槍《ひょうそう》となんでも出る。駿が距離を詰め、蹴りを放った時は、透明な壁で防御までされた。わかったことと言えば、見た目通り魔法少女っぽい能力を使うということくらい。つまり見当もついていない。

千世は自分が手を出すまでもないと、余裕の表情で腕を組んでいる。

「それにしても、リリちゃん普通に協力してくれるのですね。少々驚きました」

「え、だって、今の主《あるじ》は千世たそでしょ。ふつー聞くでしょ」

「んー、でも前の主とは強引な別れ方になったと聞きましたよ」

「あー、あたしはそういうのどうでもいいというか、こだわりはないというか。めんどくさいし。興味ないし。ダルいし」

「なるほど。では、早めに終わらせてしまいしょう。ね、お兄さん。雷」

千世が駿を指差し、それに倣ってリリリもステッキを構える。

そして、駿の頭上が照らされ、一直線に轟《とどろ》く雷鳴。

ステッキを向けられた瞬間に身を投げ出していた駿は事なきを得る。

いつまで避け続けられるだろうか。千世の言葉、ステッキを向けるなど、いつまでもわかりやすい合図があるとは限らない。これも駿のタイミングを外すための布石かもしれない。

「クソが――ッ」

そう戒めながら駿は素早く起き上がる。

「私の策を見抜いていたとして、[恋人]なしで私を倒せると思っていたのなら、見通しが甘すぎますよ」

「そうか？　妥当な判断だと思うけどな」

「ふふ、余裕のなさそうな顔で言われては腹も立ちませんね」

千世が駿を指し、「槍が降る」と呟《つぶや》いた。

駿は考える間もなく地面を蹴り、その場から離脱。千世の言葉通り、無数の槍が降り注ぐ。視界の端に銀の簡素な槍が映る。目の前にも映る。息が詰まる、と同時に太腿《ふともも》に激痛が走る。槍が肉を抉《えぐ》って、地面に突き刺さる。

「ぐぁ――ッ」

それでも【フィジカルアップ】で強化した身体能力に任せて、走り続ける。奥歯を噛《か》みしめる。アドレナリンが唸《うな》る。腿を貫通しなかったのは、【外装骨格】の恩恵だ。すぐにでも回復したいところだが、使えるスペルは残り二枚。慎重にもなる。

「息切れ。汗。泥。真っ赤も増えてきた」

膝に手をつき、脂汗を拭う駿を見て、千世はご機嫌にくすりと笑う。

「リリちゃんのステッキは魔法のステッキ。望めばなんでも叶《かな》います。さて、どこまで耐えられますか？」

「【魔術師】のスキル、本当になんでもできるのか？」

「ええ。例えば、テレポート。ほら、お兄さんの後ろに」

「くっ」

リリリリの姿が視界から消えた、その刹那、背後から身の毛がよだつほどのプレッシャーを感じる。千世の言葉通り転移した。そこにいる。

確信と共に振り返ると、ステッキを構えるリリリリの気だるげな視線に射貫かれる。脳裏を過《よぎ》ったのは、舞い上がる火の粉と、その中心で燃え盛る炎の球。

駿は咄嗟《とっさ》に腕を交差させて顔を守る。手を伸ばせば届く距離に、炎の弾《たま》が形成された。

熱波。轟々《ごうごう》燃える。当たる、喰《く》らう、その予感は外れることなく、近距離で炎球が打ち出された。

「あ——がぁッ」

勢いそのまま丸太のようにゴロゴロと地面を転がる。地面で藻掻《もが》きながら、裾が燃える制服を慌てて脱ぎ捨てる。コンクリートの隙間から顔を出す雑草がちりちりと燃えていた。

もし、【外装骨格】がなかったら、なんて考えるだけで恐ろしい。

全身がひりひりと痛む。特に槍《やり》に抉られた太腿が痛い。だが、顔を上げれば、変わらぬ気だるげな表情でステッキを構えるリリリリが目に入った。

「申し訳ねえっすわ、追撃すんね」

視界に無数の炎球が形成され、殺到する。

「間に合え——ッ」

ほぼ同時に、駿はカードを発動した。

Rベーシックスペル【ウォータープリズン】

駿を三百六十度囲む水の障壁は、炎球の尽《ことごと》くを蒸発させた。

「ははあ……っ」

九死に一生を得た。しかし、その代償は大きく——残り一枚。

それが駿の発動できる残りのスペルカードの枚数であった。

「満身創痍《まんしんそうい》ですね、お兄さん」

リリリリのスキルについて思考を巡らせる。

最初の炎球は、ベーシックスペル【ファイヤーボール】と酷似していた。他の攻撃も、ベーシックスペルで補完できるものが多かった。

リリリリのスキルは、レア度R以下のベーシックスペルを行使する力である。

この推測はどうだろう。

「ああ、降参ならいつでも受け付けていますよ」

「誰がするかよ」

いや、それでは先ほどのテレポートの説明がつかない。無条件のテレポートなど、レア度Rのスペルではありえない。

では、SRのスペルも行使できるとしたら？

それこそありえない。炎球なんてちんけな攻撃を繰り出す意味がない。

リリリリの攻撃は単調だ。そう、あまりにも単調なのだ。

「炎に雷。全く芸がねえな」

さっきから、あまりにも直接的な攻撃手段が多すぎやしないだろうか。

なんでもできるが誇張表現だとしても、リリリリのスキルが応用力の高いものであることは疑いようがない。

リリリリが、レア度R程度のスペルと同等の力を行使できると仮定しよう。

駿がリリリリを使うなら、まずは敵の動きを制限する。足場を悪くするとか、直接拘束するとかでもいいし、壁を設置してフィールドを区切ってもいい。逆にリリリリを強化してもいいし、攻撃をするにしても威力が低くとも広範囲に届くものを選ぶ。

なぜそれをしないのだろうか。

できないのだとしたら、それを制限するルールとはなんだろうか。

不可解なのは、もう一つ。

「いちいち、千世が口にしないとスキルは発動できねえのか？」

「さて、どうでしょう」

炎、雷、思い返せば、テレポートもそうだった。

これから発動する能力の詳細を、千世は口に出していた。駿に情報を与えるだけなのに、口にする理由は、それが必要な条件だからだ。

口に出した能力を現実に反映するスキル。

だとすれば、ちまちま炎球を打ち出す理由がわからない。

思考を巡らせ続けるが、体中の鈍い痛みがそれを邪魔する。

最後の一枚を回復スペルに使ってしまうかと、考え始めた時。

「あの、ちーちゃん……これ以上は」

ふらふらと立ち上がったルルナが、千世とリリリの前へ出る。

どれだけ涙を流したのか瞼《まぶた》は腫れていて、声は掠《かす》れていた。

「あら、忘れていましたね、ルルナのこと。やはりお兄さんの味方なのですか？」

「その、そういうわけではなく……でも、これ以上続けたら死んでしまいます！」

「面白い冗談ですね。殺そうとしていた相手じゃないですか」

「それは……そうですが……」

「居場所はないし、希望もない。もう生きているのも辛《つら》いでしょう？　破棄してあげましょうか？　そしたら、記憶は消えてアセンブリデッキに戻る」

そうすれば、ルルナは今の悩みから解放される。

「それは……それがちーちゃんの望みですか？」

咄嗟に千世の前に飛び出たはいいが、食ってかかる気力も、抵抗するほどの意志も、説得する気力もなく、ルルナはそれでもいいかもしれないと思ったのだろう。楽になれるならそれで、と。

でも、きっと少しばかりは希望を抱いていたに違いない。

親愛なる友人に死ねと言われて悲しんでいたに違いない。

しかし、ルルナの心情などどうでもいいと、千世は彼女の言葉を切って捨てる。

「焼けろ」

無慈悲に、リリリリへ指示を飛ばした。

駿《しゅん》を焼いた灼熱《しゃくねつ》よりも、一回り大きな炎球がステッキの先に形成される。

これほどの至近距離でも、ルルナの身体能力なら避けられたかもしれない。

しれないが、それも本人にその気があればの話。

ルルナは体を弛緩《しかん》させ、その結末を受け入れると言わんばかりに瞳を閉じる。

「クソが――ッ」

だが、駿がそんな結末を許さない。

ルルナを目の前で失うために、ここへ来たのではないのだから。

このフィールド内でスペルカードの最後の一枚、防御系のベーシックスペルを発動。

盾を象《かたど》った透明な光が、炎球からルルナを守った。

「は、え……？」

覚悟していた衝撃がいつまでも来ず、ルルナは恐る恐る目を開けた。

すると、自分を守る光の盾と、その奥で鋭い瞳を向ける駿が目に入った。

「桐谷《きりや》駿……どうして……っ」

「だから、宿代。あれじゃ納得できねえって言ってんだろ」

「それだけで……意味がわからないでございます！」

「それだけだ？　お前の尺度が常識だと思うなよ」

ルルナに伝えたいこと、いや、そんな高尚なことではなくて、言ってやりたいことがあるのだ。

そのために駿はここにいて、そのための状況をここから整えなきゃいけない。

このままでは、まともな会話などできはしない。

「もう、あなたはスペルを使えない。ユニティでライフも使えない。もう、何もできない。正真正銘おしまいですね、お兄さん」

「ち………っ」

「本当に余計なことしかしませんね、ルルナは。私にとっても、お兄さんにとっても」

「桐谷駿……その、ルルナは、ルルナは……っ」

「黙ってろ、ロリ狐《ぎつね》。もう少し、あと少しで」

千世《ちせ》の言う通り、【制限区域のランタンナイト】があるため、駿はもうスペルを発動することができない。召喚できるライフもいない。

百人が見れば、百人口を揃《そろ》えて言うだろう——絶望的な状況だ。

それでも、駿の瞳はギラギラと荒々しい光を灯《とも》したまま。

ずっと、頭の端ではリリリリについて思考を巡らせている。

まだ逆転の目は残っているが、如何《いかん》せん時間が足りない。最悪一発ギャグでもかまして時間を稼ぐか。そんなバカバカしい考えと共に、もう一つの思考が繋《つな》がりかける。

「そうだ、例外があったな」

リリリリがスキルを使う時、千世が口頭で指示を出していることについてだ。

リリリリが駿の背後にテレポートした後の炎球は、千世の指示がなく発動した。その後の、炎球による追加攻撃も同じくだ。

千世が口に出すことは必須の条件ではないということか。

千世のオーダーがなかった例外の炎球と他の攻撃との共通点を考える。

「そろそろ終わりにいたしましょうか。最近の魔法少女は残酷なんですよ？　お兄さん」

だが、千世はその余裕を与えまいと細い腕をもたげる。

「巨大なメスや、ハサミ、カッターなんてどうでしょう？　お兄さんは今から無数の刃に切り裂かれて死ぬ」

今回は、はっきりと顕現するものの内容を口にする。

「ああ、間違えた、死なないでくださいね。［恋人］がアセンブリデッキに戻ってしまうので」

駿の身長と同程度の巨大なメス。ハサミも腕くらいは簡単に切り落としてしまいそうなほど大きく、カッターも同じく巨大だ。それぞれ十数個ずつ、切っ先を駿に向け、リリリリの周りを浮遊している。

あまりにも鮮明に現れたそれらを見て、駿は違和感を抱く。

思い返せば炎球が顕現した時もそうだった。

ずっと、千世、リリリリ本位にスキルを考えていた。千世の行動、発言、能力の内容、そればかりを注視していた。

「ああ、そうか。根本を間違えてたな」

リリリリのスキルのカラクリに思い至る。

いくら考えてもスキルを看破できないわけだ。前提の考え方を捨てなくてはならなかったのだ。

と。既に命を奪いうる無数の刃物はすぐ目の前。

「桐谷駿――ッ!!」

ルルナの叫びと共に、破砕音、粉塵《ふんじん》が巻き上がった。

◇

それからの、咲奈《さな》と戌子《いぬこ》の戦いは、咲奈が圧倒的に劣勢を強いられていた。

ソルブレイズとの激闘で疲弊したイルセイバーと、喚《よ》ばれたばかりのアレイミントでは、勢いも余力も違う。同格の五大竜だから、その差は如実に現れた。

そして何より、戌子から慢心がなくなったのが大きい。

咲奈はイルセイバーのスキル《竜息《ブレス》・鉄》を発動。鉄袋が膨らみ、鉄片の混じった力の奔流が吐き出される。が、それはアレイミントに軽々と避《よ》けられ、地面すれすれを走った竜息《ブレス》は屋上の手すりを破壊して、夜空に抜けていった。

何度も、何度も、竜息《ブレス》を発動するが、アレイミントには中々命中しない。

「ははっ、闇雲に竜息《ブレス》を撃ったって疲弊するだけってンですよ！」

先ほどの【竜退槍《りゅうたいそう》―イグドラゴンスレイヤー】、【同代償交換術】から、咲奈は追加で二枚のスペルカードを使ってしまった。

一枚はレア度Rの竜種専用回復カードで、もう一枚はSSR以上の竜種がデッキに入っていることで発動できる攻撃系のベーシックスペルだ。

よって、【制限区域のランタンナイト】があるため、使えるスペルカードは残り一枚。

咲奈のイルセイバーもユニティ持ちだから、咲奈は竜種以外のライフは使役できない。

イルセイバー以外の竜種を持たない咲奈に、取れる手段は本当にあと一枚のスペルカードのみだった。

「ねえ、ミラちゃん。これ実はヤバい状況なんじゃないかしら」

額に脂汗を浮かべる咲奈。デッキのカードを確認してあたふたとしている。

ここへ来たばかりの時、ソルブレイズを打ち倒した時くらいまではあった自信はすっかりなりを潜めてしまっていた。何度シュミレーションしても勝てそうにない。

「そうなんじゃない？」

「めちゃくちゃ他人事《ひとごと》だわ!? 興味ないみたいなのやめてよぉ」

「興味ない」

「追い打ちで断定された!?」

ミラティアは、基本的にぼうっと突っ立っているだけだが、要所要所で協力してくれていた。

《幻惑》を使い、イルセイバーの位置を少しだけ誤認させることで、アレイミントの攻撃を軽傷で済ませたり、イルセイバーの放った《竜息《ブレス》・鉄》に《幻惑》をかけ、攻撃を通したりと、戌子からすれば非常にやりづらかっただろう。

もし、ミラティアがいなかったら、咲奈はとっくに負けていたはずだ。

「で、続けるンですかぁ？ うちも雑魚をいたぶる趣味は……あるけど、お前は好みじゃないンで、［鉄閃竜《てつせんりゅう》］を置いてってくれたら、見逃しますけど？」

「なんで好みじゃないのよ！ 超絶美少女じゃない！」

「いや、今そこどっちでもいいでしょ。じゃ、徹底的にやるってことでいいンですね？」

「くぅ……っ」

咲奈の目的は戌子に勝つことではない。

勝てれば理想ではあるが、駿がルルナを取り返す間、足止めできればいいだけだ。

最初は五大竜を奪ってやろうかしら、なんて欲もあったが、それもすぐさま霧散した。

ここで、［鉄閃竜］を奪われ、駿の下へ向かわれたら最悪だ。

思考を巡らすが、どうしても逆転の一手は思い浮かびそうにない。

「二度とデカい口叩《たた》けねえように、ブチ抜いて沈めて奪い尽くしてやるってンですよ！」

戌子は舌を見せて頭に銃口を当てるポーズを取り、咲奈を挑発。

アレイミントが嵐を溜《た》め込んだ袋を膨らまし、スキルを発動する。

鉄をも削る鋭い嵐の螺旋《らせん》――《竜息《ブレス》・嵐》が吐き出された。

夜空を駆ける二頭の竜。頭上で繰り広げられていた怪獣大合戦。十数メートルの距離を超えた余波で咲奈の肌が裂ける。それほどの衝撃。

嵐翠竜《らんすいりゅう》の竜息《ブレス》が、満身創痍《まんしんそうい》のイルセイバーを直撃する――その刹那、全てを塗りつぶす圧倒的光量が降り注いだ。

消しゴムで塗りつぶすように、《竜息《ブレス》・嵐》を音もなく呑《の》み込んだ。その空間ごと削り取るような、超越した光だった。

「――ッ」

息を呑む。それは戌子か、はたまた咲奈か。

予想外の乱入者。どちらの味方かなどは、今の一撃を見れば明白。

彼女は背に生やした二対の純白の翼を霧散させ、降り立った。

「咲奈ちゃん呼んだ？　呼んだよね！　お姉ちゃん助けてって言ったよね！　もう～！

咲奈ちゃんのシ・ス・コ・ン♪」

切迫した状況にも拘《かか》わらずご機嫌の那奈《なな》は、両手でハートマークを作って咲奈に押し出す。驚いたような咲奈の顔を見て満足げだった。

「あ、え!?　お姉ちゃん!?」

SSRベーシックスペル【光臨天啓《こうりんてんけい》―エンジェルシュート】

全てを掻《か》き消す絶対正義の光柱。それが先の一撃の正体。

「ということで、咲奈ちゃんをいじめる子はお仕置きで～す！」

那奈の指先に黄金の粒子が集まり、再び【光臨天啓《こうりんてんけい》―エンジェルシュート】が再生される。一度使用したカードの再構築。那奈のプレイヤースキル――《手札蘇生《クロノマテリア》》が発動した。

当たれば、アレイミントさえ撃滅する必殺のスペルを見せびらかして、那奈は艶《あで》やかにほほ笑んだ。

「お姉ちゃんなんで!?」

「言ったでしょ、咲奈ちゃんの助けを求める声が聞こえたの」

「そんな声発した覚えないけど……」

「照れちゃって。でも、まずは目の前の敵に集中、ね」

戊子に対し、並び立つ萌葱《もえぎ》姉妹。

無条件の安心感に、咲奈は肩の荷が下りたようにふっと息を吐く。

「何安心しきった顔してンですかぁ？　雑魚が一人増えて雑魚雑魚したところで、結果は変わンねえでしょ！」

「安心かぁ。ふふ、それはお姉ちゃん冥利に尽きる――ねッ」

那奈は発動する、二度目の【光臨天啓《こうりんてんけい》―エンジェルシュート】。

二対の純白が背から生え、尽くを滅する光柱が立つ。

「だから、そういう対策はしてるってンです！」

と、同時に戊子もスペルを発動。

SRアームドスペル【竜巫女《りゅうみこ》の首飾り】

竜種のみが使用可能のアームドスペルで、その首飾りはベーシックスペルによるあらゆる攻撃を一度だけ無効にする。

透き通った空色の宝石が付いた首飾りが、アレイミントの首元で光る。

その万倍も眩《まばゆ》い光が塗りつぶすようにアレイミントに降り注ぎ、結果、アレイミントは無傷。身代わりとなった首飾りが甲高い破砕音と共に砕けた。

この一枚は、竜種限定の適用範囲の広い防御手段だ。防御系のスペルにおいて、いざという時に温存したい切り札のようなものだろう。

余裕ぶってはいるが、確実に戌子を追い込んでいる。苛立《いらだ》ちは募っている。

「ふぅん、あと何回？【制限区域のランタンナイト】があっても、私はあと三回は打てるよ。ねえねえ、あなたはあと何回分防げるの？」

もう一度、プレイヤースキル、《手札蘇生《クロノマテリア》》により、【光臨天啓《こうりんてんけい》―エンジェルシュート】は那奈の手の中へ。

「ほんと、ウザってえですね」

自分が仕掛けたフィールドスペルに首を絞められる。

元々、これは桐谷《きりや》駿《しゅん》対策に発動したものだ。解除してしまうか。しかし、解除したら、使えるスペル枚数は増えるが、それ以上に咲奈と那奈は自由に動けてしまう。

非常に悩ましいところだ、と戌子は頭を抱えている。

「じゃあ、行こうか――三撃目ッ！」

三度、絶対消滅の光柱が星々の光を塗りつぶし、夜空に閃《ひらめ》いた。

忌々しいと舌打ちをした戌子は、タイミングを見計らってリベンジスペルを発動。

リベンジスペルは、代償を支払うことで発動できるスペルである。【五法代償術】の代償は、デッキのランダムなスペルカード五枚の破棄。重たいコストだ。

その分、効果は絶大で、レア度ＳＳＲ以下のスペルを完全にシャットアウトする。

三度目の【光臨天啓《こうりんてんけい》―エンジェルシュート】を防ぎ切った。

しかし、那奈の《手札蘇生《クロノマテリア》》でまたも復活。

発動できるのがあと二回といえど、本当にきりがない。

これで戌子《いぬこ》が使ったスペルは【制限地区のランタンナイト】を含め四枚。

戌子の使えるスペルは残り一枚となった。

「お姉ちゃん、すごいわ……！　脳筋プレイだけど！」

「うんうん、咲奈《さな》ちゃんに褒められると無限にやる気が湧いてくるね！　最後のはちょっと余計だったけどね！」

本格的に、戌子の顔に焦りの色が滲《にじ》み出る。

咲奈のラッキーパンチでソルブレイズが退場させられたのが、ここに来て効いている。

「ランタンナイトを解除しちまえば……」

その時。

「解除しないで、そのままでいいよ～」

間延びした声が、空調設備の上から響いた。

人影が二つ。パープルアッシュのウルフカットと、白の交じったアクアブルーが夜風になびく。

冷水兎々璃《ひやみずとどり》とその相棒、［運命の輪］メルメルルタン。

「ウケる、いぬぴーさすがに油断しすぎたんじゃない？」

よっ、と立ち上がるとメルメルルタンを抱えた兎々璃が、戌子の隣へ降り立った。

いきなりの浮遊感に、あわわわ、と目を回すメルメルルタンを優しく下ろし、兎々璃は
キザったらしくウィンクを決める。

「ちっ、どいつもこいつもウザってえですね」

「あれ？　もしかしてホッとした？　いぬぴー、オレが来てホッとしちゃったかな～？」

「誰が！　兎々璃の顔なんて一生見たくなかったですよ！」

「オレ先輩だからね。頼っていいんだよ」

今にも噛《か》みつきそうな戌子に、にへらへらと笑う兎々璃。

咲奈は敵の助っ人《すけと》の登場に、ギリと奥歯を噛みしめた。

「冷水兎々璃……ッ」

「はろはろ～、お久だね。元気してたぁ？」

兎々璃の実力は、駿との戦いを見て知っている。あの駿でさえ倒せなかった。駿が兎々
璃を指して、底が知れないと言った。

それだけで、最大級の警戒心を抱くのには十分だった。

焦る咲奈の隣、那奈はというと、別の理由で不機嫌そうにレモン色の双眸《そうぼう》を細める。

「ねえ、咲奈ちゃん。あの馴《な》れ馴《な》れしい男誰？　咲奈ちゃんの知り合い？　私あういうチャラチャラした人嫌いなのよね。咲奈ちゃん、あの男はダメだよ？」

那奈の言葉に、なぜか敵であるはずの戌子が何度も頷《うなず》いていた。

「なんの話をしてるのかしら!?」

「咲奈ちゃんに近づく悪い虫の話です」

「どう見ても敵でしょ!?　冷水兎々璃！　チャンスアッパーを配ってるやつだって、駿から話聞いたでしょ！」

「ああ、そう言えば！　なんだ、よかった～」

「どこが。全然よくない状況よ、これ」

運命シリーズ一体に、プレイヤー二人。

ミラティア、咲奈、那奈VSメルメルルタン、戌子、兎々璃。

これだけ聞けば互角の勝負だが、それ以上の戦力差があることを咲奈は知っている。

そんな咲奈の警戒を嘲笑《あざわら》って、兎々璃はカードを引き抜いた。

「あー、先に謝っておくね」

へらへらとした表情を引き締めると、整った顔に影を落として言った。

「遊んでる余裕はないから——一瞬だ」

◇

硬くひんやりとした感触だけが、鮮明だった。何もできなかった。

全身が鈍く痛む。本当に一瞬だった。

まるで心を読まれているかのような動き。いや、読んでいるのだ。心どころか未来を読んでいる。それがメルメルルタンのスキルだと、駿が看破したから知っていた。知っていたところで、どうすればよかったというのだ。

イルセイバーは早々に退場させられ、那奈は【光臨天啓《こうりんてんけい》―エンジェルシュート】を使う前に無力化されて、そうなれば、もう打てる手など限られていて。

「な……ぇ、こんなに差があるものなの……？」

咲奈は、兎々璃を前に一切の抵抗を許されず、地に伏していた。

咲奈を守った那奈は、屋上の扉にもたれかかるように倒れていた。額が切れたのか、左目を隠すようにべっとりと血が張り付いている。

「咲奈ちゃ……に、げて」

掠《かす》れた声が響く。

咲奈は立ち上がろうと手のひらに力を込めて、しかし、その指は地面を引っ掻くだけだった。立ち上がったところで、イルセイバーもいない咲奈にできることはない。それがわかっているから、立ち上がるための力も湧かなかった。

◇

「あとは、［恋人］だけだね。でも、ここで倒したところで、恋人使い《ファントムラバー》のデッキに戻るだけだからなあ」

プレイヤースキルを使えば、駿は一度召喚を解除したライフでも、その日中に再召喚できる。となると、ミラティアはここに留《とど》めておくのが賢い選択だ。

「もしかしたら、恋人使い《ファントムラバー》は千世《ちせ》の方に行ってるかもしれねえですよ」

「だね。［恋人］は優秀だけど、桐谷駿自体は正直弱っちぃし、千世ちゃんなら平気でしょ。［魔術師］もあるし」

「なら、［恋人］の足止めをすべきですかね」

兎々璃と戌子は、ミラティアを無力化することを決める。

もうデメリットにしかならない【制限区域のランタンナイト】は解除した。

ミラティアは戦闘に意欲的ではなかった。

駿の命令であろうと、駿以外のサポートなど気が乗らなかった。

終わり次第、駿に合図を送る手はずだったから、どういう結果でも決着さえつけばいいと思っていた。たとえ咲奈が負けても、別に関係ないと思っていた。

そんな感じだったから、兎々璃も手こずることはないだろうと考えていた。

「訂正、して」

しかし、ミラティアから鋭く冷えた声音が漏れる。

咲奈のサポートなどする気はなかったが、それはミラティアが戦わないということではない。彼女のルビー色の双眸に光が灯《とも》る。

「シュンは弱くない。弱くない、よ？」

理由なら、今できた。

目の前で主《あるじ》を馬鹿にされた。

それはミラティアにとって、何よりも許し難《がた》いことだった。

「はっ、ライフがいっちょ前に怒ってンですかぁ？　一人じゃなんもできねえでしょ」

「本気でそう思ってる？」

「は？　スキルもエクストラスキルも割れてる―ライフの分際で、プレイヤー二人を相手取るつもりですか？　まともな勝負になるわけねえってンですよ！」

「ここに、駿はいないね」

ミラティアは目を伏せ、静かに呟《つぶや》く。

「はあ？」

この世で唯一、可愛《かわい》いと思ってもらいたい相手がいない。

駿がいないということは、誰にどう思われて、どう見られても関係ないということだ。

恋人としてあるための最優先事項は、駿に可愛いと思ってもらうこと。

次点で、駿の障害を排除すること、駿の敵を葬ること。

いくつかの条件下では、その優先順位は逆転する。

その一つが、駿が近くにいないこと。

再び灯されたミラティアの瞳があまりにも暗く、深く、重々しい赤色をしていたから、戌子と兎々璃は思わず息を吞《の》んだ。

「だったら、かわいい恋人でいる必要はないよ、ね？」

駿がいないということはつまり――なりふり構わない戦い方をしてもいいということだ。

ミラティアの足元から闇が這《は》い出た。

骨をカチ鳴らして溢《あふ》れるは亡者。生者を憎み、その魂を喰《く》らわんと嘆く腐肉だ。汚れた骨を晒《さら》し、闇のような泥を被《かぶ》った不潔な体。無数の亡者が液体のように流れ出て、屋上を埋め尽くす。いや、屋上の外も、まるで無限に広がる世界のように、死者。

眼下に街の光は映らない。ただ、幻の地平が広がっている。

見上げたそこに夜空はなく、地面と同じように亡者の海が広がっていた。

たまに、腐肉が上から落ちてきて、また、骨が重なり突き立って上の海へ呑《の》み込まれる。

ぽつり、ぽつり、と血が降り始める。

これは幻で、音なんてしないはずなのに、ぽつり、ぽつり。

そう、例えるとしたらここは――地獄。

それが幻惑であることを忘れてしまうほどのリアリティ。

咽《む》せ返るほどの醜悪で埋め尽くされる。

「ぶち殺してあげる、ね」

そこに、普段の小動物のような可愛らしさはない。

ミラティアはニィと口角を上げて、白く細い腕をもたげた。

「わたし、シュン以外の人類きらいだから」

その腕の動きに合わせるように、地獄の亡者たちは奏でられる。

自由自在に動く亡者は、束となって兎々璃と戌子に殺到する。

アレイミントがそれを振り払うと亡者はぶちゃぶちゃと弾《はじ》けて、また海に沈んでいく。

幻惑なのだから、アレイミントの攻撃など喰らわないはずなのに、まるで実体があるかのような演出をする。

それ故に錯覚してしまうのだ、これは本物かもしれない、と。

ミラティアは、たとえこれが現実だとしても抵抗できる程度の攻撃を仕掛ける。戌子《いぬこ》や兎々璃《ととり》はそれらを振り払う。と、それに伴った結果をミラティアは幻惑に反映させる。そんな攻防が何度も続く。

戌子がいても立ってもいられなくなり、ベーシックスペルを発動。

闇を照らす聖なる炎球が顕現。ミラティアに向かって一直線に駆けるが、やはりというか、彼女の姿は幻。炎球は幻影を貫いて、空調設備に激突した。

「クソ――ッ、イカレてやがるでしょ、これ」

上も下もわからない。口元を押さえる。頭がおかしくなりそうだ。

戌子は、もう一秒だってこんなところにはいたくないと頭を振る。

「いぬぴー落ち着いて。メルメルルタンの《廻天《かいてん》》があれば、少し先の未来は読める。焦る必要はないよ」

対して、冷静な兎々璃が戌子を宥《なだ》める。

これが、攻防として成り立っているのは、ミラティアの幻を現実に反映するエクストラスキル、《無貌ノ理《ことわり》》が存在するから。ただの幻ではどう工夫しても兎々璃たちを傷つけられないが、《無貌ノ理》は別。

その切り札が発動するタイミングを見逃してはいけないと、兎々璃は気を張っていた。

「最大三秒。そのていど」

「…………ッ」

ミラティアの透き通った声に、兎々璃はぎょっとした。

三秒。それが、未来を読むスキル《廻天》の限界値。ミラティアはメルメルルタンのスキルを既に知っている。

「エクストラスキル《大成ノ理》は、今は使っても意味がない」

「へえ……っ、なるほど、ね」

兎々璃から笑顔が消えていく。

ここに来て、兎々璃の顔が初めて歪《ゆが》んだ。

メルメルルタンのスキルの詳細どころか、エクストラスキルの名前まで看破した。奥の手まで把握されているとは思わなかったのだろう。兎々璃も確実に焦り始めている。

「それでも、[恋人]ちゃんが《無貌ノ理》で幻を現《うつつ》に反映できるのは一度。チャンスはその一度だけだ。それを外してしまえば、ただの幻に恐怖なんてないよ」

ミラティアはその一撃で、確実に二人を葬ろうとするはずだ。

ミラティアの攻撃手段が一度であるため、戌子か兎々璃のどちらかを討ち損じれば、そのどちらかにミラティアはやられる。《幻惑》を使えば逃げられはするだろうが、少なくとも勝てることはない。

よって、兎々璃と戌子は、その一撃を防ぐことに注力しているのだ。

ミラティアが創造したおどろおどろしい地獄は、無限に思えるほど広がっている。

ここが現世で、ましてや屋上であることなど忘れてしまいそうになる。

ひと際大きな闇が地面から突き出て、編み上がる。それは手だった。優に十メートルはあろう枯れたミイラのような腕。不気味な腕は兎々璃たちを薙《な》ぎ払うように振り下ろされた。闇を縫って、足元に敷かれた屍《しかばね》を押しのけながら迫る。

「ったく、気持ちわりぃですねッ！」

今までとは規模の異なる幻影に、本物ではないかと疑う。

戌子と兎々璃は、バックステップでそれを回避した。

すると、戌子の姿が見えなくなった。

まず、ミラティアが《幻惑》で戌子の姿を消したことを疑ったようだが、横、いや、下の方から聞こえる悲鳴でそれが現実であると、兎々璃は理解した。

「ぁ、な、ああああああああああああ――ッ」

屋上に立っているはずの戌子の声が、下から聞こえる理由。

「まさか、ビルから落ちたのか……ッ」

アレイミントが戌子の下に急行しようとするが、ミラティアは《幻惑》を使ってアレイミントの視界を塞ぐ。竜種は嗅覚が優れているから、主の大体の位置はわかるだろうが、視界を塞がれれば動きは鈍る。その一瞬は、致命的なラグだ。

アレイミントは、亡者の海へ飛び込み、主を追ったが、間に合うかは五分五分といったところだろうか。

「おかしいね、フェンスがあったはずだけど」

今は《幻惑》で隠れているが、戌子の身長を超える高さのフェンスが立っていた。

戌子はそれを飛び越えたわけでもないのだ。ミラティアが空間認識を狂わせて、落としたのだろうと想像はできたが、フェンスがあればどうしても落ちようがない。

「全部壊した、よ」

「まさか、そのためにエクストラスキルを使ったのか」

実体の伴った現実を使って、亡者を目くらましにフェンスを破壊したのではなかろうかという推測。このおどろおどろしい幻の世界の中では、それも容易《たやす》い。

直接的に兎々璃たちを狙うのではなく、ビルから落下させるために。

「はずれ」

しかし、ミラティアはその推理を退屈そうに切って捨てる。

「わたしは壊してない、よ」

ミラティアが屋上に足を踏み入れた時はもちろんフェンスはあった。

だから、なくなったのはその間。

「……っ、なるほど。そうか騙《だま》されたな。[鉄閃竜《てっせんりゅう》]が壊していたのか。それを、[恋人]

ちゃんが《幻惑》でずっとフェンスが存在するように見せていた」

最初に、ミラティアが咲奈《さな》に耳打ちをした。

——フェンスを全部壊しておいて？

だから、序盤の咲奈は《竜息《ブレス》・鉄》の無駄撃ちが多いように見えた。ソルブレイズやアレイミントのその先、フェンスを狙った攻撃だったのだ。

全てはミラティアのこの一手のため。

咲奈のことなんて信用していなかったミラティアが、もし、戦うとなった時に一人でも勝てるように打った布石である。

「じゃあ、まだ《無貌ノ理》は使ってなかったんだ」

その問いに、ミラティアはゆっくりと首を横に振る。

「使ってあげてる、よ」

あげてる。変な言い回しに、兎々璃は眉を顰《ひそ》めた。

その答えは、浮遊感としてやってくる。

体が宙に投げ出されている。足場が崩れた。いや、作られていた足場が取り上げられたと言った方が正しいか。《幻惑》の亡者の下。今の今まで兎々璃が立っていた場所はミラティアの《無貌ノ理》によって作り出されたものだった。

メルメルルタンの《廻天》で未来を読んでいても、落下を防げなかった理由は単純だ。

今も浮遊感を覚えながら、兎々璃の視界には亡者の海が広がっている。

ミラティアは落下する兎々璃に合わせて《幻惑》を構築していた。

メルメルルタンの《廻天》で未来の光景を視《み》ても、音や感覚はわからない。わかるのは未来での光景のみ。覗《のぞ》いた未来の光景に違和感がなかったから、落下しているなどと思えなかったのだろう。

「はは、ははははは――っ、すごい、負けだ。今回はオレの負けだ」

兎々璃は、メルメルルタンと共にビルの屋上から真っ逆さま。

「まさかライフ一体にやられるとは思わなかった。また次だね、次に会おうね」

遠くから兎々璃の声と、次いでメルメルルタンの悲鳴が聞こえた。

ミラティアは屋上のフェンスがあった場所に立ち、落ちる兎々璃を見下ろす。

その姿をしばらく確認すると、《幻惑》を解除。

地獄はミラティアの脳内に引き上げ、静かなる現の夜が戻った。

踵《きびす》を返し、ふらりふらとよろめく。力を使いすぎたかもしれない。

だが、ミラティアの心は弾むようだった。

「よし、これでシュンのところへ帰れる」

先ほどまでとは別人のようなご機嫌な声を発して、ぐっと両拳を握る。るんるんで夜空に、駿《しゅん》への合図を打ち上げた。

◇

メスにハサミにカッター。一つ一つが人一人と同じ大きさの刃物、その群れが駿を切り裂かんと殺到した。破砕音。金属と金属がぶつかる音。舞う砂埃《すなぼこり》。

その先に、駿は変わらぬ位置に無傷で仁王立ちしていた。

驚きも、恐怖もなく、その結果が、当然のことであるかのように堂々とした出《い》で立《た》ち。

「あら、運がいいですね。お兄さん」

「運？　そうじゃないことは、お前が一番わかってるんじゃねえのか？」

遠くの空。高菓区《こうかく》のビルの上のあたりに、巨大なピンクのハートが大量に浮かぶのを見た。しばらく眺めていると、大きくＬＯＶＥなんて文字も現れ始めた。

苦笑して、安堵《あんど》。最高のタイミングだ。

「それと時間切れだ。さすがは、俺の恋人だ。必要な時には必ず間に合ってくれる」

手紙で千世《ちせ》に指定された高菓スカイタワーの屋上。恐らく他のオラクルメンバーが待ち構えていたであろう、そこでの戦いに決着がついた。

夜空の桃色は、ミラティアがあるべきところへ帰還する合図。

駿は［恋人］ミラティアの召喚を解除。カードを手元に戻した。

虹色の枠に彩られた、運命シリーズ、精霊種の一枚。

それを見て、駿は愛《いと》おしげに頬を緩め、掲げる。

「やっと反撃できるな。俺の手を取れ――［恋人］ミラティア！」

橙色《だいだいいろ》に灯《とも》ったランタンの中、虹の光彩が散り、踊り、集約する。

それが形成するのは完璧に調和のとれた愛おしい人型。

ブルートパーズの髪にリボンを煌《きら》めかせ、白い手足を伸ばして彼女は降り立った。

「ん！　シュンのわたし。さんじょう」

駿の切り札であり、相棒であり、恋人。

運命シリーズ、その六番――【［恋人］ミラティア】が顕現した。

「何かと思えば、［恋人］を召喚できただけで、勝ったつもりですか？」

「気づかねえか？　ミラがここにいるのは、お仲間がやられたからだぜ？」

その言葉に、千世の表情が曇るが、それも一瞬。

すぐに切り替えて、己の優位を再確認。駿を見据えた。

「だとしても、お兄さんがこれ以上一枚もスペルを使えないことには変わりありません」

「使えない、ね。必要ねえけどな」

ミラティアが来てから、駿には心底安心しきったような余裕がある。

まるで、もう勝ちが確定したかのような顔つきだ。

「ミラ、咲奈たちはどうした？」

「知らない」

「知らないて……」

「やられてた。けど、生きてはいる」

「じゃあ、いいか」

ミラティアでも、咲奈と那奈《なな》を見殺しにすることはないだろう……と、言い切れないのが怖いところであるが、駿の言いつけを破りはしないはずだ。

咲奈がどれだけ戦えたかはわからないが、駿の中では、元々ミラティア一人でどうにかなる計算だった。

ミラティアは単体性能で言ったら、基本的に自分が隣にいない時の方が強いのだ。強いというか、容赦がない。なんて思って駿は苦笑する。

その力のほどは、ミラティアと出会った頃に、嫌というほど味わったのでよく知っていた。

それでも、直接戦闘向きではないミラティアが、一人でプレイヤーを相手に戦ったのだ。負担は相当のものだったのだろう。表情には出ていないが、酷《ひど》く疲弊しているのが駿にはわかった。

「逆転劇のための最後のピース、［月］を取りに行く。少しの間時間を稼いでくれるか？」

相棒の疲弊した状態を理解していながら、駿はミラティアを頼る。

ミラティアはそんな主人の特別扱いに、誇らしいと頬を緩めるのだ。

「それがシュンの望みなら」

二人の間に遠慮や気遣いはいらない。

ただ、信頼だけがあればいい。

「オーケー。行けるな？　相棒」

「ん！　シュンのためならこの世のすべてをあざむいてみせる」

頭をポンと撫《な》でると、それに応えるようにミラティアは力強く首肯した。

絶望的な状況だが、ミラティアが隣にいれば負ける気などしなかった。

「調子がよさそうですが、《幻惑》だけでは私たちは倒せませんよ。リリリリ、炎！　川を蒸発させるほどに大きなやつを！」

「りょ。がんばってみるわ」

両手でステッキを持ち、構える。

川を蒸発させるとはありえない熱量だ。今までとは比較にならないほどの灼熱《しやくねつ》。辺り一帯を呑み込むほどの炎だ。もし、そんなものが顕現すれば、駿もミラティアもただでは済まない。

でも、きっとステッキから飛び出るのは、そんな物騒なものではなくて、綺麗《きれい》なお花とかだろう。

駿はそんな想像をした。

「な……っ」

ポン。耳心地のいい音と共に、両手で抱えれないほどのマンドラゴラの花が咲いた。駿が脳内に思い描いた通りの花だ。

「だから、もうネタは割れてるって。魔術師ってか、手品師みてえなスキルだよな」

使い方によっては万能にも近い力を発揮しただろう。

しかし、一度そのカラクリに気づいてしまえば、手品程度にしか思えない。

使い手次第で、最強にも最弱にもなりうるスキル。

「ずっと、千世の言動と異能の内容からスキルを割り出そうとしてたが、根本を間違えてた。全部、俺の脳内から引っ張り出された力だったんだな」

駿が思い描いたものが現実になる力と言えばいいのだろうか。

千世が何を口にするかが問題ではなかった。

その言葉を聞いて、駿が何を思い浮かべるかが重要だったのだ。

炎と言われて真っ先に思い浮かんだのは、ベーシックスペルの【ファイヤーボール】だった。ステッキが向けられたことで、攻撃としての炎が脳裏を過《よぎ》った。雷や氷でも、それぞれのベーシックスペルを想像した。

テレポート後の炎球も駿が想像したものである。ステッキを構えられ、咄嗟《とっさ》に脳裏を過ったのは、それまでに何度か顕現した炎球だった。

故に、それが現実となった。

その後の、炎球の連撃も同じ。リリリリが追撃と言ったから、放たれるのは炎球だと駿が思い込んだ。思い込んだから、その通りになった。

「ま、でも。使い手が千世で助かったよ。お前にはちょっと難しすぎたか？［魔術師］はよ」

「本当に腹の立つ男ですね、あなたは」

駿から言わせれば、千世はリリリリの使い方が下手くそだ。お粗末だ。

絶対にスキル発動の条件がバレてはいけなかった。

スキルの使用には慎重を期するべきだったし、何より工夫をするべきだった。

「《虚構》。発動時に対象が想像した異能を現実とするスキル」

「ミラ、お前知ってたのか」

「ん」

「なあ、もしかしてメルメルルタンのスキルも？」

「聞かれなかったから」

「いや、知ってるとは思わねえだろ……」

「でも、駿は自力でどうにかした、よ？」

わざわざ教えるまでもないという、ミラティアなりの信頼。

恐ろしくもあるが、彼女は駿が負けると疑いはしないのだ。

「ミラがそんなんだから、不思議とどうにかなる気がしちゃうんだよなあ」

駿の言葉を聞いて、ミラティアはふと表情を緩めた。

そんな彼女の気持ちに応えたい。

その最後のピースを迎えに行こう、と駿は気合を入れ直す。

後は頼んだ、とミラティアにアイコンタクトをして、ルルナの下へ走る。

「これ以上思い通りさせると思いますか？」

「じゃまはさせない、よ？」

ミラティアは腕をもたげ、スキルを発動——駿とルルナを《幻惑》で隠した。

「ちっ、本当に鬱陶しい力ですね」

駿はルルナを抱きかかえ、その場から離脱。

リリリリが駿へステッキを向けるが、ステッキの先に花が咲くだけだった。今度は溢《あふ》れんばかりの月見草。ネタが割れた以上、リリリリのスキルは脅威ではない。

「ねえ、わたし怒ってる。なんでシュンが血を流してる、の？」

ミラティアは駿の視界から自分の姿が外れたことを確認してから、ルビー色の双眸《そうぼう》を細める。冷たい声だ。怒りを閉じ込めた鋭い氷柱《つらら》のような声音。

ミラティアが手のひらを夜空にかざし、地面から何かを引き上げるように腕を上げた。

それに呼応して、巨大な何かが地面から這《は》い出た。それは、肉が腐り落ち骨と怨念だけとなった禍々《まがまが》しい竜。骸骨竜が鎌首をもたげる。大きく口を開けて威嚇。

「…………ッ」

音などしないはずなのに、その迫力に千世《ちせ》の体は痺《しび》れる。

その隙を見逃さず、骸骨竜は千世を丸呑《まるの》みにせんと襲い掛かった。

それが幻であることはわかっている。それでも、体は反応してしまう。リアリティに身が竦《すく》み、思わず顔を両手でガードした。もちろん、腐食した竜の幻は千世をすり抜けて消えていく。

どてん、と千世は尻もちをついた。

地面についた手のひらには、ぐっしょりと脂汗が滲《にじ》んでいた。

「く……っ、本当に腹立たしい」

顔を真っ赤にした千世は慌てて立ち上がり、カードを引き抜く。

駿《しゅん》の足音のする方へ、SRベーシックスペル【氷霊の吐息】を発動した。

「邪魔はさせないっていった、よ」

ミラティアは《幻惑》を使い、千世の視界を塞ぐ。

狙いが狂い、氷の一撃は明後日《あさって》の方向へ放たれた。

フィールドスペル【制限区域のランタンナイト】で千世の発動可能スペル枚数も制限されている。リリリリも使い物にならないとなると、残り四枚のスペルでミラティアの《幻惑》を掻《か》い潜《くぐ》り、駿を仕留めなければならない。

どこかで見たような条件、光景に、千世はギリと奥歯を噛《か》みしめた。

◇

「きゅ、急に何をするのでございますか……っ」

その声には今までの勢いはなく、本当に駿の行動の意味がわからないといった風だった。

駿はミラティアの視界から外れないギリギリの場所を走る。

ルルナをお姫様抱っこしながらだと中々しんどいが、止まるわけにはいかない。

「仕方ねえだろ。《幻惑》でも音は消せねえから、止まってたら狙い撃ちされちまう」

「そういうことを言っているのではないでございます！　なんで、ルルナのことを助けたのでございますか！」

「お前の力が必要だからに決まってんだろ」

「嘘《うそ》でございます！」

「嘘言ってる余裕ねえわ」

「ミラティア殿を呼んで、リリリリ殿のスキルも看破して、今更ルルナのところに来てそんな戯言《たわごと》を……っ」

駿は自力で圧倒的不利を覆したじゃないか。千世だって余裕のない表情を浮かべている。自分なんて必要であるはずがないとルルナは言うのだ。

でも、そんな彼女の拗《す》ねたような反応を駿は笑い飛ばす。

「お前、ばっかだなあ」

「な、は!? ばっ!?」

「勢いでなんとか誤魔化《ごまか》してるけど、クソほどどうしようもねえ状況だわ。【制限区域のランタンナイト】のせいで俺はもうスペルを発動できねえ。焦って解除してくれればと思ったが、千世もそこまでバカじゃねえみたいだ。ミラティアに関しても、決め手がない。向こうでエクストラスキルを使ってるからな。できて時間稼ぎが関の山だ」

「は!? な、なんでそれをルルナに言うのですか!」

「エクストラスキルが使えないことを千世にバラすかもしれないのに、ってか?」

駿の腕の中で、ルルナはこくりと小さく頷《うなず》く。

「ルルナに信用されたくて今話をしてるんだぞ。俺の方が疑ってかかってたら、信用もクソもねえだろ」

全身全霊で勝利に必要な最後の一ピースを取りに来ているのだ。

隠し事などする気はない。するはずがない。

ここで他人に命を預けられない小心者が、どうして信用されようか。

「ま、ルルナが千世を選んだら、信じてくれたミラにはめちゃくちゃ謝る」

「それがわからないのでございます……ルルナに信頼されて、仲間になって、どうなるというのですか」

「勝てる」

迷いもなく、言い切る。

「ルルナがいれば勝てる」

力強く、できる限りの誠実さで以《もっ》て言葉を紡ぐ。

それを聞いて何を思ったのか、ルルナは口を噤《つぐ》んでしまう。

ルルナの想《おも》いを全て理解できるとは言わないが、何に悩んでいるかは想像がつく。

千世は大切な友達だ。過去形かもしれない。そうだとしても、ルルナには尊い思い出で、今、どんな扱いを受けていようが、無下にできる相手ではないのだろう。

駿はルルナの襲撃対象だ。居候の烙印《らくいん》を押され、料理を作ったりした。駿はルルナにそこまで嫌われてはいないだろうが、好かれているかと言われれば怪しいところである。

今のルルナに安心できる居場所はない。

迷っているのだろう。

迷っているから、二度目の襲撃で駿を刺せなかった。

「なあ、ルルナ。俺にはお前が必要だ」

「……嘘でございます」

再び、否定する。

ルルナは涙声で力なく呟《つぶや》いた。

「だから、嘘ついてる余裕なんてねえって」

「だって、だって、ルルナは貴方《あなた》を殺そうとしたのにッ！」

洟《はな》を啜《すす》り、目の端に涙を溜《た》めて叫ぶ。

そんなルルナを見ると、隠し通していた悪事を母親に打ち明ける子供の姿が想起された。

一緒にいながらずっと気にしていたのだろうか。

ずっと罪悪感を覚えていたのだろうか。

それを今、ルルナは初めて吐き出した。

「別に今生きてるからいいだろ」

「よくないでございます！」

「俺がいいって言ってんだからいいんだよ。それに、最初から殺すつもりなかっただろ」

「そんなことはございませぬ」

「じゃあ、なんで《呼応》で初めから俺とミラティアの聴覚を奪わなかった」

最初の襲撃の時の話だ。ルルナがスキル《呼応》を使ったのは、駿が起きて戦闘が始まってからだった。もし、最初から聴覚を奪っていたら、ミラティアもルルナの気配に気づかなかったかもしれない。

「………………ぁ」

「その後の襲撃だって、もっと適したタイミングがあったろ。トイレとか、風呂とか、寝てる時とか。でも、ルルナは決まってそういう時には仕掛けなかった」

「それは……」

「だから、あれだ。こんなのはルルナが必要ない理由にはならない」

じゃれ合いくらいにしか思ってなかったよ、と駿は笑う。

それでも、その程度ではルルナの表情は曇ったままで、堪《こら》え切れなかった涙が頬を流れる。

「でも、ルルナは役立たずでございます……」

「飯上手《うま》かったぞ。サバの味噌《みそ》煮《に》とか、初心者じゃまずできない料理だ」

「ハズレLだって言われております……」

「そりゃ、そいつの使い方が下手なんだ。俺なら使いこなせる」

駿は本気でそう思っている。ルルナのスキルは弱くなんかない、と。

それが彼女に伝わっているだろうか。

「ルルナは自分一人では何もできない……誰かに縋《すが》らないと生きていけない弱虫にございます」

「別に悪いことじゃねえさ」

「情けないではありませんか」

「誰だって一人じゃ生きていけねえよ。まあ、ルルナの場合それがちょっと極端なのかもしれねえけど、そういう生き方だってある。情けないなんてことはない。そんなルルナを必要だって思うやつもいる」

「……それが、貴方だと？」

駿は、これがその問いの答えだと、深く頷いて言葉を紡ぐ。

「俺はさ、ルルナの友達になんかなるつもりはねえぞ」

「友達じゃない……」

「あくまで俺がご主人様。ルルナは従者だ。俺には目的があるからな。そのために力を貸してもらう。別に戦闘についてだけじゃねえ。俺もミラも料理できねえからな。コック要員は貴重だ」

ルルナはずっと不安そうにしていた。

駿の襲撃に失敗した時もそう。不安だから半端に刺々《とげとげ》しくて、不安だから敵のはずの駿の顔色さえ窺《うかが》っていて、迷ってふらふらして、自分がどこにいるのかもわかっていない。

「その代わり、俺がお前を導いてやる。もう迷うことのないように手を引いてやる。俺だけ見ていればいい、俺は絶対にお前を裏切らない」

ルルナに必要なのは絶対的な道標。

彼女を照らす、強い意志の光。

迷う隙も、悩む隙も全て塗りつぶすほどの少し残酷すぎるくらいの光がいい。

そうして、月は初めて輝ける。

「ルルナの献身の分、絶対に報いてみせる」

誰しもが対等な関係を望むわけではないと思うのだ。

誰しもが強い意志を持って望む道を切り開けるわけではない。

だから、ルルナの苦悩を引き受けよう。

ルルナが役立たずではないと証明する。

主人としてルルナの全てを責任持って引き受ける。

「人には向き不向きがあるからな。難しいことは考えるな。全部俺が決めてやる。誰かに依存しなきゃ生きていけねえっていうなら、俺にしろ。お前が自分の意志で立って歩けるまで俺の下にいろ。俺がルルナを今までより絶対に幸せにしてやる」

駿は地面にそっとルルナを下ろす。

袖で涙を拭ったルルナは顔を伏せたまま。

「だから、友達じゃない。俺のものになれ、ルルナ」

そんな彼女の視界に映るように膝立ちになり、手を伸ばす。

俺を選べと確かな強い意志を持って手を伸ばしたのだった。

◇

ルルナは駿《しゅん》に言われた言葉をずっと考えていた。

――もう少し自分の幸せを考えて行動してもいいんじゃねえの？

ルルナにとっての幸せとはなんだろうか。

千世の隣にいること。

初めてできた友達で、優しくて、大好きな人。

今の千世と一緒にいると苦しい。辛《つら》い。役立たずだって言葉も、大好きな人に言われると余計に悲しくなる。何度一人で涙を流したかわからない。

それでも昔は優しかったから、ルルナが変われば戻ってきてくれる、今はちょっとおかしくなってしまっただけで、ルルナさえ頑張れば――なんて、現実逃避だと本当は気づいていた。

本当はずっと前、駿と会う前から気づいていたのだ。

過去と今は切り離して考えるようなものではなくて、それら全てを合わせて千世《ちせ》なのだ。

千世の隣にいても、自分は幸せになれない。

ずっと目を背けていたけど、ルルナはちゃんと気づいている。

ルルナにとっての幸せとはなんだろうか。

ずっとそんな思考に潜り続けていると、自分の奥底の部分まで辿《たど》り着く。

自分が見初めた、全てを捧《ささ》げてもいいと思えた相手に仕える。

それが、［月］ルルナとしての本来の在り方だった。

悲しい生き方だと思う者もいるかもしれないが、ルルナにとってはそれが最善だった。

初めての友達は踊り出すほどに嬉《うれ》しかったけれど。

人の在り方など千差万別。

月は太陽のおかげで輝ける。

ルルナはその在り方を美しいと、素敵だと思う。

駿がいくらルルナを必要だと言っても、その言葉を信じることはできなかった。

確たるものがないから不安だ。

それで手放しに歓迎できようはずがない。

だけど。

「あくまで俺がご主人様。ルルナは従者だ」

この言葉を聞いた時に、もしかしたらと思ってしまった。

「俺がお前を導いてやる。もう迷うことのないように手を引いてやる。俺だけ見ていればいい、俺は絶対にお前を裏切らない」

もしかしたら、この人はルルナの欲しい言葉をくれる人なのかもしれない。

「ルルナの献身の分、絶対に報いてみせる」

ルルナにとっての幸せとはなんだろうか。

幸せを分けてもらって、その分、ルルナは報いたいと思うのだ。

ルルナにとって幸せとは、人から分けてもらって初めて実感できるものだった。

その人を幸せにしてあげたい。

その過程で、もし、自分を必要としてくれたら、これほど嬉しいことはない。

「人には向き不向きがあるからな。難しいことは考えるな。全部俺が決めてやる。誰かに依存しなきゃ生きていけねえっていうなら、俺にしろ。お前が自分の意志で立って歩けるまで俺の下にいろ。俺がルルナを今までより絶対に幸せにしてやる」

ルルナにとっての幸せ——もう、この言葉を貰《もら》った時には満たされていた。

自分でも辿り着くことのできなかった一番を欲しいものをくれた。

不安は……なんて些事《さじ》を考える隙さえ与えてくれない強い光。

「だから、友達じゃない。俺のものになれ、ルルナ」

だから、今度は従者として自分が報いる番だ。

駿がルルナに手を差し伸べる。

ルルナは裾を正し、膝を立てて、短刀を彼の手のひらへ差し出した。

「――ルルナの全ては貴方のものに」

頭を垂れ、透き通った声を鳴らす。

「従者として誠心誠意、貴方様に仕えることを誓います」

もう、迷わないように、誓いを立てる。

生き方を定め、己の幸せを託した。

◇

ミラティアの《幻惑》が解ける。

その先に、駿とルルナは覚悟の決まったいい顔で並んで立っていた。

「待たせたな、ミラ」

ミラティアは、むふんと両拳を握って駿に応える。

駿とルルナが話をしている間、ミラティアは時には二人を隠し、時には千世の視界を攪《かく》乱《らん》し、幻で景色を変え、時間を稼いでくれた。

ミラティアがいなければ、こうしてルルナを迎え入れることはできなかっただろう。

「あら、ルルナは結局そちらにつくのですね。裏切られて悲しいわ」

「怨《うら》んでいただいても構いません」

迷いのない毅《き》然《ぜん》とした声で言う。

「今のルルナは、お主人の［月］ルルナです」

「へえ、出来損ないが意気揚々と。それっぽいお為《ため》ごかしでその気になったのですか？」

千世はルルナの隣に立つ駿に狙いを定め、カードを引き抜いた。弾《はじ》けたのは銀の粒子。

無数の簡素な銀剣が顕現。ふわりふわわと浮遊したそれは、駿目掛けて殺到した。

カランと下《げ》駄《た》の音が鳴る。ルルナは短刀を抜き去ると同時に駿の前へ躍り出た。舞うような流麗な動きで、射線が駿と重なった剣だけを叩《たた》き落とす。

「お主人は、ルルナを必要としてくれているのです」

響く金属音。短刀を構えたルルナはピンと尾を立て、細く息を吐いた。

「都合のいい言葉だとは思わないのですか？」

「その都合のいい言葉を信じさせてくれる魅力がございましたので」

「それが、ルルナの選んだ答えですか？」

「はい。ルルナは、折町《おりまち》千世の下では幸せになれません」

生きる意味だったほどの友人、千世の言葉にも、もうルルナは動じない。

「へえ、セレクタークラスから逃げたくせにプレイヤースキル頼りの無能の下では幸せになれると？」

「お主人への侮辱は、従者であるルルナが許しませんよ」

別人のような、ブレることのない翠《みどり》の瞳で以《もっ》て千世を射貫《いぬ》く。

「頼んだぞ、ルルナ」

「はい！　お主人の下に必ずや勝利の栄光を」

誓いを胸に、彼女を害する覚悟を持って言葉を紡いだ。

「本日は十日夜《とおかんや》の月――世界から音を奪わせていただきます」

月から光が零《こぼ》れ、ルルナに降り注ぐ。

月光に包まれたルルナは短刀を抜き、ふわりと尻尾を揺らして踊るような足取りを刻む。

まるで舞を奉納する巫女《みこ》の如《ごと》き神秘的な光景。

ピタリとルルナが動きを止めると同時に――発動。

「スキル《呼応》――今宵《こよい》、誰も彼も貴方《あなた》へ声は届きませぬ」

《呼応》は月の満ち欠けに応じて、対象の五感を封じるスキル。

このスキルは昼夜で効力のほどが変わる。

特に月が鮮明に見える場所での力の行使は絶対的だ。

今日は聴覚。千世の世界から音を奪った。

「悪いな、千世。ルルナは弱くねえ。弱いカードなんてない。あるのは、強いプレイヤーと弱いプレイヤーだけだ」

駿が目配せをすると、ルルナは再び短刀を鞘《さや》に収め、深く頷《うなず》いた。

「ちーちゃん、大好きでした」

届かない言葉を紡いで、決別を。

続けてルルナは、祈るように、鞘に収まった短刀を夜空に掲げる。

「重ねて十五夜――もう世界と触れることもままならない」

夜空に深い霞《かすみ》が宿り、ほどなくして淡い光が滲《にじ》む。

晴れた霞の先に現れたのは見事な満月。

欠けたお月様の横に、二つ目の月、煌々《こうこう》と輝く綺麗《きれい》な真ん丸が並んだ。

しんしんと月の光が降り注ぐ。

同時にルルナの尾が九つに増えた。月の光で象《かたど》ったような輝く疑似的な尾。再び踊るような足運びで短刀を抜き去るルルナに合わせて、九つの尾が揺れる。月の粒子を従わせて長い袖を靡《なび》かせるその様を例えるなら、月の巫女。

「エクストラスキル《献身ノ理《ことわり》》――発動」

月が二つ。よって、対応するルルナの力ももう一つ分、発動する。

スキル《呼応》に加え、五感のうち指定したもう一つを封じる。

これがルルナの持つエクストラスキルの力であった。

満月の夜に封じられるのは、触覚。

千世が世界と通ずるその実感を奪う。

「ミラ殿。後はお任せいたします」

「ん。シュンの恋人にお任せあれ」

ミラティアが創造したのは無数の剣。

ずっしりとした重さと、一たび触れれば肌が裂かれると直感するほどのリアリティ。

飾り気のない鉄の剣が次々と現れる。月の光を受けて鈍色《にびいろ》に光る剣は徐々に数を増やし、千世を三百六十度囲うほどになった。それは一歩でも動けば切っ先が触れる距離で千世を狙っている。

「スキル《幻惑》――シュンを傷つけた分は苦しんで、ね？」

もし、この剣が本物であれば、ミラティアの気分次第で千世はいつでも命を落とす。

千世《ちせ》は構うものかとカードを引き抜き、発動しようとして動きを止める。

「…………ッ」

しかし、千世はミラティアのエクストラスキル《無貌ノ理》が幻を現実に反映する力だと知っている。この剣も本物である可能性があるとわかっていた。

顔が引きつり、額には脂汗が浮かぶ。

一ミリだって動けやしない。震える指からカードが零れる。

腕が刃に触れてから——やっと、状況が理解できたのだろう。

「なるほど……っ」

千世はこの剣が本物かどうかを確かめる術《すべ》がない。

刃に触れた腕が裂ける。血が漏れて、腕を伝って、指先から零れる。

千世には、そう見えている。

この目に見えた光景しか現実を判断する材料がない。

触覚がないから、痛みを感じない。

痛みがないから、流れる血が本物かどうかわからない。

ミラティアの《幻惑》による幻かもしれないし、本当に切り裂かれているのかもしれない。一見本物にしか見えないが、《幻惑》のリアリティのほどは、先ほどまでの戦いで十分理解している。

目の前からも、すぐ横からも、背後からも。無数の刃が千世を狙っている。

全て偽物か、いくつか本物が交じっているのか、全て本物か。

体中にびっしりと脂汗が浮かぶ。

聴覚を封じられ、音が聞こえないのも不安感を助長させていた。

「ぐぅ……っ」

ゆっくり、ゆっくりと、千世の目の前にある剣が迫ってくる。

一秒が長く感じられる。時間の感覚が狂う。ゆっくりだ。本当にゆっくり迫ってくるのだ。息が詰まる。咳《せ》き込《こ》む。一定の緩慢な速度で迫る。触れる。触れた。頬に剣先が当たった。ぷつりと血が流れる。視界の端、地面に落ちる赤色が見えたから、千世は自分が刺されたのだと知った。正確には、刺されているかもしれない、と。

「やめ……っ、いっぅ」

それが、何度も、何度も、何度も何度も何度も。

左脚も刃に割かれ、右脚も、腹部も、左肩も、右腿《みぎもも》も、剣が掠《かす》る。

その全てが致命傷にはならず、本当にかすり傷程度なのだ。

「自分で思いついといてなんだが、まあまあえげつないよな」

「ぬるいよ。絶対に死なない、から」

「これが全て幻だって信じられればな」

気づけば千世の全身の四分の一くらいは赤く染まっていた。

痛みはない。痛くないことが、逆に不気味だ。

自分が今どれくらいの傷を負っているのかがわからない。

もしかしたら、次の一撃で死んでしまうのかもしれない。

死なないかもしれないが、死ななかったら、いつまで続くというのだろう。

己がどれだけ害されているかわからない状態で、無限の時間を過ごす。

「無理、や、やだ……もう、無理……っ」

次の一撃が致命傷かもしれない。

いや、実はほとんどの傷は幻かもしれない。

だが、もうそんなことはどちらでもよくなっていた。

音のない世界で三百六十度剣に囲まれ、ゆっくりと迫りくる刃物を見て、徐々に真っ赤に染まっていく自分の体を見て、正常な思考などできようはずがない。

これが、あとどれだけの時間続くのだろう。

もう既に気が狂いそうだった。

「ルルナは役立たずじゃない、お前の力不足だよ、千世」

聞こえないことを知っていて、駿《しゅん》は千世に語り掛ける。

「ゆ、るして……、ごめんなさい、ごめんな、さい……」

千世の瞳に涙が浮かぶ。

幻惑でもなんでもない、本物の涙だ。

「ミラティアのエクストラスキルを知ってたのが裏目に出たな」

もし、知らなければ、千世は迷うことなくカードを発動できただろう。

しかし、一瞬でも躊躇《ためら》ってしまえば、もうそのチャンスもない。

カードの発動前に、千世は貫かれてしまう。

エクストラスキルを使えるのは二十四時間に一度。

兎々璃《ととり》戦で既に使っているミラティアには、もう使えない。

だから、この剣は全て偽物だ。

この状況でも、千世には逆転する手段が残されていたのだ——心さえ折れていなければ。

「ミラ」

「ん」

駿の合図で、ミラティアは幻で作った剣を操作。

一斉に千世を貫かせる。

幻の艶《あで》やかな赤い花が咲いた。

「……ぁ、げえ、おごっ」

千世は白目を剥《む》いて泡を吹き、糸の切れた操り人形のように倒れるのだった。

恐怖と、今にも叫び出してしまいそうな息苦しさの中、千世の意識は沈んでいく。

思い出されるのは、ルルナとの日常だ。

◇

大好きな友達との尊い日々。

出会った当初こそぎこちなかったが、友達としてすぐに打ち解けた。

ルルナは素直で、優しくて、好奇心旺盛な子だった。

どんな話にも、瞳をキラキラさせ、尻尾をぶんぶんと振って食いついてくる。

教えたことはすぐに実践して、数日後にはものにしていた。特に料理に興味を持ったようで、毎日のように「今日は何を教えてくれるのでございますか！」と、食い気味に聞いてくる。一緒に料理をするのは至福の時間だった。

「海にはたくさんのお魚がいて、その全てが取り放題だと聞きました！　つまり、食べ放題でございます！　ちーちゃんにもたくさん魚料理をご馳走《ちそう》して差し上げますね！」

いつか海にも連れていってあげたかった。夢を壊すのも忍びないので、もしかしたら行かなくて正解だったのかもしれない。

任務終わりには、行きつけの和菓子屋で買った団子を河川敷で一緒に食べた。

リスのように頬をパンパンにして、団子を食べるルルナが心底愛らしかった。

ずっと、こんな風に過ごすことができれば、千世にとってもそれが理想だったのだ。

(ごめん、ごめんなさい……ルルナ)

ルルナは優しい。オラクルにいるにはあまりにも優しすぎた。

スキルの適性から、暗殺などの任務を任されるようになるのだが、ルルナは他人を傷つけることを嫌って何度も失敗した。

それを責めようなどと思えるはずもなかった。

次は頑張りましょう。ルルナならできますよ。なんて励ますと、ルルナは困ったように笑って、次こそは必ず成し遂げてみせます！　と言うのだ。

なんて素直でわかりやすい子なのだろうと思った。

次こそも何も、ルルナは初めからこんなことしたくなかったのではないか。

でも、結局ルルナは殺しなんてしたくないとは一度も言わなかった。

暗殺の任務が始まった頃から、ルルナの笑顔は減っていった。

千世の前でも無理して笑うようになった。

そして、気づいてしまったのだ。

(ルルナは私と一緒にいたら幸せにはなれないんだ)

いつかルルナをオラクルから出してあげようと思った。

本当は一緒についていってあげられたらよかったのだけど、友達である凜音《りんね》を裏切ることはできなかった。兄と離れ離れになって不安定な凜音の下から、自分までいなくなるわけにはいかなかったのだ。

そのために、まずはルルナに嫌われようと思った。

いざとなった時に、ルルナが情を抱かないように。

役立たずだと、お前は誰にも必要とされてないのだと、思ってもないことを口にした。

心が痛んだ。大好きな友達にこんなことは言いたくなかった。辛《つら》い……けれど、それ以上にルルナは苦しんでいたはずだ。

何度もこんなことやめてしまいたいと思ったが、千世はこれ以上の方法を思いつかなかった。長い目で見たら、これが最善だと思った。

そんな時、チャンスアッパーを使って運命シリーズの顕現を早める作戦と桐谷《きりや》駿から［恋人］、［女帝］を回収する話がオラクル内で上がった。

これはチャンスだと思った。

ルルナをオラクルの外へ出すチャンスだ。

駿は千世と深い関わりがあったわけではない。友達の凜音の兄というくらいの認識だ。

しかし彼の実力については疑っていなかった。ルルナの襲撃程度では死なないことも、千世のお粗末な作戦を見破ってくれることも確信できた。

ルルナを引き渡そうと思ってけしかけたことまで見破られたら困ったが、どうやらそこまでは辿《たど》り着いていないようで安心した。

そんなわけで、実はオラクルも少しだけ裏切っている。

駿を裏切って、初めからオラクルの側だと見せかけて、そのオラクルにすら隠れて牙を剝いていた。

いくらハズレLと揶揄《やゆ》されるような性能でも、ルルナは［世界］の顕現に必要な鍵だ。運命シリーズの一枚を手放すことなど、了承するはずがない。

千世《ちせ》としては、かなり危険な綱渡りをしたのだ。

それも全てルルナの幸せのため。

(私にはこんなやり方しか思いつきませんでした。ルルナとお兄さんはなんだかんだ相性がいいと思ったんです)

河川敷。ルルナを助けに現れた駿を見て、胸を撫《な》で下ろした。

初めから千世のことなど信じてないと言われて、安堵《あんど》した。

手紙を信じて屋上へ行っていたらどうしようかと、気が気でなかった。

あっちに行っていたら、本当に負けていた可能性もあった。

いや、それでも駿ならどうにかしたのだろうか。

オラクルは本気で運命シリーズを集めるつもりだ。

千世もこれからは、今回の贖罪《しょくざい》も込めて身を粉にしてその任務に当たる。

凜音の願いのためにも、手を抜くつもりはない。

最終的には、ルルナはオラクルの下に戻ってくることになるかもしれない。

そうだとしても、これが束《つか》の間《ま》の日常だとしても、ずっとオラクルにいるより遥《はる》かにいい。

優しいルルナに無理して笑わせてしまうより、ずっといい。

（どうか、幸せになって。私が幸せにしてあげられなくてごめんね、ルルナ）

千世は大好きな友達を思い浮かべ、墓の中まで持っていく覚悟の願いを秘めた。

ルルナの力を借りることで、千世を打倒することに成功した。

千世と対峙《たいじ》することになるだろうとは思っていたが、運命シリーズの一角——「魔術師」を使役していたのは予想外だった。端的に言えば、駿《しゅん》は千世を舐《な》めていた。ミラティアが間に合わなくても勝てると踏んでいたし、千世の思惑を見破っていたことで余裕が生まれていたのだろう。その結果、あそこまで追い込まれることになったのは笑えない。ミラティアの再召喚が少しでも遅れていれば、結果は変わっていただろう。

千世が意識を失ってからすぐ、兎々璃と戌子《いぬこ》、メルメルルタンが現れた。

素早く千世を回収し、駿、ミラティア、ルルナと対峙して並ぶ。

戌子は満身創痍《まんしんそうい》とはいかずとも傷を負っていて、ミラティアに忌々しげな視線を向けていた。屋上での戦いでこっぴどくやられたらしい。

戌子は加えて駿にも突っかかってきた。「あの時の借りは次会った時に万倍にして返してやるってンですよ、恋人頼りのクソ雑魚野郎が」と罵声を浴びせ、憎々しげに舌打ちをする。身に覚えのないことで難癖をつけられるのは腹立たしいが、ああいった手合いは相手にしないのが吉。駿は無視を決め込んだ。

「ルルナちゃんはそれで後悔しない？　もうオラクルには戻れないけど」

兎々璃《とどり》は目を細めて問う。

「後悔などしようがありません。ルルナは、もうお主人の［月］ルルナです」

「次捨てられたら、もう行き場なんてないよ」

「ルルナが考えるのは、どうすればお主人に少しでも貢献できるかということのみでございます。それ以外の些事《さじ》は無駄な思考だと心得ている故」

ルルナはエメラルドの瞳で射貫《いぬ》き、負けじと言葉を返した。今までなら委縮してしまっていただろうが、主《あるじ》に恥はかかせられないと言わんばかりの堂々とした態度だった。

「へえ。この少しの時間で随分変わったね、ルルナちゃん」

「折町《おりまち》千世殿によろしくお伝えください」

目を伏せて事務的に言うルルナ。

兎々璃はうんともすんとも言わず肩を竦《すく》めた。

両陣営の間には、一触即発の雰囲気があったが、疲弊しているのはお互い様。

へらへらと笑みを浮かべる兎々璃。ナイフのように目を細めて舌打ちをする戌子。メルメルルタンは最後にぺこりとお辞儀をして姿を眩《くら》ませた。

結局、チャンスアッパーに関する作戦を止めることは叶《かな》わなかった。

だが、駿もルルナを仲間に引き入れるという当初の目的は達成した。

一件落着、と言ってもいいのではなかろうか。

何かこう触角が二本生えていそうな誰かを忘れているような気がするが……ミラティアもルルナも無事なのだ。それ以上の気がかりなどありはしないだろう。

千世との戦いで傷を負った駿だったが、前回のヘレミア戦に比べれば軽傷。鶺鴒《せきれい》に見つかる前にスペルで回復させてしまった。

その後、家でしばらくゆっくりと過ごすことにした。

寮には、ミラティアに加えルルナが住み着くことに。この部屋は三人で過ごすにはあまりにも狭い。そろそろ本気で引っ越しを検討した方がいいかもしれない。

それはそうと、今回の一件でいくつか疑問に思うことがあった。

「なんで、千世はわざわざルルナに虐待まがいのことをしてたんだろうなあ」

ルルナに言うことを聞かせたいのなら、他に有効な手段があったはずだ。関係が良好だったのなら、猶更《なおさら》。適当に褒めておけば、千世の頼みを聞きそうなものだが。

それに、駿に一度所有権を刻ませる意味があったのだろうか。

もし、ルルナに迷いがなく、オラクルの思惑通り駿を襲ったとしても、召喚を解除してしまえば脅威になりえない。駿の信頼を得ようとしたというにはルルナは攻撃的すぎたし、そこまで見越しての作戦だとしたら見通しが甘すぎる。

駿がルルナをデッキに入れるだけ入れて、召喚しない可能性も十分にあった。

結局、ルルナが駿の手元にあることでオラクルが享受したメリットなどほぼなかったように思える。冷静に考えれば意味のわからない作戦だ。

「それに手紙もだ」

書かれていたのは、場所と日時のみ。

駿をおびき出したいのなら、それっぽい一文でも添えるべきだった。

あれでは疑ってくれと言っているようなものだ。

千世は本当に駿を騙《だま》すつもりがあったのだろうか。

「もしかしたらあいつは……」

と、そこまで考えて思考を止める。否、止めざるを得なかった。

目の前でぶんぶんと激しく振られている尻尾が物凄《ものすご》く集中力を削《そ》いでくるのだ。

まるで扇風機。ずっと近くでブンブンブン。翠色《みどりいろ》の瞳をきらっきらと輝かせて、常に駿の隣で彼女は正座して待機している。

ミラティアはソファで寝転んでうたた寝している。相変わらず猫みたいなやつである。

駿としてはルルナにも、これくらい寛《くつろ》いでいてほしいのだが。

「なあ、ルルナ」

「なんでございますか！　お主人！」

駿に名前を呼ばれると、待ってましたと言わんばかりに跳び上がる。

「ずっと気を張ってなくていいんだぞ」

「そんなわけにはいきません！　ルルナの全てはお主人のためにあります故！」

「この前まで命を狙われてたとは思えないなあ」

「お主人の命を狙うなど!?　そんな愚かで、不届きで、生きる価値のない下郎がこの世に存在するのでございますか!?　絶対に許してはおけませんね」

「…………」

いやお前だよ、とは突っ込まないでおいた。

面倒なことになるのは目に見えているし、なんなら本当に別人かもしれない。あまりにも、あれから態度が変わりすぎではなかろうか。

「おい、ロリ狐《ぎつね》」

「はい、ルルナはロリで狐にございます！」

「それでいいのか……」

ルルナの、ロリじゃないでございます！　が聞けないのは、一抹の悲しさがあった。

「ルルナはお主人から賜った大恩に報いるため、これから誠心誠意お主人に仕えることを誓ったのでございます！」

「別に恩を感じてもらうようなことはしてねえぞ。言ったろ、俺にもメリットがあるから、ルルナが必要だから仲間に引き入れたんだ」

「ひ、必要……！　お主人にはルルナが必要……!!」

ブンブンと激しく尻尾が揺れる。ピコピコ耳も動いて、はわあ、と表情を緩めてご機嫌な様子。狐というより犬みたいなやつだ。

「ルルナはお主人に必要とされて初めて力を発揮することができます。お主人に真心を尽くし仕える。忠義こそルルナの在り方。ルルナを必要とし、有用に使ってくださる、これ以上の誉れはありません」

「お、おう……そうか」

以前のように四六時中命を狙われるのも困るが、これはこれで極端ではなかろうか。ルルナ本人は納得していて、嫌々というわけではないのだろうが……それはそうと気は引ける。

「さあ！　命令をください！　ルルナはなんでもいたします！　いえ！　やらせてください！　夕餉《ゆうげ》の準備ですか！　お風呂を焚《た》きましょうか！　マッサージの心得もございます！」

「別に今はやってほしいこととかないかなあ」

「な、なんですと……!?　いらない!?　ルルナはいらない子ですか!?」

「いや別にそういうわけじゃ……」

尻尾をしゅんと垂らして項垂《うなだ》れるルルナ。

ルルナの情緒が怖い。

「シュン」

すると、ミラティアがコーヒーを淹《い》れて渡してくれた。

ミラティアは本当にタイミングが絶妙だ。最近は心を読まれているのではないかと疑っている。駿が望んだ時に、都合よく色々やってくれすぎる。基本的には自由奔放なのだが、ここぞという時には、絶対に隣にいるのがミラティアなのだ。

「おお、ありがとな。ちょうど飲みたかったんだ」

そんな二人のやり取りを見て、ルルナはガーン、と衝撃を受ける。

「そんな……っ!?　お主人！　あるではないですか！　やってほしいこと！」

「あー、いや、言われてみればというか、わざわざ頼むほどでもなかったというか」

「まだまだ甘い。こういうのは察するもの」

ミラティアはドヤ顔で、自分の分のコーヒーに、ぽい、ぽぽぽぽい、と角砂糖を入れる。

まだまだ甘いというか、まだまだ苦いと言わんばかりに更に追加。もはやコーヒー風味の砂糖水だった。

「た、たしかに……！」

そして、ルルナは再び雷に打たれたような衝撃を受けていた。

「しかしルルナは、お主人の従者として負けを認めるわけにはいきませぬ！」

それから慌てて悔しそうに下唇を噛《か》むと、ほくほく顔で砂糖水コーヒー風味を啜《すす》るミラティアに対抗心を燃やす。

「ミラ殿、どちらが真にお主人の役に立つか勝負でございます！」

「おい、意味わからないこと始めようとするな」

「かまわない」

「ミラも了承するな」

「勝負内容は？　役に立つといってもいろいろな形がある」

「勝負を仕掛けたのはルルナでございますからね。その内容はミラ殿が決めて構いません」

「ご主人様を無視して進めるなよ……」

「どのようなお題でもルルナは必ずや勝利してみせます！」

呆《あき》れる駿に、ルルナはきらっきら瞳を輝かせて答える。あまり言葉が通じていないようだった。従者としてはこの時点で大幅減点ではなかろうか。

ミラティアはふむと口元に手を当て思案顔をする。駿と目が合い何を思ったのか、むふんと意気込み、口を開く。

「シュンにどれだけかわいいと思ってもらえるかで勝負。シュンをたくさんドキドキさせた方の勝ちとする」

「お待ちください、ミラ殿。それは果たしてお主人の役に立つかどうかの指標になりえるでしょうか」

「なる。シュンはこれから何度もきびしい戦いに身を投じることになる。心身共に常に完璧な状態にあることが必要。そこで一番大切なのは癒し。シュンはかわいいを摂取することで、安定したパフォーマンスを発揮することができる」

「た、たしかに……！　ミラ殿の言う通りでございます！」

言うほど納得できる言い分だっただろうか。こじつけのような理論だったが、ルルナは「やはりミラ殿は強敵ですね……！」と気合が入った様子。それを見て、騙されて変なものを買わされないように注意しておこう、と駿《しゅん》は密《ひそ》かに決意した。

「ですが、ミラ殿は大きなミスを犯しました。この勝負ルルナに分があります！」

「ミス？」

「はい。ルルナに比べてミラ殿はお主人と過ごした時間が長い。つまり、ミラ殿に慣れていると言ってもいいでしょう。ドキドキするという項目において、これほど不利な要素はありません」

「その程度の理由で勝てると思ってるんだ？」

力の籠もったルビーの双眸《そうぼう》に射貫かれ、ルルナはごくりと生唾を飲み込んだ。

「負けないでございますよ……！　こちらには秘策もありますから！」

受けて立つと強者の余裕を見せる恋人ミラティアに、絶対に勝利してみせると意気込む従者ルルナ。

二人の間には最終決戦でも始まるかのような緊張感が流れている。

アホらし、と切って捨てるのも憚《はばか》られるほどの真剣さがあった。

「では、先攻はルルナがいただきます！」

両拳を握って意気込んだルルナは、ベッドに座る駿の隣に体を滑り込ませる。

「さっそく秘策の発動です！　以前のお主人の言動で、ルルナのどこに需要があるかは把握済み！　しかも、これはミラ殿にはない武器。ルルナだから繰り出せる必殺技にございます！」

「さあ。ど、どうぞ！」

ルルナは駿に背中を向けると、尻尾を左右にゆっくりと振った。

尻尾をふりふり。ふわふわふわ。

「えっと？」

「その……本当は尻尾を……というのは、その……恥ずかしいのですが、お主人であればいい、でございますよ……？」

「お、おう……」

以前から気になっていたのだが、ルルナにとって尻尾に触れられるというのは何か特別な意味があるのだろうか。何分、尻尾の生えた女の子と関わりを持つのは初めてだから、そのあたりの常識はわからなかった。

「す、好きなだけもふもふしてくださいませ！」

よくわからないが、ルルナがいいと言うのならいいのだろう。

駿は狐色の尻尾に手を伸ばし、優しく撫《な》でてみた。

「ふぅ……はわ……っ」

もふもふ。ふわふわふわ。

毛の流れに沿って手櫛《てぐし》でといてみたり、揉《も》んでみたりする。

「ぁ、うく……ひゃうん……!?」

それに合わせてルルナの口から嬌声《きょうせい》にも似た艶《なま》めかしい声が漏れた。

「……んっ、ぅ」

なんだか悪いことをしている気分だったが、それよりも手触りのよさが勝った。気持ちいい。ずっと触っていられる。枕にしたら最高だろうな、なんて考えが過《よぎ》ったところで、尻尾がするりと手の中から抜けていく。

「も、申し訳ありません。きょ、今日はここまでで……！　ルルナはまだ修業が足りないようです……！」

悔しさと心地よさと恥ずかしさの交ざった複雑な表情をしていた。

「どうでしたか？　ドキドキしましたか……？」

ミラティアは先ほど、癒しが大切だと言った。その指標に照らし合わせて言えば、駿はとても癒されたと言っても過言ではない。

しかし、ドキドキしたかどうかが基準だと言うのならば……。

「癒されはしたかな」

「ドキドキはしてないと……!?」

「全くしてなくはないけど……」

少し嫌な汗はかいたが、それもモフモフのよさに上書きされてしまった。中毒性のある素晴らしい手触りだ。なんとか理性を働かせたが、もう少し尻尾による侵略を受けていたら頬ずりしていただろう。

癒され勝負なら、かなりの高得点だったのだがルールが悪かった。

「な、なんと……しかし、お主人がルルナの尻尾に興味を抱いていたのは間違いありませんが、それがドキドキと結びつくかは別の話」

ルルナは、「なんて浅はかだったのでしょう」と項垂れ、一人反省会を始めていた。

「わたしの番」

次はミラティアがやってきて、ルルナとは反対側の駿の隣に座った。ぎいとベッドが鳴る。ミラティアは駿とぴったりと体がくっつく距離に座り直す。

それから何かをするということはなく、ただ、ジッと駿を見ていた。駿より低い目線から、覗《のぞ》き込むように見つめる。何かを期待するように。あるいは、訴えかけるように。

「えっと、ミラ？」

戸惑う駿。

ミラティアは何も答えず、駿の胸に人差し指を這《は》わせる。

つーと胸をなぞられてむず痒《がゆ》い。駿は思わず身を捩《よじ》る。

それでもミラティアは表情を変えずに、ジッと駿を見つめている。

「ミラティア……？」

駿の胸に両手を乗せ、そのまま体重をかける。

ぼふん、と布団が沈んで、押し倒される形となった。

「……っ」

ミラティアの両手は駿の顔の横に。帳《とばり》が下りるようにブルートパーズの髪がかかる。ミラティアの人形のように整った顔は鼻と鼻が触れ合う距離。形のいい眉に、長いまつ毛。ルビーの双眸は変わらず駿を捉えている。

「シュン」

やっとミラティアが口を開く。

その濡《ぬ》れたように赤い唇に思わず視線が吸い寄せられた。柔らかそうな唇。彼女の吐息がかかる距離。心拍数が速くなるのを感じる。生唾を飲み込む。

徐々に、本当にゆっくりミラティアの顔が近づいてくる。

キスでもされるのかと思ったが、ミラティアの唇は駿の耳元へ。

体は駿にぴったりとくっつけられていた。

ミラティアのぬくもり、柔らかな感触。加速する心音は駿のものか、それともミラティアのものか。耳元に感じる吐息がくすぐったく、この状況も相まって口がむずむずと動く。

普段の小動物めいた言動からは考えられないほどの色気を感じる。

恋人としての秘めたる艶めかしさが、この勝負という状況で遺憾《いかん》なく発揮されていた。

駿としては、悪ノリから始まったお遊びくらいに思っていたが、ミラティアとしても譲れないものがあったのかもしれない。

耳元に息を吹きかけて一言。

「だいすき、だよ？」

刻み込むように、囁《ささや》いた。

「……っ」

全身が痺《しび》れるように強張《こわば》り、頬が紅潮するのを感じる。ミラティアの声が全身を巡って深く馴染《なじ》んでいくようだった。サキュバスめいた催眠効果でもあるのかと疑いたくなるほどだ。

ミラティアは体をずらして、駿の胸元に耳を澄ませる。ドクドクと早鐘を打つのを聞いて、駿を見るとふっと微笑《ほほえ》みを湛《たた》えた。からかうような、愛《いと》しいと言うような、そんな表情だった。

「よし、シュンはとてもドキドキしている！」

ミラティアは体を起こして立ち上がり、ドヤァと胸を張った。

それを見たルルナは、慌てて駿の胸元に耳を澄ませる。速いリズムを刻む心音を聞いて、悔しそうに唇を噛《か》んだ。

「本当にドキドキしていますね。悔しいですが、ルルナの時よりも上。ミラ殿は素晴らしいです。今のルルナでは到底到達することのできない領域におられる」

「く……っ」

それで居たたまれないのは駿だ。先ほどまでとは違った理由で頬を赤くし、ぷるぷると体を震わせる。色々言ってやりたいことはあるが、何を言っても墓穴を掘ることになりそうで口を開けずにいる。

「プロだ……これが格の違いだというのですか……！」

プロもアマもクソもないと思うのだが、ミラティアはそう言われて悪い気はしないのか、ふふん、と得意げだった。

「ん、わたしはプロ。よく学ぶといい」

「プロとかあるのか……」

「はい！　しかし、月の名に懸けていずれ追い抜いてみせます！」

「負けない。わたしはシュンの恋人だから」

これが本来のルルナの姿なのか、それとも駿《しゅん》がルルナの新しい扉を開いてしまったのか。

真偽のほどはわからないが、彼女の表情を見れば無駄な問いのように思えた。

迷いはなく、見るべきものを違《たが》えず明かりを灯《とも》す。

柔らかな尻尾を優しく揺らしたルルナは、八重歯を見せて笑った。

それに応えるように、駿もふっと微笑むのだった。

◇

「あの男！　絶対にぶち殺してやる！　絶対うちのこと忘れてましたよねえ!!」

戌子《いぬこ》は両拳をテーブルに叩《たた》きつけて、怒りを露《あらわ》にする。

ここは、オラクルのセーフティーハウスの一つ。しかし以前使った場所とは違い、ソードに所属するチームである、兎々璃《ととり》、千世《ちせ》、戌子が使う専用の一室だった。

壁にはどこぞの民族が被《かぶ》っていそうな派手な仮面が飾られている。リビングの絨毯《じゅうたん》も、それに対応した派手なものだった。これは兎々璃の趣味で、最初は趣味が悪い、呪われそうだから気味の悪いものを持ってくるな！　と憤っていた戌子だったが、どこ吹く風の兎々璃を相手にするのに疲れて諦めてしまった。

廊下の端には、びっしりとお汁粉の缶が積み上げられていて、これは全て千世のものだ。減った端から補充するので、ずっとこの量が保たれている。

数か月前、戌子がこれだけあるのだから一つくらいと飲んだら、すぐにバレて「人のものを盗《と》ってはいけないと教わらなかったのですか？　別に飲むなとは言っていません。ただ、私に一言もなく勝手に飲んでしまうというのは人としてどうなのでしょうか」と怒られた。何本あるか全て把握しているとでも言うのだろうか。その時に絶対にこのお汁粉には手を付けないようにしようと、戌子は固く心に誓っていた。

部屋の中は埃《ほこり》一つなく、清潔な状態が保たれていた。これも全て戌子が水回りも含め定期的に掃除をしているおかげだ。部屋を散らかすのは大体兎々璃であり、それに関してもしつこく注意しているのだが、全く直る気配はない。

駿との戦いを終えた後、そんな思い出深いセーフティーハウスへ雪崩《なだ》れ込んでいた。千世を回収した兎々璃と戌子は、駿たちが追ってきていないことを確認した上で安全なルートを辿《たど》り、ここまで帰ってきた。移動の関係でメルメルタンは兎々璃のデッキへ戻っている。

意識が戻った千世はソファに寝かされおり、兎々璃が看病していた。外傷は一切ないものの、まだ気分が悪いようで顔色はよくない。

戌子はその正面で、不機嫌そうに水の入ったグラスを握っていた。

「まあまあ、［魔術師］は手に入ったんだから結果オーライってことで」

チャンスアッパーを配った目的は、二つとも達成した。

まだ試作段階であるチャンスアッパーの実験データは手に入ったし、薬を飲んだ生徒が引いた運命シリーズ――［魔術師］も回収できた。

そこだけ聞けば上々の結果だ。

だが。

「それで［月］を持ってかれてちゃ意味ねえでしょ」

［月］ルルナを駿に奪われた。

［恋人］と［女帝］を奪うつもりが、逆に運命シリーズの一枚を持っていかれた。

この結果を果たしてプラスと捉えていいのだろうか。

「戌子さん……ごめんなさい、私のせいですね」

千世はソファに寝そべりながら、首だけ戌子の方を向いて申し訳ないと目を伏せた。

ルルナの主《あるじ》は千世であったし、ルルナを駿の下へ送りつけるという作戦も、駿と面識がある千世発案のものだ。

今回の結果に関して責任を感じているのだろう。

「いや、別に千世を責めてるわけじゃねえですけど……」

「どうせ［恋人］は回収しなきゃいけなかったんだ。それが、二枚に増えても三枚に増えても変わらないでしょ。もう一度拳を交える機会は絶対にある。焦ることでもないよ」

「それは……そうですね。次こそは」

戌子はグラスの中身を飲み干し、立ち上がる。

グラスをシンクの中へ置くと、早足で玄関へ向かった。

「あれ？　いぬぴー、タバコ？」

「いや吸ったことねえってンですよ！　イメージで勝手なこと言うのやめてくれませんかねえ？　肺が汚れるでしょうが」

コンビニ、とだけ不機嫌そうに言うと、戌子は勢いよく玄関のドアを閉めた。

兎々璃と千世が部屋に残り、静寂が降りる。

しばらくして、その静寂を破ったのは兎々璃だった。

「で、千世ちゃんはこれで満足？　結構強《したた》かだよね」

いつもと変わらぬへらへらとした表情で、ソファに横たわる千世に視線をやった。

「なんのことでしょう？」

「いやいや、あれで騙《だま》せるのはいぬぴーとルルナちゃんくらいでしょ。別に怒ってはないよ。上に報告するつもりもないし」

「…………」

「うっわ、信用ないなあ。さっき言ったことは本心だよ？　どうせ［恋人］と［女帝］を持ってるんだから一枚増えたところで変わらないでしょ。それに、ルルナちゃんのことを考えるならそっちの方がいいとオレも思うよ」

今回、ルルナをわざと駿に奪わせたこと。

兎々璃はそれに勘付いていた。それでいて、知らぬふりをしてくれていた。

「……いつから気づいていたのですか？」

「千世ちゃんが思うよりずっと前から。千世ちゃんが動きやすいように、適度にパスを出してたつもりなんだけど気づかなかった？」

「……なるほど」

実は千世も兎々璃が気づいている可能性は疑っていたのだ。いや、兎々璃を騙し通せる自信はなかったというのが正しいか。

しかし、その認識すら甘かったのかもしれない。

長い時間を同じチームで過ごしてきたが、兎々璃の底は見えてこない。

何を考えているのかもよくわからない。

ただ、何か彼なりの企《たくら》みがあることだけはなんとなくわかっていた。

「私、これでも兎々璃さんのことは信用しているんです。だから、不思議と焦っていなくて……」

だから、兎々璃に思惑の全てが見破られていようと強行したのは、たとえ気づかれたとしても問題ないという判断からだ。

そして今の会話で確信した。

兎々璃の目的は千世と敵対するようなものではないのだろう。

むしろ――。

「ああ、もしかして私たちが似た者同士だからですかね？」

千世はジッと兎々璃を見据え、噛みしめるように言葉を紡ぐ。

「慣れないことはするもんじゃないよ」

兎々璃は短く息を吐いて言った。いつもの調子を崩さない。

「はて。なんのことでしょう」

「どうせ千世ちゃんはオラクルを裏切れない。これ以上いなくなったら凛音《りんね》ちゃんが可哀《かわい》想《そう》だ」

「ええ、そうですよ。だから、私はオラクルのために身を粉にして働きますとも」

含みのあるやり取り。腹の探り合い。

兎々璃の諭すような声に、千世は張り付いた笑みを返す。

「嘘《うそ》はバレなければ罪にならない。ルルナのことは私たちだけの秘密でお願いしますね？

兎々璃先輩」

「はいはい。別に念を押さなくても言うつもりないのに」

やれやれと肩を竦《すく》め、それから兎々璃はすぐにいつもの軽薄な表情を作った。

一旦、今の話は忘れようと空気をリセットする。

「よし、この話はここでおしまい！　前向きな話をしようか。もう一つあったよ、今回の収穫」

「もう一枚顕現しているのですか？」

「あれれ、知ってたんだ。でもちょーっとやっかいなところでさ。どうしたもんかなあって――公安に手を出すのは早いよねえ？」

あとがき

どうも、スペルラ書いた人です。

小学校の卒業式の時に、将来の夢を発表する時間がありました。当時から本を読むのが好きだった私は、「小説家」と言いました。当時は自分で小説を書いたことはなかったし、なんとなくの答えだったように思います。まあ、小学生の将来の夢なんてそんなものです。

その後、こうして小説を出版することができたわけですが、自分の感覚では夢は全く以《も》って叶《かな》っていません。「マンガ家はマンガを描くだけで一生食える奴《やつ》のことを言う」同じく小学生の頃に読んだ某漫画を描く漫画の中に、このような旨のセリフが登場しました。何気ない一セリフだったのですが、何故《なぜ》かすごく心に残っていて、その定義に照らし合わせて言えば私は小説家ではなくて、ただ小説を少し出したことがある人です。でも、これだとどのタイミングで小説家だと言えるのでしょう。アニメ化しても一生食える保証にはなりませんし、私が小説家を名乗れる日は来ないのかもしれません。

以下謝辞です。たらこMAX先生、二巻も素敵なイラストをありがとうございます。ルルナめちゃくちゃ可愛《かわい》いです。また、編集様をはじめ、出版に関わってくださった全ての方に深く感謝を。そして何より、本作を購入してくださった貴方《あなた》に最大限の感謝を送ります。

作品のご感想、
ファンレターをお待ちしています

あて先
〒141-0031
東京都品川区西五反田 8-1-5 五反田光和ビル4階
オーバーラップ文庫編集部
「十利ハレ」先生係 ／「たらこ MAX」先生係

OVERLAP

スペル&ライフズ 2
恋人が切り札の少年はケモ耳暗殺者に襲撃されるそうです

発　　行　2023年6月25日　初版第一刷発行

著　　者　十利ハレ
発 行 者　永田勝治
発 行 所　株式会社オーバーラップ
〒141-0031　東京都品川区西五反田 8-1-5
校正・DTP　株式会社鷗来堂
印刷・製本　大日本印刷株式会社

Printed in Japan　ISBN 978-4-8240-0524-3 C0193

第11回 オーバーラップ文庫大賞
原稿募集中！
イラスト：じゃいあん
【締め切り】
第1ターン 2023年6月末日
第2ターン 2023年12月末日
各ターンの締め切り後4ヶ月以内に佳作を発表。通期で佳作に選出された作品の中から、「大賞」、「金賞」、「銀賞」を選出します。
その物語は、きっと誰かが好きな物語。
【賞金】
大賞…300万円
(3巻刊行確約＋コミカライズ確約)
金賞……100万円
(3巻刊行確約)
銀賞………30万円
(2巻刊行確約)
佳作………10万円
投稿はオンラインで！ 結果も評価シートもサイトをチェック！
https://over-lap.co.jp/bunko/award/
〈オーバーラップ文庫大賞オンライン〉
※最新情報および応募詳細については上記サイトをご覧ください。
※紙での応募受付は行っておりません。